의령·의령

제11회 천강문학상대상수상작품

의령·의령

宜寧 · 義令

노령 창작소설집

바밀리온

// 목차 //

이번에 출간하는 『의령, 의령』은 여섯 번째 저서이자, 세 번째 창작소설집이다. 표제가 된 『의령, 의령』은 모처럼 시도해 본 중편소설로 영광스럽게도, 제11회 천강문학상 소설부분 대상을 수상하였다. 나에게 삶의 용기와 창작 의욕을 북돋아주는 상이었으며, 한편으로 큰 행운이기도 하였다.

천강문학상을 수상한 후 고맙게도 〈전주일보〉로부터 인터뷰 요청을 받았다. 그 인터뷰 대담 속에 담긴 내용이 작가의 문학성을 이해하는데 도움이 될 것으로 보여 간추려 올린다.

□ 노령 소설이 지향하는 가치는 무엇인가.

나는 언제나 '어떻게 사는 것이 바른 삶인가?'란 화두를 염두에 두고 소설을 쓰기 시작한다. 선과 악이 구별되지 않는 시대에 개인의 삶이 무참하게 유린되는 현실을 목격할 때마다 삶의 가치를 새삼 뒤돌아본다. 그런 소재로 잔잔한 일상을 표현하거나, 사회의 비리를 고발하거나, 여성으로서 겪어야하는 고달픈 삶에 일침을 가하거나, 잊지 않아야 할 역사의 궤적을 찾아가기도 한다.

내가 쓴 소설 중에 장편소설『왕조의 운석』이 바로 역사의 궤적을 따라간 작품이다. 빛나는 시정신의 소유자 매창과, 불의와 불온을 온몸으로 버텨오다가 끝내 좌절한 허균의 지성을 헤집어 본 것은 의미 있는 일이라 생각한다. 지금까지도 매듭짓지 못하고 있는 세월호 참사에 대한 성찰적 분노를 일부분이나마 표출시켰던 장편소설『숨비의 환생』은 독자들에게 작은 '숨비'가 되었으면 하는 마음이었다. 소설에 등장하는 여러 주인공 덕분에 쓰는 동안 내가 위로를 받곤 하였기 때문이다.

　□ 천강문학상을 받은 〈의령, 의령〉은 어떤 소설인가.

〈의령, 의령〉은 1592년 4월 13일 일본이 조선을 침략한 임진왜란 초기를 그린 중편소설이다. 전쟁이 발발하자 임금을 위시하여 벼슬아치들은 저들만 살길을 찾아 도망치기에 바빴다. 그때 들불처럼 일어난 것이 의병들이었다. 특히 의령의 곽재우장군이 최초로 의병을 일으킨다. 이때 모여든 의병들은 국가의 명령이나 징발을 기다리지 않고 자발적으로 참가한 민군들인데, 그중 다수가 중인이거나 천민들이었다. 지금도 그렇지만 국가를 위해 분연하게 나서서 목숨을 초개와 같이 버릴 줄 아는 사람들은 대부분 민중[천민]들이었다. 그래서 곽재우장군과, 중인 신분인 천복, 그리고 천출인 부뚜막을 주인공으로 삼았다. 그들이 국가의 위기를 어떤 심정으로 막아내는지, 그 동력은 무엇이었는지 그려내고자 했다. 이 작품에 대한 심사위원의 심사평이 앞으로 나의 창작생활에 큰 힘이 될 것이며, 크게 고무되는 기분이었다.

"중편 〈의령, 의령〉은 소설의 모범답안이라 해도 과언이 아닐 만큼 노련한 필력을 보여주었다. 주제가 선명하고 구성이 탄탄하며, 문장이 간결하면서도 세련될 대로 세련되어 거침이 없었다. 곽재우 장군의 활약상과 심마니 천복의 삶을 절묘하게 교직함으로써 감동의 진폭을 극대화하는 데 성공했다. 의령 지역의 역사와 전통과 지형 등을 정확히 묘사했을 뿐만 아니라 '의령宜寧'과 '의령義令'을 결부시킨 창의력이 신선하게 다가왔다. 특히 왜군과 일전을 겨루는 결말 부분을 잘 장식하여 강한 인상을 남겼다."(천강문학상 소설부분 '심사평' 중 일부)

□ 앞으로 계획이 있다면?

나에게는 꼭 남기고 싶은 작품이 있다. 등단하고서 맨 처음 든 생각이 우리 고장의 뿌리인 백제의 역사를 복원하고 싶다는 열망이 매우 컸다. 열 권의 대하역사소설을 써야겠다는 원대한 포부를 세웠다. 그래서 집필하기 시작한 작품이 『혼맥婚脈』이다. 2012년부터 기필하여 3권쯤 탈고했을 때 인터넷서점〈예스24〉에 연재를 시작하였다. 연재로 5권까지 탈고하고 전자책(ebook)으로 출간하였다. 주마다 연재 분량을 맞추어야 하는 작업이 너무 힘들어서, 잠깐 쉬었다가 6권부터 다시 쓸 계획이다. 이제 쉬는 것을 멈추고 필생의 과업으로 여기며 이어 쓰려 한다.

　소설을 쓰고, 소설책을 낼 때마다 조언과 격려를 마다하지 않는 油然님이 고맙다. 그리고 삶의 버팀목이 되어주는 아들 내외, 항상 기쁨과 활력의 원동력이 되어주는 사랑스러운 손주들 璘.多.朗이 고맙다. 좋은 책으로 엮어주신 '도서출판 바밀리온' 김한창 대표님께도, 아울러 소설집을 낼 수 있도록 마중물을 부어준 '전북문화관광재단'에도 감사의 인사를 전한다.

2021. 8월

〈린다랑네 집〉에서 魯玲

1.

의령, 의령
(제11회 천강문학상 대상 수상작품-중편소설)

1

심봤다!

천복은 목구멍까지 차오른 소리를 꿀꺽 삼킨다.

천종산삼이다. 천종산삼은 산삼에서 산삼으로 이어져 온 고유의 산삼원종으로 고산지대에 자생하는 것으로 알려진 매우 희귀한 종이다. 꿈은 아니겠지? 천복은 감았던 눈을 가느다랗게 뜨고 손에 든 심메(산삼)를 다시 촘촘히 살펴본다.

우선 약통(몸통)이 단단하고, 잔미(잔뿌리)가 강인하다. 뇌두(싹이 났던 곳)를 헤아려보니 30마디가 넘는다. 나이는 35년 이상으로 짐작된다. 약통이 크지는 않지만, 가락지(주름)가 많은 것으로 보아 산삼임에 틀림없다.

머리위에서 걸쭉한 목소리가 들린다. 어인마니(대장 심마니)이었던 아버지로부터 천복이 귀가 닳도록 들었던 말이다.

"채삼꾼은 절대 욕심을 부려서는 안 된다. 심메는 신비한 영초라 하늘이 내리는 선물이므로 심성이 착하고 마음이 깨끗한 사람만이 볼 수 있느니라. 해서 천지신명이 돕지 않으면 바로 코앞에 있는 심메 멍아리(꽃)도 보이지 않는 것이야."

채삼꾼을 심메마니라 부른다. 심은 산삼을 말하며, 메는 캔다는 뜻이다. 마니는 사람을 일컫는 은어다. 3개의 은어가 합쳐진 말이 심메마니인데 줄여서 심마니라 부른다.

심마니 무리는 철저한 계급사회다. 노련한 심마니가 어인御人이라는 우두머리 노릇을 하고, 젊고 경험 없는 채삼꾼은 소장마니라 불리며 잡일을 도맡는다. 또한 이들은 반드시 무리를 지어 다닌다. 그래야만 하는 이유가 있다. 산삼을 캐러 집을 나서면 산 속에서 며칠 또는 몇 달 동안 먹고 자야 한다. 그 일은 혼자서는 불가능하다. 첩첩산중에서 만나는 산짐승도 무섭지만 더 무서운 것이 사람이다. 일반적으로 셋, 다섯, 일곱 등으로 무리를 지어 다니는데, 그들은 자기들끼리만 통하는 말을 쓴다. 그들이 사용하는 은어는 보통사람들은 알아듣기 힘들다. 사람들이 채심활동을 시작한 것이 약 이천년 전 부터이고, 많은 채삼꾼들이 남획을 하다 보니 자연 삼의 씨가 말라갔다. 그러자 나라에서 채삼활동을 금지하고 감시하기 시작했다. 채삼꾼들은 나라의 감시망을 피하려는 술책으로 은어를 만들어 사용하게 된 것이 지금까지 계속되고 있는 것이다.

천복의 얼굴에 의미심장한 미소가 어린다.

"아버지 뒤를 따라다니며 일을 배우는 동안 이렇게 큰 심메를 직접 채삼했던 적이 없었는데, 아버지 말씀대로 천지신명이 도와준 게 틀림없어. 이것만 있으면 의병대장은 쾌차할 수 있을 거야. 어서 서두르자."

중얼거리며 천복은 곁에 놓아둔 주루묵(망태기)에서 선화지를 꺼낸다. 선화지에 이끼를 깔고 심메를 겹치지 않게 잘 펼쳐 놓는다. 그 위에 다시 이끼를 덮고 화지를 곱게 접는다. 접은 화지를 삼통에 담은 뒤 망태기에 넣는 손길이 꽤 조심스럽다. 혹여 심메에 상처라도 날까, 가는 뿌리가 부러질까, 갓난아이를 다루듯 숨죽여 움직이는 모습이 경건하다.

천복은 주루묵을 어깨에 멘다. 그리고 빠르게 타고 내려온 칡을 꼬아 만든 줄이 늘여진 쪽으로 향한다.

아! 줄이 없다.

벌겋게 달아오른 얼굴로 천복은 절벽 위를 올려다본다. 줄도 사람도 보이지 않는다. 줄이 없으면 올라갈 방법이 없다.

당황한 천복은 위를 향하여 소리친다.

"아래에 사람이 있는 줄 번연히 알면서 줄을 가져가는 법이 어디 있소? 누군지 모르나 장난하지 말고 줄을 내려 주시오."

위에선 아무런 대답이 없다.

천복은 자신이 큰 실수를 했다는 것을 그제야 깨닫는다. 혼자서 채삼을 하러 오는 게 아니었다. 그러나 이번에는 그럴 수밖에 달리 도리가 없지 않았는가.

산삼의 분배방식에는 원앙메와 독메 두 가지가 있다. 원앙메는 심마니 일행이 공평하게 나누는 것이고, 독메는 혼자서 독차지하는 것이다. 의병대장의 병을 낫게 하기 위해서는 독메 방법 밖에 달리 생각할 수 없었다. 더군다나 이곳은 누구에게도 알려져서는 안 되는 구생자리가 아닌가.

아버지인 심마니에게서 아들이 채삼업을 물려받는 일을 내림이라고 한다. 아버지 심마니가 늙어서 더 이상 산행을 할 수 없을 때에 삼통을 아들에게 물려준다. 이와 함께 구생자리도 아들이 물려받는다.

지금 천복이 서 있는 이곳은 아버지가 유언으로 물려준 구생자리다. 지형이 워낙 험난하여 경험이 많은 채삼꾼들도 감히 내려올 생각을 하지 못하는 곳이다.

아버지는 장소를 알려주면서 천복에게 단단히 주의를 주었다.

"그곳은 아무 때나 가서는 안 되느니라. 절실하게 필요할 때 외에는 내려가지 말라. 알겠느냐?"

아버지의 엄한 당부에 이 구생자리를 한 동안 잊고 살았다.

천복은 자리에 털썩 주저앉아 이곳을 빠져나갈 방법을 궁리한다. 주변을 세밀하게 둘러보았지만 역시 방도는 하나뿐이다. 누군가가 구원의 손길을 보내주지 않으면 절대로 벗어날 수 없다는 생각에 절망감이 밀려온다.

천복은 다시 입술 위에 손을 모으고 위를 향해 간절한 목소리로 소리친다.

"아무도 없습니까? 제 소리가 들리면 답이라도 해 주십시오. 제발요."

여전히 대답은 들리지 않는다.

대신 가까운 곳에서 까악까악, 반가운 소리가 들린다. 까마귀다. 한 마리도 아니고 여러 마리다. 심마니들은 까마귀를 매우 좋아한다. 보통 산삼씨앗이 땅에 떨어지면 싹이 잘 나지 않는다. 그런데 까마귀가 먹고 배설한 씨는 싹이 잘 튼다. 새의 위장을 통과하면서 씨앗이 발아하기에 적합한 조건이 되기 때문이다. 이렇게 까마귀가 먹고 배설하여 난 삼을 조복삼이라 하고, 꿩이 먹고 배설한 씨앗에서 난 삼을 장쾌삼이라 부르는데 두 가지는 같은 의미의 말이다.

까마귀가 지나가자 주위는 다시 정적에 휩싸인다.

정적이 몰려오자, 중마니(중급심마니)에게서 들었던 야사 같은 이야기가 불현듯 떠오른다.

함양의 심마니 김씨가 동료 두 사람과 함께 산삼을 캐러 장안산에 갔다. 그런데 김씨는 지금 천복처럼 절벽 밑에 버려지고 말았다. 동료들이 김씨가 캐서 올려 보낸 산삼만 챙겨 달아나 버린 것이다. 김씨는 남은 산삼을 먹으며 대강 어림쳐서 여섯이나 일곱 날을 버텼다. 그러던 중에 느닷없이 나타난 구렁이에게 매달려 가까스로 절벽을 올라올 수 있었다. 천행으로 목숨을 건진 김씨는 산을 내려오다 시신 2구를 발견했다. 바로 산삼을 챙겨 달아난 동료가 독초를 먹고 죽은 시체였다는 것이다.

이처럼 곳곳에 위험이 도사린, 그야말로 목숨을 건 직업이 심마니라는 것을 어린 천복에게 강조하고 싶어 들려준 이야기 같은데, 들었을 때 워낙 무서웠던지라 중마니의 어투까지 생생하게 기억났다.

　나리, 살고 싶나요?

　머리 위에서 어렴풋한 소리가 들린다.
　처음에는 무슨 내용인지 알아듣지 못했다. 절벽 위 높은 곳이었고, 가냘픈 목소리여서 귀를 기울이지 않으면 바람소리처럼 들렸을 것이다. 뛸 것처럼 반가웠다.
　천복은 목소리를 한껏 높여 위를 향해 묻는다.
　"누구신지요? 적선하시는 셈치고 줄을 내려주신다면 그 은혜 평생 잊지 않겠습니다."
　무슨 까닭인지 위는 다시 잠잠하다. 잘못 들었나? 천복은 자신의 귀를 믿을 수 없어 고개를 갸웃댄다. 그렇지만 무슨 수를 써서라도 올라가야만 한다. 천복은 이번 기회를 붙잡고 늘어질 수밖에 없다고 생각한다.
　"원하는 것은 무엇이든 들어주겠습니다. 맹서할 수 있습니다. 도와주십시오."
　진심이 통했는지 천복이 타고 내려왔던 줄이 눈앞으로 스르르 떨어진다. 줄을 직접 확인하면서도 천복은 믿기지 않아 자신의 허벅지를 힘껏 꼬집는다. 아얏! 꿈은 아니다.
　줄을 타고 오르는 천복의 속내가 차츰 복잡해진다. 줄을 내려준

이가 원하는 것이 과연 무엇일지, 그것을 들어줄 수 있는 것일지 점점 불안해지기 시작한 것이다. 막다른 골목에 갇힌 심정이라 원하는 것은 무엇이든 들어준다고 공언했는데, 만약 저이가 천종산삼을 원한다면?

천복은 머리가 하해진다. 이건 절대로 내줄 수 없는 것이다. 의병대장의 목숨 줄을 어찌 내 줄 수 있단 말인가.

임진년 4월 13일 왜군이 쳐들어왔다. 4월 14일 부산에 상륙한 왜군의 선봉대를 맞아 관군은 결사 항전했으나, 부산진성과 동래성이 바로 함락되고 20일 만에 한성까지 점령당하고 말았다. 왜군은 두 달 만에 평양과 함경도까지 진출했고, 임금은 의주로 몸을 피했다.

일방적으로 밀리던 차에 조선 각지에서 일어난 의병들로 인해 전세가 반전되기 시작했다. 백성 스스로 자기 고장을 지키고 나라를 구해야 한다는 사명감으로 의병들이 뭉쳐 일어난 것이다.

천복은 4월 22일 의령에서 의병을 일으킨 곽재우 군에 속해 있다. 곽재우장군은 마을 앞 느티나무에 북을 매달아 치면서 민중들을 모았다. 무슨 일인지 알지 못하고 북소리에 놀라 모여든 민중들을 향해 장군은 목소리를 높였다.

"적들이 이미 육박해 오고 있으니, 이대로 있으면 우리들의 부모처자들은 적의 포로가 될 것이오. 이 고을 안에서 싸울 수 있는 젊은이가 수백 명이나 되지 않소. 모두가 마음을 합하여 정암진에서 저들을 막는다면, 우리 마을은 지킬 수가 있을 것이오. 어찌하여 아무 일도 하지 않고 죽음을 기다린단 말이오."

장군의 절박한 호소에 많은 사람들이 호응하였다. 천복도 장군의 말에 감읍하여 의병에 가담하게 된 것이다.

줄을 잡고 절벽을 올라 막 첫발을 디디는 천복을 바라보고 있는 눈이 예사롭지 않다. 이제 겨우 열 두세 살쯤 되었을까. 두 뺨은 붉게 홍조가 어려 있었는데 아직 보송보송 솜털이 남아있다. 입고 있는 복식으로 보아 귀한 집안의 여식은 아닌 모양이나, 빠지지 않는 용모다. 무엇을 하러 이렇게 깊고 울창한 숲 속에 겁도 없이 들어온 것인가.

천복은 이내 의심이 커진다. 무슨 이유인지는 모르지만 입산하는 천복을 따라왔음이 분명해 보인다. 그렇다면 절벽 밑으로 내려가는 천복의 모습을 숨어서 보았을 것이고, 그가 내려갔음을 확인하고 줄을 끌어올려 난감하게 만든 범인이 아닌가. 호의적이었던 감정이 사라지며 분노가 솟는다.

천복의 그런 표정변화에 대해 아랑곳하지 않고, 아이는 딱 부러진 목소리로 천복을 향해 말한다.

나리, 약속은 지키셔야죠.

맞는 말이다.

위험을 벗어나기 위해 어쩔 수 없이 한 약속이라도 지키는 것이 도리다. 한 번 입에서 뱉은 말은 다시 주워 담을 수 없는 것을 잘 안다. 더군다나 상대가 어린애라고 해서 약속을 뒤집는다는 것은 어른으로써 할 도리가 아니다. 제발 이것만은 원하지 말라 하는 간절한 심정으로 천복은 아이에게 묻는다.

"그래. 네가 원하는 것이 무엇이냐?"

"그건 나리가 더 잘 알지 않습니까요?"

"내가 더 잘 안다? 처음 만난 네 마음을 내가 어찌 짐작할 수 있 단 말이냐?"

"조금 전에 나리께서 말씀하지 않았습니까요? 원하면 무엇이든 주신다면서요. 그렇다면 나리께서 가장 귀하게 여기는 것을 주시 면 되지 않겠습니까요?"

천복은 아이의 당돌함에 당황한다. 그러나 술수에 빠져서는 안 된다고 자신을 추스른다. 천복은 아이를 설득할 요량으로 아이 앞 에 자리를 잡고 앉는다.

그리고 알아듣도록 조목조목 설명한다.

"네 말이 틀린 것은 없다. 그러나 사람은 살면서 지켜야할 법도가 있는 것이다. 넌 세 가지 규범을 어겼느니라. 첫째, 이유는 알 수 없지만 넌 내 뒤를 비밀스럽게 뒤따라왔다. 둘째, 너에게 아무런 위해도 가하지 않은 나를 위험에 빠뜨리는 아주 치사한 행동을 했다. 셋째, 그리고는 마치 선심을 베푼 것처럼 줄을 내려준 행동은 위선 이라 생각한다. 살려주면 무엇이든 다 준다고 했던 것은 선한 마음 으로 나를 구해준 사람과 한 약속이다. 아무리 생각해 봐도 너는 나를 구해준 사람이라고 할 수 없으니, 그 약속은 지킬 수 없구나."

아이의 얼굴이 벌겋게 달아오르더니 어린아이답지 않은 사나운 표정으로 변하며 중얼거린다.

"신분이나 지위가 높은 사람을 믿는 것은 바보짓이라는 것을 알 면서 매번 속는다니께요. 양반들의 번드르한 언변에 맨날 속고 살았으면서 믿어버린 어리석은 짓을 또 했구먼요."

천복이 묻는다.

"어디 사는 누구인지 말해 줄 수 있느냐?"

"그건 알아서 뭘 하렵니까요?"

"여기는 내가 가끔 오르는 산이니, 다음에는 네가 원하는 것을 줄 수도 있을 것 같아서 말이다."

"다음에 보자는 말은 믿지 않습니다요."

실망한 표정을 감추지 않는 아이를 그냥 보낼 수는 없다고 천복은 생각한다. 별 도리 없이 속마음을 드러내야 하는데 그러자면 지금 자신의 처지를 설명하여 아이가 수긍하게 만드는 수밖에 없다.

"얘야. 너 혹시 홍의장군을 아느냐?"

"이 마을에서 곽재우 의병대장을 모르는 사람이 있습니까요?"

"안다면 설명하기가 좀 쉽겠구나. 사실 난 곽재우 군에 속해있는 의병이란다."

"적군을 막아내야 할 의병이 산에는 왜 왔습니까? 군에서 도망쳐 나올 분은 아닌 듯싶습니다만."

"그게 말이다. 의병군에 들어가기 전 나는 심마니였다. 산삼이 꼭 필요해서 산행을 한 것이야. 의병대장이 많이 아프단다."

"홍의장군이 아프십니까?"

"홍의장군이 아니라 거창에서 지례와 금산으로 가는 길목을 지키는 김면장군의 병세가 위중하단다."

"그래서 산삼은 구했습니까?"

"어렵게 구한 삼은 나라를 위해 목숨을 걸고 싸우는 의병대장을

살리는 일에 써야한다고 생각하는데, 내 말을 이해해 줄 수 있겠
느냐?"

아이가 고개를 끄덕인다.

천복은 아이와 함께 산을 내려와 길목에 있는 주막에 든다.

따뜻한 국밥 한 그릇 먹고 가라는 천복의 말에 아이가 순순히 따
라온 것이다. 산행 전에 하룻밤 묵었던 주막이라 주인이 알아보고
반갑게 맞아준다.

배가 많이 고팠던지 주인이 차려온 국밥을 아이는 정신없이 먹는다.
천복은 아이의 밥그릇에 자신의 국밥을 덜어 더 넣어준다. 아마도
처음으로 먹어보는 음식인 모양이다. 사양도 하지 않고 국물까지
깨끗하게 비운다. 잘 먹었다는 인사마저 잊고 어두워지는 고샅 속
으로 빠르게 뛰어간다.

아이가 떠난 다음에야 천복은 수저를 든다. 윽박지르지 않고 아
이를 이해시킨 것이 잘했다고 생각한다. 아이에게도 산삼이 꼭 필
요했을지도 모르는 일이잖은가. 전쟁이 끝나고 평화로운 세상이
되면 아이를 위해 삼을 채취해줘야겠다고 속으로 다짐한다.

국밥을 거의 다 먹어갈 즈음 주막주인이 한 손에 잔을 그리고 다
른 손에 술병을 들고 방으로 들어온다. 천복의 맞은편에 앉더니 술
을 따라 권하며 흔연스럽게 묻는다.

"육구만달은 보시었소?"

그가 말하는 육구만달이란 잎자루가 여섯 개인 산삼을 말한다.

이미 자신의 정체를 꿰뚫고 있다는 사실에 속으로 놀랐지만 천복은 태연하게 시치미를 뗀다.

"그게 그리 쉽게 눈에 띄나요?"

"그렇긴 하지요. 그런데 어찌하여 이리 빨리 하산하시었소?"

"갑자기 볼 일이 생각 나서지요. 그보다 좀 전에 나와 함께 있던 아이는 이 마을에 사는가요?"

"아! 소향이 말이오? 한양에서 벼슬하다 낙향한 고씨가의 노비지요."

천복은 알았다는 표시로 고개를 끄덕인다. 주인은 더 얘기를 나누고 싶은지 쭈뼛거리며 자리를 뜨려고 하지 않는다. 천복이 상을 물리자, 어쩔 수 없다는 듯 주막주인은 편히 여독을 풀라는 말을 남기고 상을 들고 방을 나간다.

피곤이 몰려와 천복은 팔베개를 하고 자리에 벌렁 눕는다. 장정인 그에게도 오늘 산행은 몹시 힘든 하루였다. 자리에 누웠지만 무슨 까닭인지 정신은 또렷해진다. 아이의 신분이 명문가의 노비라는 사실 때문인 듯싶다.

의병은 대개 그 지방의 유력자를 중심으로 조직되었다. 곽재우 군도 의병초기에는 지주계층이 주를 이루었다. 그러다가 점점 세를 늘리게 되면서 지역의 농민과 양민, 노비들까지 모아 다양한 계층의 군대가 형성되었다. 그중 농민이나 양민은 자진하여 가담한 사람이 많았지만 노비는 달랐다. 노비들은 지주에게 예속되어 있었기 때문에 지주가 의병에 가담하면 어쩔 수없이 반 강제적으로 동참할 수밖에 없었다.

종모법從母法이 시행되던 시기였기에 노비는 인간과 물건의 경계가 모호한 그런 존재였다. 토지와 노비가 재산으로 형성되는 제도인지라 여자아이의 출생은 논밭이 생기는 것과 다름없었다. 노비는 어미와 운명적 공동체였다.

언제 잠들었는지 눈을 떠보니 이미 동창이 밝아있다. 서두르며 망태기를 둘러매려던 천복은 퍼뜩 이상한 느낌을 받는다. 망태기가 가볍다. 떨리는 손으로 주루묵의 주둥이를 벌린다.

앗! 삼통이 사라졌다.

소향과 주막주인의 얼굴이 눈앞을 빠르게 지나간다.

설마 하면서도 의심이 가는 사람은 그 둘 밖에 없다. 부리나케 방을 나온 천복은 주인을 찾는다. 손님 맞을 국밥을 끓이고 있던 주막주인이 국자를 든 채 부엌에서 나온다. 무슨 일이냐는 주인의 물음에 천복은 선뜻 묻지 못한다. 어젯밤 주막주인이 육구만달을 보았느냐고 물었을 때 딱 잡아떼었던 터라 삼통을 잃어버렸다고 실토할 수가 없다.

아침식사는 하지 않고 떠날 것이냐고 흔연스레 묻는 주인에게 천복은 부질없이 고개만 끄덕인다. 그리고 소향이 살고 있는 집이 어디인지 묻는다. 아무래도 가장 의심이 가는 사람은 그 아이였기 때문이다. 주인이 고씨가가 있는 곳을 자세하게 알려준다.

주막주인의 설명대로 고샅길을 따라 걸으며 천복은 생각을 정리해본다.

어제 소향의 태도로 보면 훔칠 아이로 보이지 않는다. 그러나 다른 쪽으로 생각해보니 그런 일을 할 수 있을 것도 같다. 얼마나 다급했으면 그 깊은 산속까지 따라왔을까? 더군다나 아이는 나이에 비해 말하는 것이나 행동이 무척 성숙해 보였다. 노비로 살아가면서 받는 부당한 대우에 대한 저항의 몸짓이 엿보였다.

고씨가는 마을 중앙에 자리 잡고 있다. 한 눈에 보아도 세력가임을 금방 알아챌 수 있을 정도로 집채가 우람하다. 대문 앞에 선 천복은 잠시 망설인다. 아침 식전 댓바람부터 처음 보는 사람이 노비를 찾으면 우선 의심부터 할 터였다. 두드릴까 말까 망설이고 있는데 느닷없이 안에서 문이 열린다. 걸대가 크고 다부지게 생긴 사내가 빗자루를 들고 나온다.

고씨가의 잡일을 해주는 머슴인 듯 보여 천복은 그에게 다가가 부탁한다.

"나는 의령에 사는 김천복이라는 사람이다. 소향이라는 아이가 이 집에 산다고 해서 왔는데 만나게 해줄 수 있겠는가?"

사내는 천복을 위아래로 훑어보더니 기분 나쁘다는 표정을 애써 감추지 않고 무뚝뚝하게 묻는다.

"갸는 무슨 볼일로 찾습니까요?"

"물어볼 말이 있어서 그러니 잠깐만 불러주면 좋겠네."

"지금은 안 될 것 같습니다요."

"안 될 이유라도 있는 것인가?"

"야, 그 소향이 년이 어제 또 사고를 쳤구먼요. 그래서 딸과 그 어미 되는 오월이가 주인마님께 혼쭐이 나고 있습니다요."

"사고라면 무슨 일을 말하는가?"

"어제 하루 종일 지 할 일을 팽개치고 싸돌아다니느라 상전의 수발을 들지 않았지요. 화가 난 대감마님이 마나님께 노비들 교육을 어떻게 시키고 있느냐고 아침부터 노발대발 큰소리를 치셨습니다요. 그러니 안방마님이 그들을 가만둘 리 있겠습니까요?"

"소향이가 하는 일이 도대체 무엇인가?"

"어린 여비들이 하는 일이 무엇이겠습니까요. 예순을 바라보는 대감의 이부자리를 깔아주고, 머리를 빗기고, 세숫물과 약사발을 들고나는 심부름이지요."

천복은 그대로 돌아설 수밖에 다른 방법이 없었다.

2

수고 많았다.

빈손으로 돌아온 천복에게 곽재우장군은 도리어 위로의 말을 한다.

"산삼을 구한다는 것이 어찌 쉬운 일이더냐? 모두 알고 있는 사실이니 미안해 할 것 없다. 다행히 김면장군도 자리에서 일어나 거병을 다시 할 정도로 기력을 찾았으니, 너무 걱정하지 마라."

천복은 고개를 들 수 없다. 천종산삼을 잃어버렸다고 차마 사실대로 말하기가 어려워, 구하지 못했다고 거짓을 고한 것이 마음에 찔렸기 때문이다. 사실 이번 길은 천복이 먼저 장군을 찾아가 청한 일이었다.

본래 의병장 김면은 병이 잦아서 깊은 산속에 들어가 휴양을 하고 있던 처지였는데, 왜란이 일어나자 자신의 몸은 돌보지 않고 의병을 일으켰다는 사실을 천복이 전해 듣게 되었다. 어려서부터 아버지에게서 한의학 비방을 배운 천복은 웬만한 병의 치료법은 알고 있었다. 의병장 김면의 증세를 알고 나니 천복은 가만히 보고 있을 수가 없었다. 그래서 감히 앞에 들 수 없는 처지임에도 불구하고 곽재우장군 뵙기를 청하였다. 다행히 장군은 천복을 무시하지 않고 불러들여 말을 들어주었다.

김면장군의 병을 낫게 하는 것은 산삼뿐이라는 사실을 천복이 세세하게 고하자, 곽재우장군은 껄껄 호탕하게 웃으며 대답했다.

"그렇지만 이 전쟁 중에 어디서 그런 진귀한 약초를 구하겠느냐? 네 충심은 잘 알겠다만 김면장군의 명은 하늘에 맡길 수밖에 달리 도리가 없는 것 같다."

"아닙니다. 장군. 저에게 며칠 간 말미를 주십시오. 어떻게 하든 삼을 구해오겠습니다."

"말미를 주는 것은 어렵지 않으나 만병통치약이라는 산삼 구하기는 극히 어려운 일이지 않느냐? 그래도 할 자신이 있는 것이냐?"

"예. 장군. 해 보겠습니다."

그렇게 떠났던 길이었다. 사실 천복이 자신 있게 말한 것은 믿는 구석이 있어서였다. 아버지가 물려준 구생자리가 떠올랐던 것이다.

대대로 물려받은 구생자리에는 남모르게 숨겨둔 산삼이 있기 마련이다. 그런 구생자리를 가지고 있어야만 어인마니가 될 수 있다.

구생자리는 어인마니가 자신이 데리고 있는 심마니들을 위해서도 꼭 필요하다. 몇 날 며칠 산 속을 헤매어도 산삼을 구하지 못했을 경우 어인마니의 역할이 있다. 입산하면서 고사를 위해 쓴 재물 값이며 심마니들의 가족들이 눈 빠지게 기다리고 있을 돈이 필요하다. 그때 어인마니는 구생자리를 찾아가 숨겨둔 산삼을 채취한다.

그리고 그것을 팔아 심마니들에게 공평하게 나누어준다. 그래야만 어인마니는 확고한 위치에 서게 된다.

와! 승전이다!

임진년 5월이었다.

천복이 태어난 의령은 지리적으로 서북쪽은 산으로 막히고, 남동쪽은 낙동강과 남강이 이루는 지세로 경치가 뛰어난 곳이다. 물이 풍부하고 토지가 비옥한 곳으로 사람들의 습성은 굳세고 용맹하다.

의령지역의 의병활동은 초기만 해도 주로 낙동강과 남강을 따라 의령지역을 자체 방어하는 일에 집중했었다. 5월 4일과 6일에 낙동강과 남강의 합류지점인 거름강에 나아가 낙동강을 거슬러 오는 왜선 14척을 물리치는 전과를 올렸다. 그 전투를 계기로 기회가 될 때마다 의령의 의병들은 거름강에 나가 왜선을 쳐부수는 전투에 주력했다.

천복도 전투 때마다 잠복병으로 출병했다. 의령을 중심으로 지물과 지형을 이용한 유격전을 주로 펼쳤는데 이때 가장 중심이 되는 병사가 바로 잠복병이었다.

천복이 참가한 전투 중에 빛난 승리는 바로 솥바위 나루(정암진) 전투다. 임진년 5월 말 왜적들이 뗏목을 타고 남강을 건너 함안에서 의령으로 침공을 시도했다. 곽재우장군이 이끄는 의병과 왜장 안국사가 이끄는 왜병이 남강을 사이에 두고 대치하고 있었다. 이때 장군은 감시초소를 두어 적군의 동정을 면밀하게 살피게 하였다. 그리고 때를 보아 잠복군을 풀어 일시에 적을 소탕하는 작전을 펼쳤다. 이것이 바로 의령의병의 통쾌한 정암진 승전이다. 곽재우장군은 전투에서뿐만 아니라 전술도 뛰어났다.

의병들은 장군의 전술에 모두 혀를 내둘렀다.

장군은 항상 붉은 비단으로 만든 철릭을 입고 당상관의 입식을 갖추고 스스로 '천강홍의대장군'이라 일컬으며 적진을 향해 달려갔다. 숨었다 나타났다 종적을 보이지 않아 적이 단서를 잡을 수 없게 만드는 전술을 폈다. 그런 뒤 다시 북을 치며 천천히 행진하니, 적은 의병의 수를 헤아리지 못해 감히 가까이 올 생각조차 하지 못했다. 또, 산 위에서 다섯 가지로 된 횃불을 들고 밤새도록 함성을 지르게 하여 적의 무리가 두려워 도망치게 만들었고, 정예병을 뽑아 잠복을 시켜 적이 나타나기만 하면 모조리 죽이니 왜군들이 감히 달려들지 못했다.

이렇게 목숨을 걸고 싸우는 의병들 중에도 불만을 토로하는 이들도 많았다. 전투가 소강상태가 되어 잠시 휴식을 취하는 시간이면 삼삼오오 모여 마음에 담고 있던 불만을 터트리곤 했다. 주로 천민으로 태어나 억압과 무시를 당했던 자들이었다.

고령의병 중에는 노비출신이 몇 백 명에 달한다. 그들은 다른 이들과 달리 마지못해 참여한 사람이 대부분이다. 지주를 따라 반강제적으로 동참한 이들이 많았기 때문에 그들은 항상 입에 불만을 달고 산다. 천출인 그들은 자라면서 힘쓰는 일을 도맡아 했기 때문에 무사적인 태도도 저돌적이다. 따라서 전투에서 가장 위험한 선봉대에 선다. 그럼에도 불구하고 전과의 공은 지주인 지도부에 돌아가는 것이 항상 불만이다. 이들은 외적에 대한 적개심도 컸지만, 그보다 전공을 세우면 지금과 같은 천한 신분에서 해방시켜준다는 상전의 말을 올곧게 믿고 참가한 이들이 많다. 또한 그런 바람을 전쟁 중에도 버리지 못하고 있다. 그들 중 가장 눈에 띠는 의병이 부뚜막인데 천출답지 않게 머리가 비상하다. 그런 까닭으로 노비 출신 의병 안에서 그는 자연스럽게 우두머리역할을 하고 있다.

　전투가 소강상태인 어느 날 부뚜막이 천복에게 다가와 이렇게 물었다.

　"어떻게 하면 저도 심마니가 될 수 있을까요?"

　지금 나라를 위해 목숨을 걸고 싸우지만, 공을 세웠다 해도 결코 논공행상의 대상이 될 수 없다는 사실을 그는 이미 잘 알고 있었다.

　심마니가 되고 싶으냐?

　천복은 부뚜막에게 심마니로 성공하기는 어렵다고 말하지 않는다. 심마니들은 대개 몰락한 양반이거나 중인계급에서 대물림된 경우가 많다. 또한 심마니는 어느 정도 학문을 익힌 사람들이며 한 의학에 조예가 깊어야 한다. 권문세가와 연줄이 있어야 하며 대인 관계에 폭이 넓어야만 어인마니가 될 수 있다. 따라서 어인마니의 아들이 계속 어인마니가 되는 게 불문율처럼 내려온다.

간혹 심마니를 따라다니며 채삼 일을 배우는 초동마니가 있는데, 대개 10여살 어린 시절부터 채삼 일을 배운다. 산삼의 생김부터 알 아가고, 한의학 비방도 같이 배운다. 그들 역시 연줄이 있어야만 그것이 가능하다. 거의 대부분 심마니의 집안 형제이거나 친척이 많다. 그러니 부뚜막이 심마니로 성공할 여지는 매우 희박하다. 그 러나 천복은 굳이 그의 소망을 꺾고 싶지 않았다. 그의 영리함이라 면 몇 년 만 배우면 특출한 심마니가 될 가능성이 높다.

노비인 그의 어머니는 부엌에서 밥을 짓다가 부뚜막 앞에서 그를 낳았다고 한다. 그래서 부뚜막이란 이름이 붙었다는 그. 아버지의 성도 내리받을 수 없는 천출이지만 그의 눈빛은 총명하며 무척 맑다.

지난 번 거름강 전투 때나 정암진 전투 때 그가 보인 용감한 전 투력은 곽재우장군까지도 칭찬을 아끼지 않았다. 그가 최전선에서 앞장 설 때마다 그를 따르는 노비 출신들은 몸을 사리지 않고 싸 웠다. 그들의 활약은 다른 의병들의 사기를 높이는데도 크게 이바 지했다.

천복은 다음 번 입산 때에 부뚜막을 데리고 가야겠다고 마음먹는다. 그런 생각이 들자 우선 준비해야 할 것이 있다. 바로 삼통이다. 아 버지로부터 물려받은 삼통을 잃어버린 것은 생각만 해도 분통이 터지고 마음이 쓰리다. 하지만 어찌하겠는가. 입산하려면 삼통부터 준비해야만 한다.

채취한 산삼을 담아오는 도구인 삼통을 만들려면 피나무를 구하는 것이 시급하다.

피나무만큼 쓰임새가 많은 나무도 드물다. 목재, 나무껍질, 꽃, 열매 모두가 사람이 살아가는데 꼭 필요한 재원이 된다. 피나무의 특징은 나무의 재질이 연하고 결이 고와 가공하기가 쉽다. 우선 목재는 조각하기가 쉬워 가구나 밥상, 김칫독, 궤짝, 바둑판까지 만들어 쓸 수 있다. 그런가하면 껍질은 섬유가 길고 질겨서 튼튼한 끈으로 쓰인다. 새끼로 꼬아 굵은 밧줄을 만들어 쓰거나, 촘촘히 엮어 바닥에 까는 자리로도 사용한다. 또 어망이나 그물을 짜는데도 이용한다. 꽃은 많은 꿀을 가지고 있어 밀월식물로써 중요한 자원이 된다. 피나무의 열매는 비교적 단단한 씨앗이 들어있어 스님들의 염주를 만드는데 쓴다.

이렇듯 쓰임새가 다양한 피나무로 심마니들은 삼통을 만든다. 만드는 방법에는 두 가지가 있다. 하나는 피나무 속을 파내어 만드는 함식이고, 껍질로 엮어서 만드는 방법이다. 삼통의 크기를 보면 심마니의 구생자리가 얼마나 되는지 알 수 있는 척도가 된다.

천복은 부뚜막을 불러 그런 내용을 세세하게 설명을 한 다음 피나무가 필요하다고 말한다. 부뚜막의 얼굴에 희색이 돌며 천복을 향해 대답한다.

"나무하러 산에 많이 다녀봐서 피나무가 어디에 많은지 잘 압니다요. 어르신이 말씀하신 피나무를 지가 구해오겠습니다. 어르신!

제 소망을 들어주신다니 그 은혜 잊지 않겠습니다요."

그날부터 부뚜막은 시간이 날 때마다 산에 올라 필요한 피나무를 구해다 쌓아놓기 시작했다.

임진년 7월에는

의령지역 의병에 삼가현의 군사까지 합류하게 된다.

이때 곽재우장군은 휘하를 17장의 군무로 나눈다. 대장 윤탁은 용연에 주둔하고, 선봉장 심대승은 장현, 기찰 심기일은 정호, 복병 안기종은 유곡, 수병장 이운장은 낙동강 서편, 돌격장 권란은 옥천대, 수병장 오운은 백암, 곽재우장군은 유곡 세간에서 전군을 통제하기로 한다. 이렇게 낙동강에서 남강의 정암에 이르기까지 60리 사이에 정찰대를 총총히 배치시켜 활동하도록 했다.

이때까지 의령의 의병군은 연전연승하였으며, 의령을 포함한 경상우도를 지켜냄과 동시에 왜군의 전라도 진격을 저지하고, 후미의 보급로를 차단함으로써 왜군의 전략에 강한 타격을 주었다. 연일 계속되는 전투로 천복이나 부뚜막은 삼통 만드는 일을 잠시 미룰 수밖에 없었다.

천복은 김면장군에 대한 미안한 마음이 가시지 않았다. 아직 쾌차하지 못한 몸으로 매일 전투에 참가하고 있다는 소식을 들을 때마다 매번 자신의 부주의가 후회되었다. 천종산삼을 캤을 때 방심하지 말고 조금만 주의를 기울였더라면 얼마나 좋았을까? 백번 후회해도 소용없는 일이었지만 산삼의 효능에 대해 잘 알고 있는 천복으로서는 안타까운 마음이 쉽게 거두어지지 않았다.

김면장군의 부대에 소식을 전하는 연락병이 전하는 소식에 천복은 자꾸 마음이 쓰였다.

"이번 김면부대의 지례전투는 모험과 같은 전투였지요. 그로인해 의병들 사기가 하늘을 찌를 듯 높아졌고요."

금산과 전주로 향하던 왜군 수천 명이 지례에 주둔하고 있다는 정보를 입수한 김면장군이 공격을 감행하기로 결정한 전투였다고 설명한다. 이 전투를 계기로 그동안 매복 위주의 작전으로 싸웠던 김면의병대가 대규모 공격전으로 전환하게 된다. 의병대는 지례의 사창, 객사, 관아 등에 주둔하고 있던 왜군을 포위하고 나무를 쌓아 불을 지르는 화공전을 펼쳤는데, 이 작전으로 많은 왜군을 섬멸하고 지례를 드디어 회복했다는 통쾌한 전언이다. 그 말에 주변에 모여 있던 의병들은 마치 자신들이 전투에서 이긴 것인 냥 함성을 지른다.

그러나 천복은 김면장군의 건강이 더 궁금했다.

"장군의 건강은 어떠하시던가?"

"직접 만나 살피지는 못했으니 정확한 소식인지 장담할 수 없지만 진지에 떠도는 말로는 병색이 완연하여 보기에도 몹시 딱하다 하더라고요. 저러다가 왜적을 섬멸하기도 전에 아까운 목숨이 먼저 가는 게 아니냐고 의병들 사이에서 쑥덕거립디다. 주변에서 몸을 좀 아끼라고 충정으로 말려도 쇠심줄 같은 고집을 꺾지 않으니 어쩔 수가 없지요."

천복은 나오는 한숨을 꿀꺽 삼킨다. 김면 의병대장에게 왜 마음이 쓰이는지 알 수가 없다. 사실 천복은 김면장군을 실제로 만나거나 본 적이 없다. 다만 연락병이 전해주는 소식만으로 그의 활약상이나 건강 등을 알고 있을 뿐인데 이상하게 신경이 쓰였다.

곁에 있던 부뚜막이 천복을 향해 나지막한 소리로 묻는다.

"어르신은 한의학에 밝으시고 병을 낫게 하는 비상한 비방도 알고 계신다면서요. 장군의 병을 고칠 특효약은 없을까요?"

천복은 자신도 모르게 얼굴이 벌겋게 달아오른다. 잊으려고 애쓰고 있던 집안 사연이 떠올라서다.

천출은

종이나 기생 출신인 첩에게서 태어난 자손을 말한다.

천복의 할아버지는 몰락하기는 했지만 양반가문 태생이었다. 할아버지에게는 본처 자식이 둘이 있었는데, 첩을 얻어 늦게 아들 하나를 더 두었다. 그 첩의 아들이 바로 천복의 아버지였다. 그러니까 천복의 아버지는 천출이라 아버지를 아버지라 부르지 못하고 자랐다. 자기를 낳아준 아버지를 왜 대감이라 불러야 하는지 이해하지 못한 천복의 아버지는 솟구치는 반항심으로 집안에 분란을 자주 일으켰다. 배다른 형들이 공부하고 있으면 벗어놓은 신발 속에 밤송이를 넣어 두거나, 형들이 한 눈 파는 사이에 읽고 있던 책을 몰래 숨겨버리곤 했다. 그런 일이 벌어질 때마다 할아버지는 천복의 아버지를 엄하게 나무랐으며 매를 들 때도 있었다. 물론 아버지가 자라면서 겪어온 이런 내력들은 아버지와 함께 산행을 할 때 들어서 알게 된 사실들이다.

양반의 배타적인 행동은 양반 간에도 이루어졌다. 적서간의 엄격한 예법을 적용하여 서얼은 적자형제와 나란히 앉을 수 없었고, 길에서도 감히 말을 나란히 타지 못했다. 양반끼리도 이 정도였으니 반상간의 예법이야 얼마나 엄하고 혹독했을지 천복은 짐작하고도 남았다.

그러던 어느 날 궁금함을 참지 못하고 천복이 아버지께 물었다.

"서얼의 혼인은 대개 어떻게 이루어졌습니까?"

아버지는 천복에게 어머니에 관해서 그동안 입도 뻥긋하지 않았다. 아마도 특별한 사연이 있기에 그러려니 짐작하고 묻지 않았다. 어머니의 얼굴도 기억하지 못하는 천복으로서는 가장 궁금한 일이기는 했다. 아버지가 서얼이었다면 어머니도 그에 준했으리라 짐작하면서도 둘이 어떻게 만났는지 관심은 컸다. 그러나 아버지는 그 물음에 즉답을 피했다. 대신 아버지는 자신이 자라온 내력을 좀 더 자세하게 설명해 주었다.

할머니는 반항심으로 똘똘 뭉친 어린 아버지를 불러다 앉혀놓고 이렇게 당부했다는 것이다.

"지금부터 너는 김가 가문을 떠나 절로 들어가라. 이미 수향사 주지스님에게 전갈을 보내놓았으니 너를 잘 보살펴 줄 것이다. 다른 생각 하지 말고 스님 밑에서 글자도 배우고 세상사는 이치도 깨치어라. 그래야만 살 수 있다. 내 말 알아듣겠느냐?"

겨우 다섯 살이었던 아버지는 수향사라는 절로 들어갔고, 할머니가 원했던 대로 글자를 배워 불교서적을 읽으며 자랐다는 것이다.

워낙 머리가 비상하여 하나를 알려주면 열을 깨쳤다고 아버지는 천복에게 자랑하듯 말했다.

'그래서 어머니는 어떻게 만났냐고요? 그보다 지금 어머니는 어디에 계신가요? 살아계시기는 한가요? 돌아가셨다면 무덤에 인사라도 드리면 안 되나요?'

터져 나오려는 물음을 천복은 꾹꾹 눌러 가슴에 쓸어 담았다. 아버지 생애에서 가장 행복했던 순간을 깨고 싶지 않은 마음에서였다.

님이 스러진 날은

계사년 2월이었다.

김면장군이 숨졌다는 소식을 들었을 때 천복은 털썩 그 자리에 주저앉고 말았다. 다리에 힘이 쑥 빠져나가며 정신까지 몽롱해져 도저히 서 있을 수가 없었다. 천복은 우려했던 일을 당하고 나서야 자신의 마음이 왜 편치 않았던지 깨달았다. 아버지의 이름과 함께 잊고 있던 그날의 대화가 뒤통수를 때렸다. 아버지와 함께 한 마지막 산행이었다. 오전 내내 산을 훑었지만 성과가 없었다.

적당한 자리를 잡고 앉아 휴식을 취하면서 아버지가 말을 꺼냈다.

"이제 더 이상 산을 탈 수 없을 것 같은 생각이 든다."

"그게 무슨 말씀이세요? 오래오래 건강하셔야지요."

"그게 어디 마음대로 되는 일이냐? 오늘 채삼을 하면 꼭 보내고 싶은 곳이 있었는데 이제 눈도 침침해지고 기력이 쇠해져서 생자리를 찾기 힘들구나."

"채삼을 하면 누구한테 보내려고 하는데요?"

"내가 서얼로 태어나 당한 억울함에 대해 너도 기억할 것이다. 그런데 살다보니 그 억울함도 점점 희미해져 가고 그게 내 운명이라는 생각이 들면서 그때 일은 모두 잊고 살려고 했다. 그런데 어린 나에게 따뜻하게 대해 준 사람은 자꾸 생각이 나는구나. 무슨 까닭인지 그가 요즘 자주 꿈속에 보인다."

"그게 누구지요?"

"이복형이 둘이 있었다고 했지? 그중 작은 형이야. 이름은 면인데 어려서 몸이 무척 쇠약했다는 것이 기억에 남는구나. 천종산삼한 뿌리만 먹으면 원기회복이 될 텐데 ……."

김신. 천복은 그 동안 아버지 이름을 잊고 살았다. 그러니 아버지와 김면장군을 연결해 볼 생각조차 하지 않았다. 자꾸 마음이 쓰였던 이유가 핏줄 탓이던가.

1523년 2월 김면장군은 호남과 호서의 아군과 함께 금산으로 가서 개령과 선산의 적을 무찌를 계획을 세웠다고 한다. 요충지에 병사를 매복하는 등 세부적인 전략을 세우고 있던 중 돌연 병이 심해져 3월 11일 진중에서 세상을 떠났다는 연락병의 전언에 천복은 정신을 차릴 수가 없다.

천복이 정신을 놓고 있는 중에도 연락병은 모여든 의병들에게 계속 말을 이어간다.

"김면장군은 쉰두 살의 늦은 나이에 왜적의 침입으로 나라가 위급한 상황에 빠지자, 병약한 몸을 이끌고 분연히 떨쳐 일어나 의병대를 조직해서 치열하게 싸웠지요. 여러 차례 빛나는 전공을 세워서 경상도 의병대장과 경상우도병사에 임명되었으나 안타깝게 세상을 떠나고 말았지요. 의병을 일으킬 때 '나라가 위급한데 목숨을 바치지 않고서 어찌 성현을 읽었다고 할 수 있겠는가!' 하고 포호했었지요. 그런 김면장군이 남긴 유언은⋯⋯."

의병들은 김면장군이 남긴 유언이란 말에 숙연한 표정으로 연락병의 입에 주목한다. 연락병은 의병들을 쭉 둘러보며 마치 김면장군처럼 엄숙한 목소리로 전한다.

"지지유국只知有國 부지유신不知有身이라."

의병 중에 하나가 연락병을 향해 무슨 뜻이냐고 묻는다.

연락병이 친절하게 풀이해준다.

"나라가 있는 줄 알았지, 내 몸이 있는 줄은 몰랐다."

3

장군의 몸을

앗아간 병명은 역병이라 했다.

천복도 나라에서 벌어지고 있는 사정은 소상하게 알고 있었다. 왜군과의 전쟁은 소강상태였지만 더 큰 문제가 불거진 것이다. 수년 동안 이어지고 있는 흉년과 기근, 그리고 역병으로 나라가 혼란에 빠져있었다.

길거리에는 거지들로 가득하다는 소문이 돌았다. 먹을 것이 없어 산에 있는 나무 등의 껍질을 벗기고, 뿌리까지 캐어 먹어 주변의 산은 하루가 다르게 벌거숭이산으로 변하고 있었다. 그러한 형편에서 경상우도병마절도사가 된 김면은 왜적을 막아내는데 온 힘을 기울이고 있었다. 그의 쇠약한 몸을 역병은 그냥 지나치지 않았다. 군을 지휘하는 장군이 역병에 걸릴 정도였으니, 의병들의 처지가 얼마나 취약했을지 천복은 짐작할 수 있었다.

김면장군의 갑작스런 죽음에 감사로 있던 김성일이 임금에게 다음과 같은 장계를 올렸다는 소식이 병영 안에 돌았다.

"경상우도병마절도사는 본래 병이 잦아서 산림에서 조섭을 했는데, 왜란이 일어나자 먼저 분기를 내어 자신의 몸을 돌보지 않고 창의하여 의병을 일으켰습니다. 도적들과는 같은 하늘 아래 함께 살지 않겠다고 맹세하며 해를 넘겨가며 삶과 죽음을 헤아리지 않고 싸워, 도적의 선봉을 여러 번 꺾어 고령, 지례, 금산을 차례로 수복했습니다. 지금 강우 일대를 보존한 것은 모두 그의 공입니다. 오랫동안 지례의 진중에 있으면서 여름을 나고, 겨울을 지냄에 비바람과 눈서리를 맞으면서 죽을 줄을 알고도 조금도 흔들리지 않고 의연히 나라를 걱정하는 그 정성의 빛남이 붉은 빛과 같습니다. 그런 장군이 오랫동안 마음을 썩인 나머지 끝내 역병에 걸려 목숨을 잃었습니다. 군중에 있는 장성이 한번 무너짐에 삼군이 모두 눈물을 머금었습니다. 하늘이 어찌하여 하늘의 뜻을 따르는 자를 이 지경에 이르게 합니까?"

이 상소를 받은 왕은 크게 탄식하며 예관을 보내 글을 지어 추모하게 했다는 후문도 들려왔다. 그러나 그게 무슨 소용이란 말인가. 이미 세상을 떠난 이에게 부여하는 상이나 직위 따위는 천복의 눈에 한낱 부질없는 겉치레로 보였다.

김면장군의 죽음은 아버지의 죽음에 얽힌 사연을 떠오르게 했다. 아버지 김신의 돌연사는 풀리지 않은 미궁의 사건이 되어 천복의 마음에 커다란 흉터로 남아있다. 이제 그 사건의 전모에 대해 어떻게든 풀어야 할 것 같다.

천복은 곽재우장군이 머물고 있는 막사로 가 면담을 요청한다. 막사로 들자 장군 외에 지도부 인사들이 모여 있다. 아마도 김면장군의 갑작스런 병사로 인해 발생한 군의 개편을 의논하는 자리 같다. 안으로 들자, 시선이 모두 천복에게 향한다. 사실 중인신분인 천복이 대장을 직접 대면하는 일은 흔한 일은 아니다. 그러나 상하 구별하지 않고 모든 의병들과 상호 존중하려는 장군의 의지가 강해서 지도부 인사들도 군말 없이 따르는 모양새다. 장군이 천복을 향해 용건을 묻는다.

천복은 머리를 조아리며 대답한다.

"김면장군의 묘소를 다녀올까 합니다. 그리고 청이 하나 있습니다. 이번에는 의병 부뚜막과 동행했으면 하는데 그래도 되겠는지요?"

막사 안에 있던 지도부 인사들은 천복이 하는 말의 뜻을 이해하지 못하여 의아한 표정들을 지었지만, 장군은 흔쾌히 허락한다.

정말 따라가도 돼요?

부뚜막은 믿기지 않는지 두 번 세 번 되묻는다.

그도 그럴 것이 아무런 예고도 없이 갑자기 입산을 서두르는 바람에 선뜻 믿어지지 않아서다. 천복이 지시한 대로 그동안 준비한 물품을 이것저것 챙기면서 부뚜막은 자꾸 묻는다.

"어르신을 따라가도 된다고 홍의장군님이 허락하셨다고요?"

"그렇게 의심이 되거든 넌 그냥 있어라. 나 혼자 갈 것이니."

"그게 아니고요. 아무렴 따라 가야지요. 그런데 왜 이렇게 서두르시는지 모르겠어서 그럽니다요. 그나저나 챙긴 물품을 살펴봐 주십시오. 말씀대로 챙긴다고 했는데 하나라도 빼놓고 가면 낭패가 아니겠습니까요?"

천복은 부뚜막이 챙긴 물품을 하나하나 살펴본다.

심마니에게 가장 중요한 것은 망태기 속의 물건들이다. 시간이 날 때마다 피나무 껍질로 짠 망태기 속에 삼통이 들었는지 확인한다. 또 몇날 며칠 산 속을 헤매노라면 제일 많이 헤지는 것이 신발이다. 그래서 심마니들은 짚으로 삼은 짚신보다 질긴 삼줄로 신을 삼아 몇 켤레씩 넣고 다니곤 한다.

그 외에도 심마니들이 준비할 것들이 또 있다. 하루나 이틀 사이에 산삼을 찾기는 매우 어렵다. 따라서 얼마동안 산 속에서 지내야 하므로 솥단지와 이불, 옷가지, 식량도 준비해야 한다. 그런 내용을 한 번 얘기를 해 주었을 뿐인데 눈치 빠른 부뚜막은 빠짐없이 준비해 놓았다. 천복은 고개를 주억거리는 것으로 만족함을 표시한다.

떠날 준비가 끝났다. 고락을 같이 했던 의병들이 그 소식을 듣고 우르르 몰려와 천복과 부뚜막을 배웅하며 저마다 한 마디씩 건네는 소리로 시끌벅적하다. 특히 부뚜막을 우두머리로 삼아 자신들의 처지가 변화하기를 고대했던 천민 출신 의병들이 서운한 마음을 연달아 표출한다.

"대장! 이렇게 느닷없이 떠나는 법이 어디 있냐?"

"그러게. 미리 언질이라도 해줬으면 주먹밥이라도 만들어 놓았을 것인데 서운해서 어쩌누?"

"돌아오기는 하는 거지? 이대로 우리를 버리고 줄행랑치는 건 아니지?"

"대장! 다음 전투 때까지는 꼭 돌아와야 한다. 알았지?"

부뚜막은 걱정스런 얼굴의 의병들 손을 하나하나 잡아주며 대답한다.

"꼭 돌아올 테니 걱정하지 마라. 그리고 내가 없다고 해서 농땡이치면 안 된다. 언제 올지 약정할 수는 없지만 되도록 빨리 올 테니 우리 홍의장군님 잘 모시고 있어라. 아무쪼록 모두 역병에 걸리지 않도록 몸조심해야 한다는 것도 잊지 말고."

부뚜막은 발길이 잘 떨어지지 않는지 자꾸 뒤돌아본다. 일 년여 동안 생사고락을 함께 했던 처지라 살붙이처럼 정이 들어서일 게다. 더군다나 내일 일도 장담할 수 없는 전쟁터의 병사들이니, 다시 만날 수 있을까 하는 걱정도 몰려들었으리라. 그 마음은 충분히 이해가 되지만 천복은 머뭇대는 부뚜막의 발길을 재촉한다. 서둘지 않으면 오늘 일정이 늦어질 우려 때문이다.

고령 칠동으로 가자

천복이 앞장서며 말한다.

종종 걸음으로 뒤따르며 부뚜막이 의아스럽다는 표정을 짓는다.

"산이 깊지도 않은데 그런 곳에도 산삼이 있습니까요?"

칠동 마을에 대해 이미 알고 있는지 부뚜막이 묻는다.

천복은 빙긋이 미소를 지으며 대답한다.

"따라와 보면 안다. 어서 가자."

등짐이 힘에 부치는지 힘껏 추스르며 부뚜막이 소리 없이 따른다. 결국 궁금함을 참아내지 못하고 앞서가는 천복을 부르며 또 묻는다.

"어르신, 슬하에 자제는 몇이나 두었습니까요?"

예상치 못한 물음에 천복의 얼굴이 살짝 굳어진다. 앞서가는 천복의 표정을 미처 헤아리지 못한 부뚜막이 연이어 묻는다.

"의병 활동하느라 일 년 이상 집에 가지 못했습지요? 식솔들이 무척 기다리고 있을 건데, 돌아오는 길에 잠시 시간을 내어 들르시면 좋을 것 같습니다요."

천복은 아무런 대답을 하지 않고 빠르게 걷는다. 지금 나타난 얼굴의 표정을 부뚜막에게 보이고 싶지 않다. 전쟁 속에 한동안 잊고 있던 가슴 아픈 사연을 후벼내는 부뚜막이 야속한 심정이다. 그렇다고 아무 것도 모르고 묻는 것인데 화를 낼 수도 없는 일이라 괜히 심사만 사나워진다.

살았으면 다섯 살이 되겠구나. 온갖 재롱을 부리며 아부지, 아부지 부르며 쫄랑쫄랑 따라다니겠지. 아이는 제 어미를 꼭 빼어 닮아 웃으면 함박꽃처럼 환하게 피었었는데.

어머니 뱃속에서 나와 겨우 육 개월 살다 간 아이의 얼굴이 지금은 가뭇하다.

'당신이 무슨 죄가 있다고 그리 황망하게 가버렸단 말이오. 힘이 없는 나라에 태어난 것이 죄라면 죄인 것을. 알뜰하게 집안 살림 챙기며 채삼하러 집을 비운 지아비 대신 홀시아버지 모시느라 좋은 시절 다 보낸 임자에게 면목이 없는 것은 바로 나인게지요. 아직 하고 싶은 말이 많이 남아있는데 그렇게 훌쩍 떠나 버려 혼자 남은 나를 골탕 먹이고 나니 임자 마음은 후련하오?'

천복은 아내가 마치 앞에 있는 것처럼 읊조린다.

묵묵히 뒤를 따르던 부뚜막이 천복을 향해 다시 묻는다.

"의병들 사이에서 어르신에 관한 믿기 힘든 얘기가 돌던데 그것이 모두 참말입니까요?"

"무슨 얘기 말이냐?"

"전쟁터에 나가면 어르신 모습이 확 바뀐진다고 합니다요. 그러니까 왜군을 만나면 철천지원수나 만난 것처럼 무섭게 변한다며 무슨 사연이 있는 모양이라고 모두들 궁금해 하더라고요."

"너도 그것이 궁금하냐?"

"어르신이 그토록 용감하게 싸운 덕분에 우리 부대의 사기가 하늘을 찌르지만 무슨 사연이 있는지 궁금하긴 합니다요."

언젠가는

이야기해줄 날이 올 것이지만 아직은 아니다.

일찍 출발한 덕분에 고령 칠동에 위치한 김면장군의 묘소에 정오가 되지 않아서 당도한다. 장군의 묘는 조성한지 얼마 되지 않아 떼도 아직 싹을 틔우지 못하고 있다. 전쟁 중에 급하게 만든 탓인지 주변에 손댈 곳이 아직 많아 보인다.

등짐이 힘에 부쳤는지 부뚜막이 짐을 부리며 신음소리를 낸다. 무겁다고 투덜거리지 않고 따라와 준 것이 고맙다.

천복은 봉분을 향해 절을 두 번 한다. 부뚜막도 곁에 서서 덩달아 예를 표한다. 누구의 묘인지 알고나 절을 하는지 궁금해진다. 예를 마친 두 사람은 묘 옆에 자리를 잡고 앉는다. 4월에 접어들고 바람도 불지 않아 날씨는 제법 포근하다.

천복은 부뚜막을 향해 정이 담긴 소리로 말한다.

"무거운 짐을 지고 예까지 오느라 수고 많았다. 그런데 이 무덤의 주인이 누구인지 알고서 예를 표한 것이냐?"

"저야 어르신 따라서 인사 드렸고 만요. 어르신의 선친이 아닐까 지레짐작하면서요."

"그 짐작은 틀렸다. 경상우도를 지키고 있는 3대 의병장이 있다. 우리 의병대를 이끌고 있는 홍의장군 곽재우, 송암 김면 장군, 그리고 정인홍 장군이다. 그중 이 무덤의 주인은 바로 송암 선생이다."

"아하! 그리고 보니 얼마 전 연락병에게서 들은 기억이 납니다요. 역병에 걸려 아깝게 돌아가셨다는 장군 아닙니까요?"

"그래 맞다. 송암 선생은 홍의장군보다 조금 늦게 6월경 의병을 편성하였다고 들었다. 우리 부대와 마찬가지로 자발적으로 의병대를 모았는데, 산에서 사냥을 하거나 약초를 캐며 생활하던 군민들이 많이 가담했지. 선생이 고령에서 처음 모은 700여 명의 의병은 대부분 노비출신이었다고 하더구나. 물론 너처럼 천한 신분에서 해방될 수 있다는 기대감으로 의병에 참여했겠지. 선생은 의병대를 발족해서 올 3월 순국할 때까지 약 8개월 동안 30여 차례 크고 작은 전투를 치렀다. 그중 전공을 세운 전투를 들면 무계, 개산포, 우척현, 지례, 사랑암, 그리고 성주성 등 6개에 이른다고 한다. 그것만 보아도 장군이 목숨을 걸고 싸웠다는 것을 충분히 짐작할 수 있지.”

“어르신은 김면장군에 대해 어찌 그리 세세하게 알고 있습니까요?”

“그게…….”

천복은 잠시 말을 끊는다. 자꾸 마음을 끌어당기는 알지 못하는 힘에 이끌려 장군에게 관심을 둘 수밖에 없었다는 사실을 이해시키기가 난감하였기 때문이다.

그래서 얼른 화제를 돌린다.

“너는 어떻게 해서 의병에 참가하게 되었느냐?”

“어르신도 들어서 아시겠지만 제 어미는 윗대부터 계속 이어진 대갓집 노비였습니다요. 나라에 내려오는 법칙 중에 반드시 없어져야 할 반상구별 말입니다요. 양반과 상놈의 신분이 다르다고 하여 갈라놓고 차별하는 법 말이지요. 어미의 평생소원은 내가 면천하는 것이었습니다요.”

너의 원도 어미와 같으냐?

뱉어놓고 보니 우문이었다고 천복은 아차 한다.

서얼로 태어나 사람대접을 받지 못하고 산 아버지의 마음고생을 보고 자랐으면서 그런 우문을 던지다니! 천복은 미안한 마음에 부뚜막을 똑바로 쳐다보지 못한다.

일천즉천一賤則賤 제도는 부모 중 한쪽이 노비이면 자식도 노비가 되는 신분세습법이다. 그나마 아버지는 할아버지가 기생을 첩으로 삼아 낳은 자식이어서 중인신분으로 살 수 있었지만 부뚜막은 아버지가 누구인지도 모르는 노비의 아들이었으니, 주인이 놓아주지 않으면 평생을 아니 그의 자식까지도 노비를 면할 수 없는 것이다.

"어린 나를 품에 안고 어미는 내 머리를 쓰다듬으며 말하곤 했습니다요. '이 어미 뱃속을 찾아들지 말고, 마님의 귀한 뱃속에 자리 잡았으면 얼마나 좋았겠느냐. 그리 되었다면 아마도 넌 큰 나무가 되어 주변 사람들에게 커다란 도움을 주는 사람이 되었을 것이다. 아가, 너를 품은 이 어미가 미안하다.'라고요"

먼 산을 바라보며 회상하듯 말하는 부뚜막의 얼굴에 설핏 슬픈 기색이 지나간다. 천복이 묻기도 전에 부뚜막이 말을 잇는다.

"그랬던 어미가 재작년에 황망한 사건으로 저세상으로 떠났습니다요. 지가 어미의 원을 풀어주기도 전에 말입니다요.

"황망한 사건이라면?"

"어미는 제가 나무를 하러 간 사이에 덕석마리를 당했습니다요. 지금도 지는 믿고 있진 않지만, 어미가 대감에게 꼬리를 쳤다는 겁니다요. 어미는 그 후유증으로 며칠 동안 끙끙 앓다가 끝내 일어나지 못했습지요."

전라도, 경상도 지방에서는 멍석마리를 덕석마리라고 한다. 덕석마리는 사람을 멍석에 말아놓고 뭇매를 가하던 사형의 하나다. 대개 한 집안이나 동네에서 못된 짓을 저지르거나 난폭한 행동을 하고도 뉘우칠 줄 모르는 자가 있으면, 문중이나 동네의 회의를 거친 뒤 어른 앞에 끌고 가 멍석을 펴서 눕히고 둘둘 말거나 뒤집어놓고, 온 집안 식구들이나 동네 사람들이 뭇매를 가해 버릇을 고쳐주는 습속이다.

천복이 묻는다.

"그래서 면천하기 위해 의병에 지원했다는 말이냐?"

그 말에 부뚜막은 대답하지 않는다. 이내 불만이 가득 찬 표정으로 고개를 가로젓는다. 이유를 알지 못한 천복은 그가 말을 이어나갈 때까지 기다릴 심산으로 잠시 주위를 살핀다. 이곳은 김면장군의 선산 터다. 낮은 구릉이지만 앞면은 확 트여있어 조망이 매우 좋다. 대대로 양반가 문중의 선산이니 얼마나 심사숙고하여 골랐을지 짐작하고도 남는다.

주변을 둘러보다 문득 천복은 이곳에 왔던 그날을 떠올린다.

아침부터 아버지는 유별나게 차림에 신경을 쓰고 있었다. 어딜 가는 것이냐고 천복이 물었지만 아버지는 따라와 보면 알 것이라 하며 발길을 재촉했다. 아버지를 따라 처음으로 온 곳이 바로 이 선산이었다. 뼈대 있는 집안의 선산임이 멀리서도 알 수 있었다. 구릉 높은 곳부터 단계별로 두 개씩 짝지어 정리되어 있는 봉분은 언뜻 세어보아도 열기가 넘었다. 오래된 봉분 옆구리 쪽에 파헤쳐진 곳이 있었다. 그곳을 많은 사람들이 둘러싸고 있었다. 장지예식이 이루어지고 있다는 것을 알았지만 주인공이 누군지는 알지 못했다. 다가가지 못하고 먼발치에서 예식을 바라보는 아버지의 눈가가 붉어지고 있었다.

천복이 물었다.

"누가 돌아가신 거예요?"

"너의 할아버지시다."

평생 아버지라고 한 번도 불러보지 못했던 그 분을 마지막 순간에도 먼발치에서 전송해야 하는 아버지의 음성에는 설움과 불만이 가득 담겨있었다.

4

누구시오?

한 무리의 일군들을 몰고 온 이가 천복을 향해 묻는다.

아마도 묘의 조성에 미진한 곳을 손보러 온 모양이다. 여럿이 떠메고 온 것은 두 개의 망주석이다. 천복을 향해 물어온 이는 먼저 해야 할 일이 바쁜 듯 상대방의 대답을 듣지도 않고 서두른다. 일꾼들을 향해 미리 잡아놓은 장소에 망주석을 세울 것을 지시한 다음 천복 옆으로 다가와 다시 묻는다.

"누구시기에 이 묘에 예를 표하십니까?"

천복은 얼른 대답을 할 수가 없다. 묘의 주인공이 아버지의 이복형이라고 그러니 큰아버지께 마지막 인사를 드리러 왔다고 떳떳하게 말할 수 없기 때문이다. 천복이 망설이고 있자, 부뚜막이 나서서 답을 한다.

　"예. 저희는 곽재우장군의 휘하에 있는 의병입니다요. 이 묘의 주인공인 김면장군의 명성을 익히 알고 있기에 예를 표하러 일부러 의령에서 왔습니다요."

　"아! 그래요? 일부러 이렇게 찾아주시어 무척 고맙고 감사합니다."

　머리까지 숙이며 예를 표하는 이를 향해 천복이 묻는다.

　"김면장군과 어떤 사이인지 물어봐도 되겠습니까?"

　"그럼요. 저는 장군이 어렸을 적부터 장군 집에서 집사 일을 하고 있는 오동이라 하오."

　"장군이 어려서부터 그 집에 살았다면 한 가지 물어봐도 되겠습니까?"

　"무엇이 알고 싶은지요?"

　"김면장군에게 서얼 동생이 있었습니까?"

　집사라는 신원을 밝힌 오동은 화들짝 놀라며 상대방을 유심히 살핀다. 쉬쉬하던 내용을 어찌 알고 있는지 천복을 향하여 의심의 눈초리를 숨기지 않는다. 그러면서도 잊고 있었던 그때가 기억나는지 호기심을 보인다.

　"그걸 어떻게 아시지요? 알고 말씀하시는 것 같으니 솔직하게 말씀드리지요. 장군에게는 적자아들이 둘이 있었어요. 그리고 첩에게서 아들을 하나 더 보았지요. 그런데 그 서얼아들이 다섯 살이

되던 해 감쪽같이 사라져 버린 거예요. 집안이 발칵 뒤집어졌지요. 특히 대감은 노발대발하며 찾으라고 명을 내렸어요. 그러나 결국 찾지 못했지요."

"대감은 왜 찾으려고 애썼나요?"

"서얼이지만 적자인 아들보다 그 아들에게 더 마음을 주었으니까요. 이유는……."

막 설명을 이어가려는데 망주석을 세우고 있던 곳에서 그를 부른다. 뭔가 문제가 생긴 모양이다. 그가 부리나케 작업하는 곳으로 뛰어간다. 천복도 자리에서 일어나 그를 뒤따른다. 작업하는 곳에서는 망주석을 세우는 위치에 대해 서로 의견이 분분했던 모양이다. 오동도 헷갈리는지 자리를 정해주지 못하고 머뭇거린다.

본래 망주석은 음양의 조화와 풍수상의 사신사四神砂에 해당하는 장치물로 수구막이의 역할을 한다. 천복은 심마니 일을 하면서 아버지를 따라 산속을 제집 드나들 듯 돌아다녔기 때문에 능이나 원 또는 사대부가의 묘 등을 많이 접했다. 그때마다 아버지로부터 묘에 관한 풍수사상을 배웠다. 그래서 웬만한 풍수에 관한 내용을 꽤 아는 편이다.

망주석은

이곳에 세우는 게 맞습니다.

천복이 한곳을 가리키며 말하자 오동과 일꾼들의 시선이 한꺼번에 그에게로 쏠린다. 그가 차분하게 이유를 설명한다.

"봉분 앞에 있는 상석과 곡장의 끝부분 사이에 터져있는 공간에 세우는 것이 정석이지요. 그것은 혈자리에 맺힌 생기를 밖으로 빠져나가지 못하게 하는 막이 역할을 하기 때문입니다."

그제야 자신이 생각했던 장소도 그곳이라는 몸짓을 하며 오동은 천복이 가리킨 곳을 파도록 일꾼들을 독려한다. 그 사이에 천복은 옆에 놓인 망주석을 살핀다. 사대부가의 위엄을 표시하기 위한 세호細虎가 조각되어 있다.

생전에 아버지는 세호에 관해 이런 설명을 해주셨다.

"세호란 가늘게 조각한 호랑이 문양을 말하지. 본래 세호는 고대의 전설 속에 등장하는 상상의 동물이다. 기린, 용, 이무기, 해태, 거북 등을 말하는데 이들은 덩치가 너무 커서 사람들은 덩치가 작은 상상의 동물로 세호를 택하여 조각했다. 이것은 나쁜 액운을 막아주고 잡귀를 쫓는 수호신 역할을 한다."

일꾼들이 일을 시작하자, 오동이 천복에게 다가와 일을 수월하게 마칠 수 있도록 도와주어 고맙다고 인사를 한다. 그리고는 끝맺지 못한 말을 이어간다.

"서얼 아들의 이름은 김신이었지요. 아들 셋 중에 가장 머리가 영특하고 남을 배려하는 마음도 크고 속이 깊었던 아이였어요. 대감마님은 자주 이런 말을 하셨어요. 기회가 되면 저 아이를 면천시켜 과거를 보게 해야겠다고 말이죠. 그런데 그 아들이 하늘로 솟았는지 땅으로 스며들었는지 종적을 알 수 없게 되었지요."

"그럼 결국 그 아들은 찾지 못했습니까?"

"아니에요. 그러니까 선조 16년이었어요. 아무도 몰라볼 정도로 훌쩍 장성한 모습의 그가 제 발로 찾아왔지요. 이미 성혼하여 아들까지 두었다는 말을 하더군요. 대감마님과 한동안 말을 나누고 돌아갔지요. 무슨 말을 나누었느냐고 대감께 슬쩍 여쭈어보니 서얼 허통첩許通帖을 받게 해 달라고 청을 했다고 하드군요. 나라에 바치는 재물로 쓰라며 그가 가져온 진귀한 보물을 대감은 제게 자랑하듯 보여주셨어요. 나로서는 난생 처음 보는 것이었는데 백년 묵은 천종산삼이라고 하더군요."

"아! ……"

"그리고 김신은 대감마님께 간청하듯 말했대요. 자신은 지금처럼 심마니로 살아도 여한이 없지만, 자식인 천복의 앞길은 열어주고 싶다고 수차례 강조하더래요."

선조 16년에 여진족이 육진을 침입했다. 왕은 병조판서 이이를 통해 서얼 허통첩을 실행하게 했다. 서얼에게 나라에 곡물을 바치고 그 대가로 벼슬을 주거나 부역을 면하게 해 주거나 신분을 올려주도록 한 것이다. 또 지위가 다른 사람이나 집안끼리 서로 교제나 왕래를 허락하는 제도인데 아버지가 그 소식을 전해 듣고 천복을 위해 발 벗고 나섰던 것이다.

그즈음 며칠 동안 아버지의 환한 얼굴을 천복은 아직도 잊지 못한다. 부뚜막의 어미처럼 앞에서 직접 말하지 않았지만 그에 못지않게 자식의 신분 부활을 꿈꾸고 있었다는 사실을 알고 나자 천복은 마음이 먹먹해진다.

아버지의 죽음에 대해 가지고 있던 의문점 하나가 우연찮게 풀렸다.

선산을 뒤로 하고

천복은 길을 나선다.

빠른 걸음으로 뒤를 따르며 부뚜막이 어디로 향하는지 묻는다.

"우선 요기부터 해야 하니 주막으로 가자."

요기를 한다는 천복의 말에 부뚜막은 반색하는 표정을 숨기지 않는다. 무거운 짐을 지고 먼 길을 걸어왔으니 무척 배가 고팠으리라.

작년 산에 오르기 전 들렸던 주막은 전과 다름없이 장사를 하고 있었다. 천복이 부뚜막과 함께 주막으로 들어서자 주인이 벌써 알아보고 반색한다. 자리를 잡고 앉자 주인이 부리나케 국밥을 말아 가져온다.

그리고 한쪽에 앉아 궁금한 표정으로 천복을 향해 묻는다.

"이번에는 산에 오래 있을 예정인가 봅니다. 듬직한 동행자와 함께 나선 것을 보니 말입니다."

같이 온 부뚜막을 눈으로 가리키며 묻는다. 주인의 말에 관심을 두지 않고 부뚜막은 온통 먹는 것에 열중하고 있다. 장정이 꼬박 한나절을 짐을 메고 걸었으니 그럴 만도 하다. 천복도 국물부터 한 수저 떠먹으며 고개를 끄덕여 긍정을 표시한다.

그러다가 문득 소향 생각이 나서 주인을 향해 화제를 돌린다.

"그 아이 말이오. 소향이라는 아이는 잘 있소?"

소향이의 안부를 묻는데 무슨 까닭인지 주막주인의 얼굴이 붉어지며 목소리를 높인다.

"양반이라고 거들먹거리면서 소행은 망나니만도 못하니 세상이 왜 이러는지."

"그 아이에게 안 좋은 일이라도 있는 겁니까?"

"말하는 내 입만 더러워지니 전하기도 싫소."

"잠시 그 아이를 만나고 싶은데 전해줄 수 있겠습니까?"

잠시 망설이던 주막주인이 못이기는 척 자리에서 일어난다.

그사이 부뚜막은 국물까지 깨끗이 비우고 아쉬운 듯 입맛을 다신다. 천복은 반이나 남은 국밥그릇을 부뚜막 앞으로 밀어주며 먹으라한다. 기다렸다는 듯 사양도 하지 않고 국밥그릇에 얼굴을 묻다시피 하고 먹기 시작한다.

얼마 지나지 않아 주인이 소향이를 데리고 주막으로 들어온다. 소향이의 걸음새가 이상하다. 아직 다 자라지 않은 몸매가 옆으로 많이 퍼져있다. 놀란 눈으로 바라보는 천복의 눈과 소향의 눈이 마주친다. 아이의 눈에 이유모를 저주의 빛이 활활 타오르는 것만 같다. 그 눈빛 하나로 천복은 모든 것을 짐작한다. 그 짐작이 맞는다면 자신에게도 일말의 책임이 있다는 생각이 커진다. 그때 아이의 잘못을 덮어주지 말고 바로잡았어야 했다.

주인에게 국밥 한 그릇을 소향에게 가져다주라고 말하면서 천복은 소향에게 아무 것도 묻지 않는다. 아이는 노비의 신분을 벗어나기 위해 천복이 캔 천종산삼이 탐났을 것이다. 산삼은 아이의 상전인 대감이 먹었을 것이고, 산삼의 약효는 아이를 범하는 것으로 나타난 모양이다.

국밥을 다 먹을 때까지 기다려 준 천복은 소향에게 속마음을 밝힌다.

"산을 내려오면 다시 보자꾸나. 부디 희망을 놓지 마라."

둠막은

심마니들의 숙식과 산신제를 지내는 곳이다.

둠막은 만든 심마니들만 사용할 수 있다. 둠막의 형태는 입구만을 남기고 완전히 돌로 쌓는 형태와 둘레만 쌓고 큰 나무로 덮는 경우의 두 가지이다. 둠막의 크기는 보통 2인용 이하로 만든다. 천복의 지시대로 둠막을 만드는 부뚜막의 솜씨가 날래다.

어느새 둠막이 모양새를 다 잡아가고, 부뚜막은 둠막 옆에 제단을 쌓는다. 쌓은 제단 위에 준비해온 돼지머리와 과일, 육포, 떡을 놓는다. 해가 설핏 지고 있어 천복은 서둘러 고사를 지낸다. 황득(모닥불)을 피워놓고 천복과 부뚜막은 음복을 하고 제수음식으로 대강 식사를 마친다. 보통 고사가 끝난 다음 모닥불 앞에서는 어인마니가 입적마니들에게 산삼을 찾는 비법, 산삼을 돋을 때의 주의점 등을 말해준다. 그러나 부뚜막은 워낙 초짜이기에 설명으로 알려주기보다는 실제 현장에서 알려주는 것이 효과적이라 생각되어 천복은 전혀 다른 내용의 대화를 시도한다.

"지난번에는 너의 어미에 관해 네가 얘기를 했으니 오늘은 내 아버지에 관해 이야기를 해 주마. 아버지는 다섯 살 어린 나이에 부모와 떨어져 절집에서 자랐다. 주지스님은 무척 엄하셨다고 하더구나. 물론 아버지의 앞길을 위해 부러 그랬을지도 모르겠지만, 그날 할 일을 다 하지 못하면 꾸중이 말도 아니었다고 했다. 그러니 그 어린 나이에 어머니가 얼마나 보고 싶었겠느냐. 날마다 눈물 바람이었겠지. 그런 속에서도 머리가 명석했던 아버지는 스스로 글자를 깨쳐 절에 있는 책을 거의 다 읽었다고 한다. 그 모습을 지켜본 스님은 장차 큰 스님이 될 거라며 아버지에게 불제자가 되길 권했지만 아버지는 거절했다고 하더구나."

"왜 그랬답니까요?"

"어려서부터 혼자 컸기 때문에 가정을 이루고 사는 것이 꿈이었다고 했지. 마침 마음속에 둔 처자가 있기도 했고……. 그런데 불행하게도 그 처자는 양반집의 딸이었다. 그러니 서얼인 아버지는 속으로만 끙끙 댈 수밖에 없는 처지였지. 그러다 산에 오를 때마다 절에 들리는 심마니가 하는 말에 훅 빠져들고 말았다는 것이다. 백년 묵은 산삼 하나만 채삼하여 나라에 진상하면 서얼에게 과거와 벼슬에 나가는 것을 허용하는 서얼 허통첩許通帖을 받을 수 있다는 말을 듣고 난 후였다."

"허통첩을 받으려고 어르신의 아버님은 심마니를 택하신 거였군요?"

"그렇지. 그러나 생각보다 산삼을 그리 쉽게 찾을 수는 없었단다. 그 심마니를 따라다니며 심마니로서 자질을 키우고 있던 어느 날 자신을 키워준 주지스님이 입적했다는 소식을 듣게 되었다. 아버지는 절로 내려왔지. 그리고 스님의 다비장에서 아버지는 마음에 두었던 처자를 다시 만났다더구나. 그 처자는 아버지가 심마니를 따라 절을 떠난 뒤, 아버지를 잊지 못하고 스스로 비구니를 선택한 것이었다."

"그래서 두 사람은 어떻게 되었습니까요?"

천복은 부뚜막의 물음에 답을 할 수 없다. 아버지에게서 들은 이야기는 거기까지였다. 그 후 처자와의 관계나 천복이 태어난 상황이나 어머니의 부재에 관해서는 일절 듣지 못했기 때문이다.

활활 타오르던 모닥불이 점점 사그라지고 있다. 입산의 첫날밤을 보내기 위해 천복은 모둠으로 들어가고, 부뚜막은 모닥불의 잔불을 정리하느라 부산하게 움직인다.

5

"의령宜寧은 의령義令이다."

천복을 향해 홍의장군이 말한다.

느닷없이 꿈에 나타나 앞뒤 설명 없이 그 말만 남기고 장군은 가뭇없이 사라진다.

이번에는 죽은 아내가 생시의 모습으로 나타난다. 그 뒤를 왜군 병사가 뒤따라가더니 아내를 덮친다. 발버둥치는 아내. 아내는 6개월 된 아이를 들쳐 업고 강물로 뛰어든다. 생시처럼 너무나 생생하여 아내 이름을 부르며 따라가다 그 소리에 스스로 놀라 눈을 뜬다. 천복의 외마디 소리에 부뚜막도 잠에서 깨어 왜 그러느냐고 묻는다. 별일 아니니 더 자라고 다독이며 천복은 둠막을 나온다.

이미 모닥불이 꺼진 제단 주변은 깜깜했고 산속이라 쌀쌀하다.

꿈속에서 장군이 했던 말을 한 번 더 상기해 본다.

'의령宜寧은 의령義令이다.' 이 말은 홍의장군이 의병들 앞에서 여러 번 설파했던 내용이다. 본래 의령宜寧은 '마땅히 평안한 고을'이란 뜻으로 예부터 내려온 고을이름이다. 그러나 홍의장군은 우리 마을 이름으로 의령義令이 더 잘 어울린다고 매번 강조했다.

임진왜란이 벌어지자 임금을 위시하여 나라를 책임지고 있던 벼슬아치들이 너도나도 도망치기에 바빴다. 나라 안은 적군으로 가득 찼다. 나라가 적군에게 점령당한지 한 달이 넘었다. 그때 영남의 곽재우·김면, 호남의 김천일·고경명, 호서의 조헌 등이 의병義兵을 일으켜 격문을 붙이니 비로소 백성들이 나라를 위하는 마음이 생겼다.

"이 중 가장 먼저 의병이 일어난 곳이 바로 여기 영남 의령이다. 이 사실만 놓고 보아도 의령은 의병의 고장이자 충의의 마을이다. 따라서 의령을 옳은 의義 하여금 령令으로 부르는 것이 순리적으로 합당하지 아니한가."

천복은 장군의 주장처럼 '의로운 명령은 마땅히 목숨을 걸어야 한다'는 사실을 마음속으로 매번 다짐한다. 또 의령이란 고장에서 태어난 자신이 무척 자랑스러웠다.

으스스 추위를 느끼며 몸을 웅크리는데 따뜻한 모포가 어깨를 덮는다. 잠을 깬 부뚜막이 가지고 나온 모포다. 자지 않고 왜 나왔느냐고 천복이 묻자, 선잠이 들었다가 꿈을 꾸었다고 부뚜막이 대답한다. 무슨 꿈이었느냐고 천복은 묻지 않는다. 심마니들은 꿈을 먹고 사는 사람들이기 때문이다. 꿈에 의지하며 꿈에 희망을 건다. 그렇게 간절한 소망은 꿈으로 나타난다. 송장을 짊어지고 하산하는 꿈, 엄청나게 큰 무를 뽑는 꿈, 사람을 죽이는 꿈, 어린아이를 안는 꿈 등 이런 꿈을 심마니들은 길몽으로 여긴다. 한 번도 나타나지 않던 죽은 아내가 나타난 것은 산삼을 캘 길몽이다. 아니 아내는 이제 천복을 데려가려고 꿈에 나타난 것일지도 모른다.

속으로 많이 궁금했었던지 부뚜막이 천복을 향해 묻는다.

"어르신, 주막으로 부른 소향과는 무슨 사연이라도 있는 겁니까요?"

국밥을 먹느라 관심이 없는 줄 알았는데 아닌 모양이다. 하긴 같은 처지의 사람끼리는 말하지 않아도 통하는 법이니까 어쩌면 당연한 일이다. 알아두는 것이 좋을지도 모르겠다는 생각이 들어 천복은 소향의 처지를 대충 설명해준다. 고개를 끄덕이며 듣고 있던 부뚜막이 회한이 가득한 얼굴로 혼잣말처럼 뇌까린다.

"뱃속의 아이도 천한 삶을 벗어나지 못하겠구먼요."

불현듯 죽은 어미가 생각나는지 부뚜막의 눈가가 촉촉해진다.

산세가 가파르다.

부뚜막의 헉헉대는 소리가 천복의 귀에까지 들린다. 뒤돌아보니 얼굴까지 벌게져있다. 젊다고 해도 처음으로 하는 산행이라 힘이 드는 모양이다.

부뚜막의 손에는 박태가 들려있다. 박태란 박달나무로 만든 막대기다. 길이는 약 넉자 정도이며 중간에서 밑 부분까지 약간 휘어져 있는 형태다. 삼을 돋굴(캘) 때 가장 요긴하게 사용되므로 심마니의 손에 항상 들려있는 물건이다. 뱀을 쫓을 때나 풀숲을 헤치며 삼을 찾을 때 유용하게 사용된다. 또 근거리에 있는 동료를 찾을 때 의사소통용으로도 사용한다. 한 번 두드리면 어디쯤 있소, 두 번 두드리면 여기 있소, 세 번 두드리면 그만 합시다 등 심마니들 간에 정한 신호를 주고받는 도구로 사용한다.

천복은 평평한 자리를 잡고 앉으며 부뚜막에게 말한다.

"이곳에서 조금만 안침하고 가자."

"안침이 무슨 말입니까요?"

"그래. 잘 물었다. 모르는 것을 그렇게 바로바로 물어서 알아두어야 한다. 안침하자는 말은 휴식을 취하자는 뜻이다. 산속에서 사용하는 심마니들의 은어지. 그런 은어부터 익혀야만 심마니의 생활을 잘 해나갈 수 있다."

"재미있는 은어 몇 가지를 더 알고 싶습니다요"

"저기 날아가는 새 이름은 알고 있느냐?"

"까마귀 같습니다만."

"그래. 맞다. 심마니들은 까마귀를 흑저귀라 한다. 또 호랑이는 산개라고 부르지."

"이 산에도 산개가 있습니까요?"

"글쎄다. 여러 산을 많이 돌아 다녔지만 만난 적은 없다. 사람들이 들고나지 않아 나무가 울창한 깊은 산속에는 살고 있을지도 모르지."

"어르신은 산삼을 잡숴보셨습니까요? 맛이 어떤지 몹시 궁금합니다요."

"캐기도 힘들고 가격도 비싼 삼을 감히 먹어볼 엄두도 낼 수 없었지. 그러나 나도 맛은 궁금해서 아버지께 물어본 적은 있었다."

"어떤 맛이라 합니까요?"

"천종산삼의 첫맛은 박하처럼 화한 맛이 난다고 하더라. 씹으면 씹을수록 혀에 감기는 맛은 오묘하다면서 어떤 말로도 표현하기 힘들다고 하셨지. 단맛이 혀의 오미를 사로잡으며 하루 종일 삼의 향기가 입안에 감돈다고 설명해 주시더구나."

부뚜막은 그 말만 듣고도 침이 고이는지 입맛을 다신다.

천복은 화제를 돌려 부뚜막에게 묻는다.

"혹시 노비면천첩奴婢免賤帖에 대해 알고 있느냐?"

"그럼요. 노비들의 평생 꿈인데 어찌 모를 수가 있습니까요?"

"만약 이번 산행에서 채삼을 하게 된다면 어디에 사용하고 싶은 것이냐?"

천복은 부뚜막이 틀림없이 노비면천첩을 받는데 사용할 거라고 대답할 줄 알았다. 그런데 그의 대답은 의외였다.

만약 하늘이 도와

천종산삼을 돋굴 수만 있다면 나보다 더 간절하게 필요한 자를 위해 쓰겠습니다요.

천복이 묻는다.

"면천하고 싶다고 하지 않았느냐? 지금이 가장 적절한 시기인데 무얼 망설이는 것이냐?"

그렇다. 임진왜란이 일어나자 나라에서는 모군募軍, 군량마련, 재정부족 등의 이유로 노비면천첩을 상시로 발급하고 있다. 이때가 아니면 면천할 수 있는 기회가 쉽게 오지 않을지 모른다. 그런데 부뚜막은 자기보다 더 간절하게 필요한 사람을 위해 쓰겠다는 말이 아닌가. 그러면서 상대가 누구라고는 밝히지 않고 이런 말을 덧붙인다.

"저 한사람이 면천하는 것보다 두 사람이 면천하는 것이 더 좋지 않겠습니까요."

그제야 천복은 그의 속마음을 알아차린다. 왜 그런 생각을 했느냐고 묻지 않는다. 소향의 처지를 듣다가 눈물바람을 하며 그가 했던 말이 가슴에 박혀 있었기 때문이다.

"뱃속의 아이도 천한 삶을 벗어나지 못하겠구먼요."

천복과 부뚜막은 앞서거니 뒤서거니 산을 탄다. 원래 심마니들은 이미 나있는 산길은 따라 가지 않는다. 새로운 길을 개척하여 생자리를 찾아 헤맨다. 생자리란 산삼을 처음 발견한 장소를 일컫는다. 부뚜막은 천복이 준 오갈피 잎과 비슷한 잎이 나오면 꼼꼼하게 비교하느라 뒤처지곤 한다. 오갈피 잎은 삼의 잎 모양새와 매우 닮았다. 그래서 초동마니들은 채삼을 배울 때 오갈피 줄기를 꺾어들고 다니며 산삼의 생김새부터 익힌다.

간단하게 싸온 주먹밥을 먹고 서너 시간의 산행을 했지만, 채삼은 하지 못했다. 날이 어두워지면 둠막을 찾기가 어려워지므로 천복은 부뚜막을 재촉한다. 세잎내피(세 잎짜리 어린 산삼)도 구경하지 못한 부뚜막은 아쉬운 듯 자꾸 걸음이 처진다.

다행히 어둡기 전에 둠막에 도착한다.

막 입구로 들어가려는 부뚜막의 팔을 천복이 낚아챈다. 뒤돌아보는 부뚜막에게 소리를 내지 말라는 표시로 검지를 세워 입술에 댄다. 부뚜막이 휘둥그레진 눈으로 묻는다. 따라오라는 손짓을 하며 천복은 둠막을 살필 수 있고, 몸을 숨길 수 있을 만한 곳을 찾는다. 마침 둠막에서 얼마 떨어지지 않은 곳에 몸을 숨길만한 장소를 발견한다. 큰 바위가 있고 나무가 울창하여 안성맞춤이다. 천복은 자세를 낮추고 둠막의 동태를 살핀다. 전쟁터에서 익숙해진 몸놀림이라 부뚜막도 천복처럼 날렵하게 몸을 숨기고 앞을 주시한다.

부뚜막이 속삭이듯 천복에게 묻는다.

"안에 뭔가가 있다는 것을 어찌 아셨습니까요?"

"긴장을 하고 있으면 안의 움직임을 감지할 수 있게 되지. 산속에는 위험한 동물이 많아 특별히 신경을 써야만 한다."

"사람이 아니라 짐승일지도 모르겠구먼요?"

"기다려 보자. 뭐든 나오겠지."

그런데 예상보다 오랜 시간이 흘렀지만 나오는 움직임은 없다. 점점 어둠이 내려와 조금 더 있으면 앞이 보이지 않을 터인데 큰일이 아닌가. 걱정하고 있던 차에 예상했던 대로 사람이 나온다. 소변이 급해서 나온 모양이다. 급하게 바지춤을 내리고 일을 본다. 멀리서 보아도 단번에 알 수 있는 복장이다.

왜놈이다!

이 깊은 산속에서 왜병을 만날 줄은 천복이나 부뚜막은 전혀 예상치 못했다.

아마도 부대가 이동하는 중에 미처 따라가지 못하고 산속에서 길을 잃은 모양이다. 산속을 헤매다가 둠막을 발견하고 들어간 모양인데 안에 몇 명이 있는지 알 수가 없다. 그런데 소변을 보고 있는 병사는 조총을 메고 있다. 조총을 가지고 있는 병사와의 싸움은 쉽지 않다는 것을 천복과 부뚜막은 잘 알고 있다. 천복과 부뚜막에게는 현재 아무런 무기가 없다. 상대방에게 위치가 알려질 경우 많이 불리하다는 것도 안다.

이 사태를 어떻게 해결해야 할지 방법이 떠오르지 않는다. 다만 어떠한 방법을 써서라도 둠막 안에 있는 적을 살려 보낼 수는 없다. 원수를 갚아달라고 아내가 꿈속에 나타난 모양이다. 그래. 저 놈들을 깡그리 죽이고 아내 곁으로 가는 거야. 천복은 힘껏 입술을 앙다문다.

천복은 주변을 살핀다. 다행하게도 가까운 곳에 대나무 숲이 보인다. 천복이 앞장서자 부뚜막이 말없이 따른다. 벌써 천복의 마음을 읽은 모양이다. 죽창은 사용하기에는 단점이 많으나 쉽게 만들 수 있는 무기 중 하나다. 적당하게 굵은 대나무를 비스듬하게 자르면 죽창으로 쓸 수 있다. 천복은 항상 소지하고 다니던 단도를 이용하여 크고 작은 죽창을 만들기 시작한다.

곁에서 따라 만들던 부뚜막이 작은 소리로 묻는다.

"어르신! 저자들은 조총을 가지고 있는데 이걸로 상대가 되겠습니까? 비격진천뢰 하나만 던지면 전멸시킬 수 있을 텐데 아쉽습니다요."

맞는 말이다. 이럴 때 곽재우장군의 부대에서 요긴하게 쓰던 비격진천뢰飛擊震天雷가 있었으면 하는 아쉬움은 있다. 전투에서 큰 효력을 발휘한 비격진천뢰는 400보까지 날아가 땅에 떨어지면 얼마 후 속에서 불이 일어나 터지는 일종의 시한폭탄이다.

손으로는 열심히 죽창을 만들면서 천복은 부뚜막에게 조곤조곤 명령을 내린다.

"자, 내 말 명심해서 듣고 그대로 따라야 한다. 너는 가지고 있는 수건에 소나무껍질을 벗겨 나온 송진을 흡수시켜 횃불을 붙일 홰를 두 개 만들어라."

"예, 알겠습니다요. 그런데 횃불을 밝히면 적들이 우리의 위치를 알게 되지 않겠습니까요?"

"횃불을 밝히는 것이 아니라 저들이 들어가 있는 둠막을 불태우려는 것이다. 마침 지붕을 큰 나무를 이용하여 만들었기 때문에 그곳에 홰에 불을 붙여 던지면 쉽게 번질 것이다."

"그리하면 왜놈들이 놀라서 빠져나올 것이겠고요?"

"그렇지. 그리되면 적이 몇 명인지 파악할 수 있을 테니, 우리가 어떻게 대응해야 할지 방안이 떠오를 것이다."

"예. 알겠습니다요."

번지고 있는 어둠속으로 사라졌던 부뚜막이 얼마 되지 않아 횃불을 밝힐 홰를 가지고 나타난다. 그 사이에 천복은 열 개가 넘는 크고 작은 죽창 끝부분을 날카롭게 다듬어놓고 부뚜막을 기다리고 있다.

그가 나타나자 낮은 목소리로 계획한 작전을 설명한다.

"이제 둠막에 최대한 가까이 다가가 홰에 불을 붙여 지붕 위로 던질 것이다. 둠막 지붕에 불이 붙으면 너는 이쪽에 나는 반대쪽으로 빠르게 몸을 숨긴다. 그런 다음 인기척을 내어 적들이 뿔뿔이 흩어지도록 해야 적을 상대하기가 쉬울 것이다. 무슨 말인지 알겠느냐?"

덧붙이면

하고 천복은 매우 진지한 얼굴이 되어 말한다.

"너는 네가 할 일을 잊어서는 안 된다. 죽을힘을 다해 적을 섬멸하는 데에만 신경 써라. 만약 나에게 무슨 일이 일어난다고 해도 흔들려서는 안 된다. 그리고……. 만에 하나 내가 죽으면 나대신 네가 꼭 해 주었으면 하는 일이 있다."

"무슨 일이든 말씀하십시오. 분부 받잡겠습니다요."

"소향이를 부탁한다. 너는 잘 모르겠지만 심마니는 선대로부터 물려받은 구생자리가 있다. 그곳에 가면 숨겨 놓은 산삼이 있을 것이다. 그 구생자리가 어디인지는 소향이가 알고 있다."

마치 유언을 남기는 것 같은 어조라 부뚜막은 쉽게 대답하지 못한다.

"자, 나서자."

천복이 비장한 표정으로 앞장선다. 발소리를 죽여 둠막에서 세 보 정도 떨어진 곳까지 다가간다. 그리고 홰에 불을 붙여 둠막 지붕 쪽으로 던진다. 천복과 부뚜막은 서로 눈짓을 나눈 뒤 각기 반대쪽으로 빠르게 이동한다. 그들이 이동하는 사이 둠막 지붕에서 불길이 솟는다. 마른 나뭇가지라 불이 붙는 속도가 빠르다. 주변이 대낮처럼 환해진다.

둠막 안에서 비명소리와 함께 적이 튀어나온다. 하나, 둘, 셋. 모두 셋이다. 겨루어볼 만하다고 천복은 생각한다. 조금 전 소변을 보러 나온 왜군만 조총을 메고, 나머지 둘은 긴 칼을 마구 휘두르며 불을 피해 나온다. 누워 있다가 나온 모양으로 갑옷을 입지 않고 있다.

이쪽이다! 천복이 크게 소리친다. 소리 나는 쪽으로 왜군 3명이 몰려가다가 이쪽이야! 부뚜막의 고함소리에 순간 갈팡질팡한다. 조총을 맨 왜군이 한 명을 이끌고 부뚜막이 있는 쪽으로 총부리를 겨누고 간다.

천복은 적이 한 보 앞까지 다가올 동안 숨을 죽이고 기다린다. 이때다! 수풀에서 뛰쳐나가며 천복은 적의 배에 죽창을 정확하게 꽂는다. 왜군은 끽 소리도 지르지 못하고 쓰러진다. 천복은 아예 모습을 드러내며 다시 소리친다. 이쪽이라니까! 부뚜막 쪽으로 가던 조총을 든 왜군이 뒤돌아 천복 쪽을 향해 총을 쏘아대며 다가온다. 둠막 지붕에서 타고 있던 불길이 더욱 거세어져 옆에 있는 나무에 옮겨 붙는다. 주변이 환하여 움직이는 적의 모습이 명확하게 보인다.

그 사이 부뚜막은 자기 쪽으로 다가온 적 한 놈을 가뿐하게 해치운다. 그리고 천복이 있는 쪽으로 조심스럽게 움직인다. 조총을 겨누고 천복이 있는 곳까지 거의 당도했을 때 부뚜막이 모습을 드러내며 소리친다.

"쥐새끼 같은 놈아! 여기라니까!"

왜군은 뒤돌아서서 부뚜막을 향해 조총을 조준한다. 바로 그때 죽은 왜군의 긴 칼을 빼앗아 든 천복이 조총을 든 왜군의 등을 겨냥하여 힘껏 찌른다. 그러나 적의 예상치 못한 움직임으로 천복의 칼이 살짝 빗나간다. 칼이 내는 소리에 놀란 왜군이 돌아서서 천복을 향해 방아쇠를 당긴다. 그 순간을 놓치지 않고 부뚜막이 왜군의 등에 죽창을 깊이 박는다. 이어서 천복의 손에 들린 칼이 쓰러지는 적의 머리를 사정없이 내리친다. 왜군의 목이 잘리며 붉은 피가 솟구친다.

천복이 쓰러진다. 천복의 가슴에서도 피가 철철 쏟아져 나온다.

어르신!

부뚜막의 날카로운 비명이 적막한 공기를 가른다.

2.

마이크로바이옴의 반란

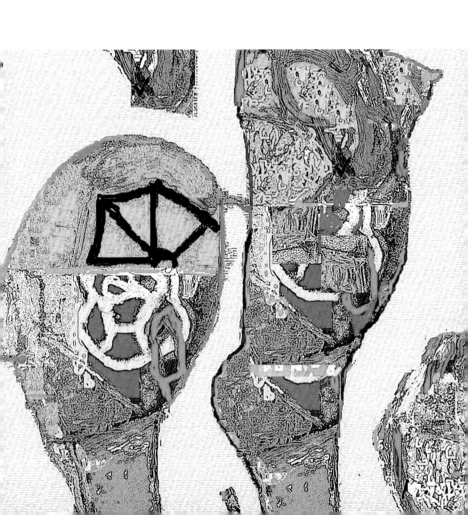

의사 김이 나를 정면으로 응시하며 말한다.

"아무래도 정밀검사를 받아 보는 게 좋겠다."

김은 내게 병이 진행되고 있음을 확인시켜 줄 생각인 모양이다. 그렇지만 반백년도 채 살지 않은 내게 치매검사를 받아보라니 그런 무례가 어디 있는가.

불만이 가득 담긴 눈으로 나는 김을 노려본다.

"자네 마음 이해해! 아니길 바라겠지? 나도 마찬가지야. 그렇지만 예방차원에서 받아보는 것도 나쁠 것 없잖아? 그렇게 하자."

나는 대답을 하지 않고 진료실을 빠져나온다. 친한 친구 앞이라 생각 없이 농담처럼 자세한 증상을 털어놓은 것이 잘못이었나? 후회가 밀려든다.

몇 번을 생각해 봐도 내가 치매에 걸릴 확률은 극히 낮다. 아흔을 넘긴 할머니도, 일흔을 넘긴 부모님도 모두 멀쩡하지 않은가. 그렇다면 가족력은 제로에 가깝다. 거기에 나 자신을 돌아보아도 치매에 걸릴 만한 이유를 도무지 찾을 수가 없다. 나름 치열하게 공부하여 남들처럼 대학교까지 마쳤고, 지금은 이름만 대어도 알만한 회사에서 상무 직분을 충실하게 완수하고 있다. 회사에서 받는 스트레스가 원인일 수도 있지만, 나름 운동으로 풀고 있으니 그도 아닐 것이다. 더군다나 부처님 가운데 토막이라는 별칭으로 불릴 정도로 낙천적인 성격이니 그 탓도 아닐 터. 그런 나에게 김은 치매일 가능성이 높으니 검사를 받아보란다.

생각할수록 기가 막혀 울화가 치민다.

'순 돌팔이 의사 아냐? 저런 놈이 어떻게 의사면허를 따 선생님 소리를 듣는지 원!'

신호등에 걸린 나는 운전대에 놓여있던 손을 들어 달아오른 얼굴을 벅벅 문지른다. 좀처럼 화가 가라앉지 않는다.

이번에는 예상치도 않게 분노가 미영에게 향한다.

'십 년 넘게 살 부비며 살았으면 그럴 수도 있겠다고 이해해 줘야 옳지, 말끝마다 환자 취급하더니 끝내 이런 수모를 겪게 해?'

마치 이 모든 것이 아내인 미영 탓인 것처럼 소리 높여 불퉁거린다. 하긴 가장 많은 시간을 같이 지내는 아내야말로 내 상태를 가장 정확하게 파악하고 있다는 것을 잘 안다. 내 이상한 행동이 걱정도 되었을 것이고, 자기 깐에는 나를 위한 배려로 건강검진을 예약했을 것이다. 다 알지만 그래서 마다하지 않고 내원했는데 왜 하필이면 담당의사가 김이란 말인가. 그 녀석에서 내 치부를 보여주기는 정말 싫었는데 그런 남의 속도 모르고……

의사 김과의 인연은 초등학교부터 시작되었다. 작은 시골마을이라 한 학년이 한반씩 있었다. 초등학교 6년 동안 김과 나는 같은 반이었다. 아내 미영 역시 같은 교실에서 배웠다. 지금 생각해보니 이상하긴 했다. 여학생이 학생 수의 반을 넘는데도 불구하고 미영은 번번이 김과 내 주위에서 놀았다. 누가 먼저 인지는 기억이 나지 않았지만 김과 나는 똑같이 미영을 좋아했다. 그때 미영은 우리 둘을 차별하지 않고 대했다.

초등학교를 졸업하고 우리는 자연스럽게 헤어졌다. 김은 서울로, 나는 중소도시 J에 있는 중학교에 입학했다. 미영은 형편상 시골에 남아 그곳에서 중학교에 들어갔다. 그렇게 떨어지게 된 세 사람은 십오 년간 소식을 모른 채 지냈다. 순간순간 어렸을 적의 추억이 생각났지만 학교생활에 이어 군대에 다녀오고 그러느라 아련한 기억 속에만 남았다.

생각에 잠겨있다 신호등이 바뀐 사실을 놓친다. 뒤차가 빵빵거린다. 나는 황급히 기어를 넣고 출발한다. 아파트 주차장에 차를 세운 채 오랫동안 운전석에 앉아 있었다.

창문 두드리는 소리에 놀라 고개를 든다. 차창 너머로 미영의 얼굴이 보인다. 근심이 가득 찬 눈빛으로 차 문을 열라고 손짓한다. 나는 차문이 열리는 스위치를 천천히 누른다. 다급하게 조수

석으로 들어와 앉은 아내가 다그치듯 묻는다.

"집에 왔으면 들어올 일이지 왜 이러고 있는 거예요?"

"응. 방금 도착했어. 지금 막 들어가려던 참이야."

"뭐라고요? 인터폰에서 차가 도착했다는 알림소리를 들은 지 삼십분도 넘었는데 방금 도착했다고요? 내가 기다리다 못해 이렇게 내려온 건데. 아무튼 그건 그렇다 치고 김박사가 뭐래요?"

"박사는 무슨! 돌팔이 의사 나부랭이를 보고."

"당신 무엇 때문에 이리 기분이 상했어요? 우리가 우려했던 대로 설마 당신 건강에 무슨 큰 이상이 있다고 한 건 아니죠?"

나는 대답 없이 차문을 열고 밖으로 나온다. 아내도 부리나케 차에서 내린다. 내 기분이 별로라는 것을 짐작했는지 그녀는 더이상 캐묻지 않는다. 둘은 입을 꾹 다문 채 집 안으로 들어선다. 사실 미영에게 화를 낼 일이 아니라는 사실은 잘 알고 있다. 그녀가 이 가정을 지키기 위해 얼마나 애를 썼는지 누구보다 잘 아는 내가 이러면 안 된다는 것도 안다. 그런데 자꾸 화가 치미는 것을 어찌할 것인가. 그것은 나 자신에 대한 불만의 표현이기도 하다. 그때 내가 그녀를 붙잡지 않았더라면, 그래서 그녀가 내가 아닌 김과 가정을 꾸렸더라면 어땠을까? 새삼 그녀에 대한 미안함이 컸기 때문이다.

김과 나와 그녀가 다시 만난 것은 초등학교 동창생 모임에서였다. 아마 졸업 이십 주 년 기념행사였을 것이다. 의대를 나온 김은 수련의 과정을 밟고 있었고, 나는 기업체에서 주임자리에 올라 한창 바쁘게 지내던 때였다. 총무가 일일이 전화를 걸어 행사 참여를 독려했다. 내가 바쁘다는 핑계를 대자 총무가 말했다.

"이번 행사에는 유미영도 참석한다는데 얼굴 보고 싶지 않냐? 초등학교 내내 붙어 다니던 단짝이 온다는데 궁금하면 나와라. 알았냐?"

미영이가 참석한다는 총무의 말에 순간 마음이 흔들렸다. 어떻게 변했는지 보고 싶다는 생각이 들었다. 그래서 일부러 시간을 내어 나갔다. 그 자리에서 김을 만났다. 그날 김이 참석한 것도 아마 그녀의 소식이 한몫했을 것임에 틀림없었다. 사실 그 모임 전까지 우리는 한 번도 만난 일이 없었다.

속으로는 진료결과가 무척 궁금했을 터이지만 미영은 내가 입을 열기만 기다린다. 그런 줄 번연히 알면서도 나는 모르는 척 서재로 들어와 버린다. 내 뒤를 따라오던 아내는 순간 문 앞에서 걸음을 멈춘다. 지금은 대답을 들을 수 없을 거라 체념한 모양이다.

서재 의자에 앉아 테이블 위에 놓인 신문을 펼친다. 사실 김이 말한 내용이 자꾸 맴돌아 기사가 머릿속에 들어오지 않는다. 생각 없이 신문을 들추다가 기사 제목 하나가 눈길을 끈다.

'내 몸 안에는 여러 세입자가 살고 있다.'

먼저 기사를 쓴 사람의 이력을 살펴본다. 생명과학부 교수이며 벤처기업 대표라고 소개되어 있다. 그는 미생물 분류학을 전공했고, 25년 동안 흙, 물, 남극, 인간과 동물의 몸 등 여러 환경에 적응해 사는 미생물을 연구해 왔다고 한다.

그가 쓴 기사를 읽어내려 가는 동안 나는 충격을 받는다. 한 번도 생각해 보지 않았던 미생물이 우리의 건강과 자연환경에 큰 영향을 끼친다는 주장은 무척 새롭다. 그는 미생물을 '보이지 않는 지배자' 라고 명명하고 있다.

한 면 전체에 기술되어 있는 교수의 주장에 폭 빠져 있느라 미영이 부르는 소리를 듣지 못했다. 내가 시선을 신문에서 아내 쪽으로 돌리자 아내가 재차 말한다.

"식사 하세요."

그녀의 말이 생뚱맞게 들린다. 음식을 권하는 방식이 전과 사뭇 달라서이다. 아내는 갑자기 왜 그러는 것인가. 그녀의 가장 큰 장점은 음식 솜씨가 특별하다는 것이다. 일상에서 사용하는 평범한 재료도 그녀의 손길을 닿으면 맛깔 나는 음식이 된다. 아내는 그것을 이렇게 한마디로 단언한다.

"맛은 개미가 있느냐 없느냐에 따라 달라지니까요."

다행히 아내가 말하는 '개미' 라는 말을 나는 알아듣는다. 그녀와 고향이 같기 때문이다. 우리 고향에서는 음식 맛을 표현할 때 '개미가 있다' 라는 말을 쓴다. 그것은 음식의 맛을 표현하는 최상의 말로 입안에 착착 감기는 깊고 감칠맛 나는 미각을 일컫는다. 예로부터 우리 고향은 쌀과 농산물이 풍족하여 음식이 다양하고 사치스러웠다. 특히 조선시대의 양반들이 해온 요리법을 이어받았고, 그를 오늘날 까지 지속 발전시켜 왔기 때문이다.

더군다나 아내는 음식의 맛뿐 만 아니라 맛에 대한 표현도 다른 사람과 사뭇 다르다.

첫 데이트 하는 날 우리는 칼국수를 먹었다. 날이 날이니 만큼

근사한 곳에서 폼 나게 대접하려 했는데 그녀가 뜬금없이 칼국수를 원했다. 이유를 묻자, 그녀는 이렇게 답했다.

"내가 단골로 다니는 칼국수 집은 다른 음식점과 달라요. 비록 칼국수라 하지만 그 음식에는 주인의 음식철학이 담겨 있거든요. 동석씨도 그 음식 한 그릇을 먹으면 제대로 한 끼 먹었다는 느낌을 받을 거예요."

그 말을 들었을 때에는 믿지 않았다. 그까짓 칼국수가 뭐라고 저렇게 자랑을 하는지 이해하지 못했다. 그러나 데이트 첫날이기도 하고 그녀를 배려하는 마음으로 칼국수 집으로 향했다. 집은 생각했던 것보다 허름했다. 고가를 수리하여 손님을 받고 있었는데 매우 협소했다. 그런데 예상외로 많은 손님들이 줄을 서서 기다리고 있었다. 우리도 별 수 없이 줄의 마지막에 서서 기다리는 수밖에 도리가 없었다. 칼국수 한 그릇 먹자고 이렇게 시간을 버려야하다니! 나는 짜증이 났다. 그래서 그녀에게 다른 음식점으로 가자고 팔을 끌었다.

그녀는 막무가내로 뿌리치며 이렇게 말하는 것이었다.

"동석씨는 지금까지 음식을 먹으면서 행복한 감정을 느낀 적이 한 번도 없었지요?"

생각해 보니 그녀의 말이 맞았다. 때가 되면 관성적으로 먹었다. 친구와 어울려 대화하면서 먹다보면 밥은 그저 배를 채우는 목적일 뿐 맛은 의미가 없었다. 더군다나 바쁜 회사생활에서 제때에 끼니를 찾는 것도 사치였다. 그런 생활에 익숙했던 터라 그녀가 말하는 먹는 즐거움을 느낄 겨를이 없었다.

한 시간이나 기다려 먹은 칼국수의 맛은 지금도 잊지 못한다.

그녀는 이런 말로 내 동의를 구했다.

"면발이 떨어뜨리면 튀어 오를 정도로 탱탱하지요? 쫀득쫀득하고 매콤하며 칼칼한 맛이 오장육부를 개벽시키는 느낌이 들지 않나요?"

그날 이후 난 음식에 관해 표현하는 그녀의 특출한 비유법에 점점 매료되어갔다.

그런데 지금 아내는 어떤 비유도 생략한 채 건조한 목소리로 식사하라고 말한다. 갑자기 아내에게 미안한 마음이 든다. 나의 발병이 그녀의 잘못은 아니지 않은가. 그런데 지금 나는 아내에게 쓸데없이 고문을 가하고 있다. 마치 너의 잘못으로 내가 이리 되었다고 책임을 전가하는 태도를 은연중에 보이고 있지 않은가.

나는 아내에게 어색한 미소를 띤 채 알았다고 대답하며 주방으로 향한다.

아내와 나는 말없이 수저를 놀린다. 다른 때 같으면 콩나물이 맛있게 무쳐졌다는 둥, 고등어자반 간이 삼삼하다는 둥, 이야기가 오고갔을 터인데 오늘은 아내도 말이 없다. 김 박사로부터 내 병세에 대해 소식을 들은 것인가. 그래서 걱정이 되어 수다를 멈춘 것인가.

무겁게 내려앉는 분위기를 걷어내려고 내가 입을 연다.

"김박사가 그러더라고. 예방차원으로 정밀검사를 받아보자고."

나를 건너다보는 아내의 눈가가 파르르 떨린다.

"너무 걱정 하지 마! 정밀검사 받아보아도 아무 이상 없을 거니까."

무슨 말인가 하려다 아내는 입을 다문다. 괜히 말을 꺼냈다가 신경질적인 반응을 보일까봐 걱정이 되는 모양이다. 아내의 마음을 풀어주려고 별일 아니라는 몸짓을 하며 말을 이어간다.

"만약 결과가 좋지 않게 나와도 난 걱정하지 않아. 당신이 내 곁에 있을 거니까."

아내의 눈이 커진다. 확대된 큰 눈에 눈물이 고인다. 우는 모습을 보이지 않으려는 듯 아내는 개수대 쪽으로 가더니 수돗물을 튼다.

내가 꺼내놓은 말을 되짚어 보니 하지 말았어야 할 말을 했다. 이제 마흔 중반의 나이에 치매에 걸린 남편을 거두어달라는 얌체 같은 소리를 하고 있지 않은가. 물론 내가 그렇게 말하지 않아도 아내는 내 수발을 들어 줄 여자다. 다른 생각을 할 정도로 악한 구석이 없는 마음 약한 그녀에게 무슨 소리를 한 것인가. 후회막급이다. 그러나 한 번 쏟아놓은 말을 주워 담을 수도 없다.

그 자리를 벗어나기 위해 남은 밥을 빠르게 먹는다. 그리고 이내 주방을 나온다. 그때까지도 수돗물을 튼 채 아내는 돌아서지 않는다. 그녀는 지금 무슨 생각을 하고 있는 걸까.

그녀와 순조롭게 데이트를 이어가고 있을 즈음 우연하게 초등학교 동창으로 부터 김의 소식을 들었다. 서울의 종합병원에서 수련의를 하고 있다는 말끝에 동창이 내지르듯 툭 내뱉는 전언에

명치끝이 울렸다. 물론 그 동창은 나와 미영의 관계를 알고 있지 못하는 것 같았다. 만약 알았다면 그런 말을 전하지 않았을 거니까.

"야! 너 김지호 알지? 너와 죽고 못 사는 사이 아니었냐? 조금 있으면 선생님 소리 들어가며 걱정 없이 살 놈이 죽을상으로 내게 하소연을 하더라고. 처음으로 마음을 준 여자가 자신을 쳐다보지도 않는다면서 살고 싶지 않다나 뭐라나. 그래서 내가 충고를 해 주었지. 야, 이 새끼야. 사랑이 밥 먹여 주냐? 잘난 척 하지 말고 너의 처지에 맞는 여자 찾아 봐. 임마. 그랬더니 핏발이 선 눈빛으로 이러는 거야. '내가 지금 가장 화나는 건 그녀가 사랑하는 놈이 나보다 특출하게 잘난 놈이 아니라는 사실이야'라며 씩씩대더라니까."

여자가 누구인지 나는 묻지 않았다. 김도 역시 미영을 사랑하고 있다는 사실을 나는 이미 알고 있었다. 김과 나를 두고 저울질 했을 미영에 대해 까닭 없이 화가 났다. 시나브로 화가 풀릴 즈음엔 다른 의문이 솟았다. 살아온 환경이나 가지고 있는 조건에서 누가 보아도 차이가 명확한데 그녀는 왜 나를 택했지? 그 문제로 혼자서 끙끙대다가 끝내 그녀에게 묻고 말았다.

그녀의 대답은 간결하고 분명했다.

"내가 해 준 음식을 세상에서 가장 맛있다며 먹어 준 동석씨가 난 좋았어요."

아내의 선택이 그리 현명하지 못했다는 생각을 가끔 한다. 그녀가 만들어 준 음식을 내가 맛있게 먹었던 것은 그런 애정이 담긴 따뜻한 음식을 먹어보지 못했던 환경이 크게 작용했다. 반면에 김의 처지에서는 마음만 먹으면 아무 때나 진수성찬을 대할 수 있었을 터이니, 맛있다는 말이 쉽게 나오지 않았을 것이 자명하다. 그것을 전제로 니를 선택했나면 아내는 결정적인 실수를 한 것이다.

서재로 돌아온 나는 좀 전에 읽었던 신문을 다시 펼쳐든다.

저자는 우리 몸 안에 있는 여러 세입자에 대해 자세하게 설명하고 있다. 모르고 있었던 내용이라 관심이 부쩍 솟는다. 까마득히 먼 과거에 인간은 다른 생명체와 공생체를 형성했다는 것. 그때 입주한 미토콘드리아가 수십 개조가 되는 사람 세포 안에 지금도 존재한다는 것. 그 미토콘드리아는 우리가 먹은 음식을 에너지로 바꾸어 주는 큰 역할을 하고 있다는 것이다.

이런 미생물에 대해 설명하면서 저자는 마이크로바이옴(microbiome)에 대한 이야기로 내 호기심을 증폭시킨다.

마이크로바이옴은 미생물연합군으로 피부와 구강, 기도에 존재하며, 식도, 위, 소장, 대장을 이루는 소화기에서도 발견된다고 한다. 특히 이런 미생물은 대장에 가장 많으며 보통 수백 종의 다양한 미생물이 존재한다는 것이다. 그런데 대장 속의 미생물은 숙주인 우리가 먹는 음식에 따라 운명이 갈린다는 설명이다. 우리의 소화를 도와주는 그 미생물들의 균형이 파괴되면 우리 몸 안에서 큰 반란을 일으킨다고 저자는 과학자들의 연구결과를 제시하며 이런 경고를 한다.

"마이크로바이옴의 불균형은 비만, 당뇨, 아토피, 관절염, 자폐,

치매 등 많은 질병과 연관되어 있다.”

마지막 부분에 있는 '치매'라는 단어에 시선이 오랫동안 머문다. 그리고 낮에 김과 상담했던 내용이 다시 떠오른다. 내 증상을 다 듣고 난 김은 알츠하이머 초기증세와 많이 겹친다고 말했다.

나는 코웃음을 쳤다.

“이 나이에 치매라고? 웃기지 마.”

“무식하게 대들지 말고 진지하게 들어. 치매에 걸리는 나이가 따로 있는 게 아냐. 요즈음은 너보다 훨씬 어린 나이에도 걸리는 병이야.”

“그렇다면 내가 지금 치매라고 단정하는 증상이 도대체 뭔데?”

“그건……. 좌우지간 정밀검사를 받아 보자.”

“거 봐라. 의사인 너도 똑바로 대답하지 못하고 있잖아?”

“제발, 미영씨를 생각해서라도 빨리 검사하자.”

김의 입에서 아내 이름이 튀어나오는 바람에 나는 자리에서 벌떡 일어났다. 돌팔이 새끼! 넌 내가 치매에 걸려 미영이를 알아보지 못하길 지금 속으로 바라고 있는 거야. 솟아오르는 분을 삭이며 진료실을 뛰쳐나왔다.

곰곰이 생각해보니 치매가 아니라고 우기고 있지만, 치매에 걸리면 나타나는 증상에 대해 나는 아무것도 알지 못하고 있다. 무작정 아닐 것이라고 우길 일만은 아니다. 나는 컴퓨터를 켜고 치매에 관해 검색을 시도한다. 치매라는 단어를 넣자마자 주르르 떠오르는 웹문서들. 클릭했을 때 그 안에 내가 겪고 있는 증상이

나올까봐 갑자기 두려워진다. 떠오른 제목만 읽으면서도 가슴이 뛴다. 한참을 멈춘 화면만 응시한다. 눈에 힘을 주어서인지 눈가에 경련이 온다. 용기를 내어 문서 하나를 클릭한다. 40대와 50대에 발병하는 젊은 치매의 증상이 화면에 뜬다.

화면에 나타난 증상을 읽어가던 나는 심장이 멈추는 것만 같다. 얼마 전부터 가끔 약속 시간이나 장소를 까먹는 것을 건망증 증세일 뿐이라고 간과했다. 그런 일이 자주 있자, 아내는 내게 조심스럽게 말했다.

"요즘 당신 좀 이상한 것 같아요. 내 스케줄까지 챙겨주던 분이 어째서 이렇게 중요한 일을 자꾸 잊어버려요?"

아내의 지적에 나도 모르게 버럭 소리를 질렀다.

"회사 일이 바쁘다보면 잊을 수도 있는 것을, 당신은 내가 치매라도 걸렸다는 거야?"

말을 뱉어놓고 보니 그건 내가 생각해도 억지였다. 내가 자주 깜빡대자 아내는 내 일정을 달력에 일일이 적어 놓고 매일 점검하며 챙겨주는 것이 일과였다. 그것을 잘 알면서 성질을 부렸으니 마땅히 얼른 사과를 했어야 했다. 그러나 나는 미안하다고 하지 않았다. 그 후로도 마땅히 아내가 해야 할 일인 것처럼 미처 챙기지 못하여 약속이 어긋나면 불같이 성질을 부렸다. 예전과 다르게 나날이 변해가는 내 모습에 아내는 입을 다물었다.

내 신경을 건드리지 않으려고 노력하는 모습에 오히려 화가 났다.

"이제 나 같은 것은 무시하겠다는 속셈인 거지? 내가 모를 줄 알고? 당신 틀림없이 지금 후회하고 있는 거야. 김과 결혼했으면 이런 대우 받지 않았을 터인데 하고 생각하는 거지?"

아내는 기가 막힌다는 듯 헛웃음을 쳤다. 그 웃음이 나를 비웃는 것 같아 또 소리를 질렀다.

"당신을 못 잊어서 지금까지 혼자 사는 그 놈에게 지금이라도 가라고. 말릴 마음 없으니까"

아내의 눈이 왕방울처럼 커졌다. 남편이 왜 그런 말까지 하는지 도무지 이해가 되지 않는다는 표정이었다. 그런 나를 보고 걱정이 되어 아내가 김에게 상담을 청했고, 병원예약을 한 모양이었다.

그런데 바로 그런 증상이 알츠하이머 초기증상이라고 웹문서에 또렷이 적혀있다. 갑자기 하늘이 노랗게 변한다. 그러다가 이내 분노가 가슴에 차오른다. 살아오는 동안 남에게 해 끼치는 일을 한 적이 없고, 남의 눈에 눈물 나게 한 적도 없으며, 부도덕한 일을 저지르지 않고 바르게 살아온 나에게 이건 너무하지 않은가. 사기를 친 사람이거나 흉학한 범죄를 저지른 사람에게 내려야 합당한 벌이거늘 왜 하필 나란 말인가.

분노가 차올랐지만 뭔가 희망을 찾고 싶었다. 웹문서를 계속 읽어간다.

읽어내려 가는 동안 희망은 보이지 않는다. 모든 것이 절망적이다. 원인도 모르고 치료방법도 없다는 질병. 오직 진행을 더디게 하는 것이 최선이라고 한다. 심해지면 식사를 했다는 사실도 잊어버린다는 무서운 병. 그 뿐인가. 가족, 배우자, 친구 등 가까운 사람들을 알아보지 못하고, 다른 사람과의 의사소통 능력도 상실된 다니, 이건 살아도 산 것이 아닌 것이다.

최악의 절망감에 빠져 있는데 아내가 들어온다. 손에는 약사발이 들려있다. 예측하건데 건망증을 완화시키는 한약을 지어온 모양이다. 약에서는 익숙한 느낌의 냄새가 코를 자극한다. 내 앞에 약사발을 내려놓은 아내는 극도로 말을 아낀다. 아마도 자신이 한 말이 내 역정에 또 불을 당길까봐 걱정이 되는 모양이다. 시시각각으로 변하는 감정이 조절되지 않아 항상 분노는 예기치 않은 상황에서 폭발하곤 한다. 이 약이 얼마만큼 효과가 있을지 모르지만 말없이 먹어만 주어도 감사하다는 표정이 아내의 얼굴에 뜬다. 나는 아내의 얼굴을 쳐다보며 약사발을 집어 든다. 막 입으로 가져가려던 순간 내 눈 앞에 아내 얼굴이 크게 확대된다. 전에 비해 알아보게 수척해 있다. 나 때문일 것이라는 생각이 들자 또다시 분노가 치민다. 나도 모르게 약사발을 내동댕이치며 소리를 높인다.

"당신 이 탕에 설마 독약을 넣은 건 아니겠지? 귀찮기만 하고 도움도 되지 않는, 거기에 앞으로 짐만 될 사람이니 죽기를 바라는 마음으로 말이야."

사방으로 튄 한약의 뒤처리를 마친 아내가 말없이 나간다. 아내의 뒷모습이 처연하게 보인다. 내가 아내에게 왜 이러는 것인가. 아내에게 무슨 죄가 있단 말인가. 지금까지 그녀에게 했던 내 태도가 그녀에게는 큰 폭력으로 다가왔을 것이다. 내가 살아있는 내내 그런 폭력을 감내하라고 말할 자격이 과연 내게 있는가.

눈을 감고 마음을 진정시킨다. 지금 이 순간에 내가 할 수 있는 일은 무엇인가. 아내의 말대로 김박사의 처방을 받고 열심히 치료받는 것? 아님 생명이 다할 때까지 기다리지 말고 스스로 결단하여 목숨을 버리는 것? 그것도 아니면 두메산골에 들어가 청량한 공기를 마셔가며 찌든 육체를 힐링시키는 것? 모두 부질없어 보였다. 웹문서에 의하면 서서히 진전된 병은 평균 잡아 8~12년 후에는 합병증 등으로 사망한다고 나와 있다. 겨우 10년을 보장 받는다고 하지만 그 십년 중에 자신이 누구인지, 아내의 이름이 무엇인지, 내가 어떻게 살아왔는지 까마득히 잊고 산다면 그건 죽은 것이나 다름없지 않은가. 그렇게라도 감사하며 살아야 하는가?

눈을 뜬다. 갑자기 젊었을 때 읽었던 소설이 머리에 떠올랐기 때문이다. 벌떡 일어나 책장에 꽂인 책들을 살피기 시작한다. 어디로 숨었는지 쉽게 눈에 띄지 않는다. 그 책은 오랫동안 내 삶에 커다란 영향을 끼쳤기 때문에 버렸을 리가 절대 없다. 그런데 그동안 구입한 책 무더기에 섞여버려 찾기가 쉽지 않다. 한참동안 쌓인 책을 정신없이 헤집었다. 드디어 내 손에 잡혀 나온 책은 출판된 지 80년이 지난 책이다.

대실 해밋(Dashiell Hammet) 『몰타의 매』, 이 책을 나는 대학교를 막 졸업하고 신입사원이 되어 연수원에서 교육받을 때 읽었다. 이름은 잊었지만 강사 중에 한 분의 소개로 책을 구입했던 것으로 기억한다.

처음 책을 읽기 시작했을 때에는 참 특이한 서술이라는 느낌을 받았다. 전체적으로 감정이나 사고와 같은 내면 묘사를 극도로 절제하고 행동만을 간결한 문장으로 묘사함으로서 특유의 비정하고 냉혹한 분위기를 잘 살려낸다고 느꼈다. 나는 보통 책을 읽기 전에 따로 쓰인 해설을 먼저 읽는 버릇이 있었다.

책 뒤의 해설을 그대로 옮겨보면 이랬다.

"한 치 앞도 알 수 없는 인생에서 어떤 조화나 섭리에 기대기보다 자기 확신과 상황에 따른 실존적 결단을 통해 그리고 정서적 애착에 얽매이지 않고 사는 사람의 이야기입니다."

신입사원 시절 이 부분을 읽을 때 느꼈던 전율이 생생하다. 그 시절 너무나 강렬한 느낌을 받았기 때문에 끼워두었던 포스트잇이 아직 그대로 있다.

나는 포스트잇이 끼워진 면을 펼친다.

"어느 날 갑자기 한 남자가 사라졌다. 그의 이름은 클릿크레프트. 아무 문제가 없는 사람이었다. 연간 수입도 많았고, 사업도 수월해서 오후 4시면 퇴근해서 골프장에 가곤 했다. 여러 모로 훌륭한 시민이었고 좋은 남편이자 아버지였다. 어느 날 그는 점심을 먹으러 공사장 앞을 지나가던 중이었다. 건물 10층에서 철제 빔이 눈앞에 떨어졌다. 보도가 박살났고 파편이 튀어 얼굴에 상처를 입었지만 무사했다. 하지만 그는 '누군가 인생의 어두운 문을 열고 그 안을 보여준 것 같은' 충격을 받았다. 작가는 그가 받은 충격을 다음과 같이 묘사하고 있었다. '그 순간 죽음은 그렇게 마구잡이로 찾아오며, 사람은 눈 먼 운명이 허락하는 동안만

목숨을 부지한다는 것을 그는 깨달았다.'

그는 철제 빔이 떨어지는 사건을 당한 후 이런 결론을 내렸다. 인간은 누구든 빔의 추락 같은 사건 앞에서 속수무책일 수밖에 없다. 그러니 나 자신도 살던 곳을 떠나서 인생을 바꾸어야겠다는 다소 깜찍하며 엉뚱한 생각을 한 것이다. 그리고 그는 사라졌다."

죽음은 마구잡이로 온다는 문구가 가슴을 크게 울린다. 그건 소설이 아니라 현실이 되어 내 앞에 놓여 있다. 절대 피할 수 없는, 키르케코르가 말한 '죽음의 응시'가 필요한 시점이 다가온 것이다. 주인공처럼 정서적 애착에 얽매이지 않고 살고 싶다는 강렬한 의지가 솟구친다.

청년 시절에 읽었을 때에는 그 깊은 의미를 정확하게 짚어내지는 못했다. 그러나 지금은 클릿크래프트의 마음을 알 것도 같다. 죽음을 대면했을 때 느꼈을 엄청난 공포에서 도망치려는 몸부림이 눈에 보이는 듯하다.

작가는 거기에 머물지 않고 친절하게도 우리에게 다른 면도 짚어준다.

"그는 자신이 결국 전에 살던 곳에 두고 떠난 것과 똑같은 생활로 빠져들었다는 사실도 모르는 것 같았습니다. 하지만 내가 이 이야기를 좋아하는 것은 바로 그 때문입니다. 그 사람은 철제 빔 사건 때문에 인생을 바꾸었습니다. 하지만 그 뒤로는 빔이 떨어지지 않았으니 생활에 인생을 맞춘 거죠."

책장을 덮는 순간 나는 플릿크래프트의 용기가 몹시 부러웠다.

과연 나는 이리저리 재지 않고 자신을 제외한 그 누구도 고려하지 않을 자신이 있는가. 냉혹하긴 하지만 내 의지대로 인생을 재조립할 자신은 있는가. 죽음을 응시하면서 내 인생을 바꿔 살아볼 자신은 있는가.

오랜 고심 끝에 나는 메모지를 꺼내어 떠나기 전 내가 할 일을 순서대로 적기 시작한다. 먼저 회사에 사표를 내야겠다. 회사에는 미안한 일이지만 이메일로 사직서를 제출한다. 물론 퇴직금과 성과금 모두는 아내 이름으로 수령할 수 있도록 조치한다. 당분간 아내는 그 돈으로 살 수 있을 것이다. 더 돈이 필요하다면 지금 살고 있는 집을 팔면 될 것이니 걱정은 좀 덜어진다. 그러고 보니 우리에게 자식이 없는 것이 그나마 다행이라고 생각한다. 아이들이 살아있었다면 지금 이 순간 내 발목을 잡을 수도 있을 것이다.

미영은 아이를 원했다. 아내는 넓은 가슴으로 자신을 품어주는 내가 무척 고맙다고 했다. 그래서 나를 꼭 닮은 아들을 갖고 싶다고 했다. 그녀의 원대로 결혼 1년이 지난 후 임신이 되었다. 아내는 무척 기뻐했다. 그러나 5개월을 채우지 못하고 아이는 유산되었다. 아들이었다. 병원에서는 이유를 알 수 없다고 했다. 그러지만 젊으니까 애는 다시 가지면 된다고 주위에서 위로했다. 주변 사람들의 바람대로 두 번째 임신이 되었다. 한 번 놀란 가슴이라 아내는 한껏 몸을 조심했다. 괜찮을까 했는데 오 개월 만에 아이는 또 사산되어 우리 품을 떠났다. 그 후 우리 부부는 암묵적으로 아이에 관한 희망을 말하지 않았다.

테이블 위에 아파트 현관열쇠와 차 키, 그리고 핸드폰을 꺼내 놓는다. 이제 이런 것은 내게 필요하지 않은 물건이다.

대강 정리가 된 것 같다. 이제 간단하게 옷가지만 챙기면 된다. 결혼생활 내내 안락한 휴식처가 되었던 곳을 막상 떠나려하니 두려운 마음이 커진다. 내가 이곳에 다시 올 수 있을까. 아니 그보다 돌아왔을 때 난 어디까지 기억할 수 있을까. 손때가 묻은 책 중 내 기억에 남은 문구가 과연 있긴 할까.

안방으로 들어간다. 이제나 저제나 건너오기를 기다리다 지친 아내는 쓰러져 잠이 들어있다. 잠든 아내의 얼굴을 한참 동안 내려다본다. 날이 밝아 내가 사라진 것을 알면 아내는 어떤 반응을 보일까. 어떤 마음으로 이런 결심을 했는지 진심을 이해해 줄까? 툭하면 화를 내는 성격 변화에 하루하루 얼음판 걷듯 아슬아슬하게 지내다가 결국은 남편을 미워하게 되는 일은 없겠지. 밤에는 온 집안을 서성대며 돌아다니다가 낮에 곯아떨어지는 남편의 수면습관 변화 때문에 제대로 잠을 못자 빼빼 말라가는 일도 없겠지. 뒤를 졸졸 따라다니며 밥 달라고 왜 나를 굶기느냐고 투정부리는 어린애 같은 남편 때문에 눈물 짓은 일도 없을 거야. 나는 이불깃을 잘 펴서 아내를 덮어주며 다독여준다.

작은 여행용 가방을 찾아 속옷과 몇 벌의 일상복을 챙긴다. 생각해보니 이렇게 손수 짐을 챙긴 일은 처음이다. 그 많은 출장 때마다 아내는 소리 없이 짐을 챙겨주었다. 그러면서도 자신은 제대로 여행 한 번 다녀오지 않은 그녀다. 회사가 바쁘다는 핑계로, 휴일에는 피곤해서 쉬고 싶다며 여행은 항상 다음으로 미뤘다. 아내의 보호사도 되어주지 못하는 이 시점이 되어서야 후회하는 나는 가정에 충실한 모범적인 가장이라고 스스로 자만 속에 살아 왔다.

가방을 들고 안방을 나서려는데, 아내의 목소리가 들린다. 깜짝 놀라 뒤돌아본다. 다행히 잠든 아내가 잠꼬대를 하고 있다.

"여보, 이거 한 번 잡숴보세요. 당신 잠 든 사이 새벽에 장에 다녀왔어요. 막 따서 공수해왔다는 탱글탱글한 굴이 보여 사왔어요. 이제 막 부쳤으니 따뜻할 때 먹어봐요. 입맛이 확 살아날 거라니까요. 자, 고집부리지 말고 한 입만 먹어봐요. 포동포동한 살집이 탁 터트려지면 입 안에 바다향이 가득 차올라 행복해 질 거예요. 제가 장담한다니까요."

아내는 지금 내 입맛을 걱정하며 꿈을 꾸는가 보다. 아내의 맛에 대한 표현이 꿈속에서나마 살아난 것을 보니 참으로 다행이라는 생각이 든다.

밖으로 나온다. 새벽이라 그런지 기온이 제법 차갑다. 옷깃을 여미며 발길을 내딛는다. 지금 어디로 가는 것이냐고 스스로에게 묻는다. 나는 망설이지 않고 대답한다. '내 인생을 바꿀 수 있는 곳.' 그곳이 어디인지 나는 아직 모른다. 그러나 내 의지대로 살 수 있는 날까지 인생을 마음대로 조립하여 살고 싶다. 과거를 모조리 잊는다 해도 현재에 충실하게 사는 것도 나쁘지 않을 것 같다. 그러나 철저하게 이기적인 결심대로 살았을 때 과연 후회하는 삶이 되지 않을 것인가 걱정은 된다.

수십억 년 전에 우리 몸 안에 들어와 함께 살기로 한 미토콘드리아와 수천만 년 전부터 우리 몸의 세포 사이사이에 입주하여 살고 있는 마이크로바이옴 그 중 어느 미생물이 내 몸의 세포와 불화를 일으키고 있는지 알 수 없지만 나는 이겨낼 것이다. 인간은 자연계에서 살아남는 비법을 스스로 터득하며 현재에 이르렀다고 미생물을 연구한 교수가 단언한 이 말을 믿고 싶다.

"건강한 삶을 유지하려면 그동안 우리가 중요시하지 않던 이들 세입자를 파트너로 인정하고 서로 도울 방법을 찾아야 한다."

교수가 강조한 '보이지 않는 지배자'와 함께 사는 방법을 찾기 위해 나는 발걸음을 내딛는다.

그럴 의도는 전혀 없었다. 그런데 발걸음이 당도한 곳은 아내와 내가 자란 고향이었다. 유년기의 추억이 가득 담긴 마당으로 들어선다. 그곳을 지키던 부모님은 고인이 된지 꽤 오래되어, 관리되지 못한 집은 혼자서 삭아가고 있다. 마치 현재의 내 몸뚱이와 마주하는 것 같아 입맛이 쓰다.

신발을 신은 채 먼지가 수북한 안방으로 들어선다. 아! 문틀위에 나란히 걸린 사진 속 아버지와 어머니가 웃으며 나를 내려다본다. 아들이 이곳에 내려와 살기를 속으로 바랐는지 모르겠다. 비록 먼지를 뒤집어쓰고 있지만 내가 쓸 살림살이는 넉넉해 보인다. 부모님의 웃는 모습에 나도 모르게 희망이 솟는다. 그래. 누가 이기나 한 번 싸워보지 뭐.

팔을 걷어붙이고 집 안팎을 치운다. 꼭 필요한 것 외엔 과감하게 버린다. 물건들과 함께 욕심도 함께 버린다. 고향의 품에 들어서인지 욕심을 버려서인지 모르지만 마음이 한결 편해진다. 진즉 이런 생각으로 살았더라면 치매라는 병이 내 몸 안에 스며들지 않았을까?

한참 힘을 써서인지 시장기가 몰려온다. 주방에 있는 냉장고를 열어본다. 텅 비어있다. 그럴 수밖에 수 년 동안 비어둔 집에 먹을 것이 남아있을 리가 없지 않은가. 그렇다고 이미 저물어가는 있는데 읍내까지 나갈 수도 없다. 한참을 우두망찰하고 있는데 문득 스쳐지나가는 상 하나가 잡힌다.

언제부터인지는 모르지만 아내가 선호하는 TV채널이 있다. 나는 흥미가 적어 마음먹고 재대로 시청한 적은 없지만, 오며가며 곁눈질은 했다.

'나는 자연인이다'는 프로로 기억한다. 그날의 제목은 '불가능은 없다'이었고, 주인공은 결연한 목소리로 삶의 의지가 자신을 살렸다고 강조한다. 파킨슨 진단을 받고 산에 오른 지 11년 만에 놀라운 기적을 만났다는 얘기가 그때는 내 마음을 끌어당기지 못했다. 그런데 지금 주인공의 확신에 찬 얼굴이 다가온다. 그리고 이내 주인공이 차리던 밥상이 생각난다. 두릅, 달래, 돌미나리, 버들치, 도리뱅뱅 등. 나도 여기서 기적을 만날 수 있을까? 집을 떠난 지 처음으로 가슴이 설렌다.

집 주위를 돌아본다. 부모님이 부식으로 사용했을 만한 반찬거리들이 누군가를 기다리듯 덤불 속에서 싹을 틔우며 반기듯 모습을 드러내고 있다.

자연인이 먹던 두릅나무에 두릅순도 보이고, 덤불 속을 헤쳐 보니 달래, 쑥, 돌미나리, 냉이, 돌나물도 가지를 뻗어가고 있다. 아! 내 어릴 적 어머니가 차려주던 반찬의 재료가 다 여기에 있었 구나. 그런데 그 시절 나는 밥상 앞에서 투정을 일삼았다. 소시지 며 달걀 프라이며, 돼지불고기를 해주지 않는다고 징징대지 않았 던가. 어디 그 뿐인가. 회사생활을 할 때에는 전혀 몸 생각을 하 지 않았다. 불균형 식단에 식사 시간도 불규칙했던 그런 식생활 을 오랫동안 했다. 그것이 바로 병의 원인이었을지도 모른다고 뒤늦게 반성한다.

오래된 그런 습관이 내 몸 안에서 동거하고 있던 '보이지 않는 지배자'를 불편하게 했을 것이다. 견디다 못해 그들은 내 몸에 신 호를 보내온 것이리라.

두릅순를 따고, 달래, 돌미나리, 냉이도 조심스레 채취한다. 지 금까지 아내가 해준 음식을 받아먹기만 했던 내가 이제야 스스로 자립의 걸음을 한 발 내딛는다.

다시 올 내 생애 찬란한 봄날을 위해.

3.

용설란 龍舌蘭

녀석이 죽어간다.

남편의 마지막 희망이었던 녀석이 죽어가고 있다. 만개한 꽃이
시들면 녀석은 서서히 말라갈 것이다. 알아보게 힘을 잃어가는
녀석을 바라보며 나는 애써 녀석과 만났던 그날을 더듬는다.

녀석의 이름은 용설란龍舌蘭이다.

잎의 모양이 용의 혀를 닮았다하여 용설란이라 부른다고 식물
도감을 들춰본 남편이 설명해 주었다. 백년 가까이 살면서 딱 한
번 꽃을 피운다하여 '세기의 식물(century plant)'이라고도 불린
다는 녀석이 우리 집에 찾아 든 것은 언뜻 헤아려보아도 이십년
은 넘은 것 같다. 남편의 친한 벗이 어렵게 구했으니 잘 키워보라
며 가져온 묘목이다. 어린 묘목을 키우는 남편의 정성은 지극했
다. 생각해 보면 하나뿐인 딸보다 더 아끼고 보살폈다는 말이 맞

을 지도 모르겠다.

녀석은 연한 연두색을 띠고 있었으며, 살짝 움켜쥐면 금방이라도 뭉그러질 것만 같은 여린 모습이었다. 그런데 애잔한 모습을 띤 녀석을 미처 내 마음에 담기도 전에 남편과 언쟁이 벌어졌다. 당장 이사를 해야겠다는 남편의 고집은 꺾을 방법이 없었다. 아직 어린 묘목이니 조금 더 자랄 때까지 시간을 두고 생각해 보자고 했으나 소용이 없었다. 그 뿐만이 아니었다. 이사를 하지 않으면 녀석이 금방이라도 죽어버릴 것처럼 서둘러댔다.

아파트로 이사와 산 것은 고작 이 년이었다. 편하게 사는 방법에 겨우 익숙해지려는 순간에 불쑥 나타난 녀석이 남편에게는 참으로 좋은 핑계거리가 되었으리라.

사람은 땅에 발을 붙이고 살아야 한다는 철칙을 고수하는 남편은 단독주택을 선호했다. 결혼 후 남편의 직장을 따라 몇 번 거주지를 옮기기는 했지만, 그때마다 아파트는 아예 대상에서 제외되었다. 그러다가 여자 마음을 몰라주는 무심한 사람이라는 나의 끈질긴 성토에 남편도 어쩔 수 없이 자신의 의지를 접고 살게 된 아파트였다.

그런데 느닷없이 찾아든 녀석을 위해서 내목마을로 거처를 옮겨야겠다고 남편이 강하게 주장하고 나선 것이다.

내목마을은 태어나 초등학교 졸업 때까지 살았던 남편의 고향이다. 오랫동안 비어두어 이미 폐가가 되어 버린 고향집이었지만, 녀석을 키울 온실을 만들기에 그보다 좋은 곳은 없다고 남편은 한사코 우겼다. 이미 자신의 생각을 기정사실화하여 말하는 남편의 눈은 반짝반짝 생기가 돌았다.

"시골로 들어가면 가여운 저 딸을 어찌할 건데?"

내 물음에 남편은 아무런 내답을 하지 못했다. 대답을 하지 않았지만 남편이 찔끔한다는 느낌은 왔다. 강하게 나갈 수밖에 없다는 심정으로 말을 이어갔다.

"정 가고 싶으면 혼자 가던지."

우선 고향집에 용설란이 자랄 온실부터 마련하고 일주일에 한 번씩 가서 보살핀다는 절충안을 남편이 내놓았다. 그것까지 반대할 수 없어 나는 슬그머니 묵인했다.

"할머니, 또 이야기해 주세요."

동네 이장의 외손녀인 초롱이다. 코로나19로 어린이집이 문을 닫자, 시골 외가로 보내진 것이다.

나를 찾느라 집안 여기저기를 휘젓고 다녔는지 아이는 숨이 찬 목소리로 말한다. 그러다가 내 표정이 다른 때와 다르다고 느꼈는지 주변을 살핀다.

"어? 할머니, 나무가 왜 이래요?"

"죽어가고 있단다."

"네? 왜요?"

"꽃을 피웠기 때문이지."

이제 여섯 살인 초롱에게 용설란의 특징을 이해시키기엔 좀 버겁다.

용설란은 일생에 단 한 번 꽃을 피운다. 일단 꽃을 피우면 자신을 돌아보지 않고 모든 영양분을 꽃과 씨앗에게 준다. 후손에게 자신의 모든 것을 아낌없이 주고 생을 마감한다는 말을 아이가 알아들을까? 생각해보니 식물뿐만 아니라 동물도 그런 사례가 있다. 연어의 생이 그렇지 않은가. 자신이 태어난 모천으로 돌아와 알을 낳은 후 먹이를 먹지 않고 죽음을 택한다는 이야기를 아이는 과연 어떻게 받아들일까.

궁금했는지 아이가 다시 묻는다.

"할머니, 그럼 이제 용설란은 죽은 거예요?"

"마른 꽃 속에도 생명의 씨앗이 숨 쉬고 있으니까 죽었다고 말할 수 없지."

대답하다가 문득 딸을 떠올린다.

딸은 지금 살았다고도 할 수 없고 그렇다고 죽은 것도 아니다. 그렇게 병원 침상에 누워있는 것이 벌써 십년이 넘었다. 돌이켜보니 참으로 긴 세월이었다.

초롱은 턱을 괴고 앉아 내 입이 열리기를 기다린다.

"무슨 이야기를 해줄거나?"

"무서운 이야기요."

"그래? 이야기를 듣고 요에 그림을 그리면 안 된다."

"요에 왜 그림을 그리는데요?"

"무서운 도깨비 이야기를 해줄 거거든!"

딸도 초롱이만 할 때 매일 이야기를 해달라고 조르곤 했다. 동화책을 읽어준다고 하면 싫다고 고개를 저었다. 내 목소리로 들려주는 구연동화가 세상에서 제일 재미있다던 딸은 밤마다 내가 들려주는 이야기를 들으면서 잠들곤 했다. 무서운 도깨비 목소리 흉내에는 이불속으로 숨어들기도 하고, 신비로운 천사의 목소리에 천사처럼 환하게 웃었다. 그랬던 딸이 지금은 내가 들려주는 성대모사가 섞인 어떤 이야기에도 반응을 보이지 않는다.

이야기가 별로 무섭지 않은지 초롱의 눈이 반짝반짝 빛난다. 장난기가 발동한 나는 아이를 놀래어 줄 심산으로 갑자기 목소리를 나지막하게 변조시킨다.

"도깨비가 슬금슬금 따라와요. 갑자기 거센 바람이 몰려와 걸어가던 사람들이 공중으로 날아오르기 시작했어요. 사람들이 공중에서 빙글빙글 돌아요. 어지러워! 어지러워! 살려달라고 외치는 사람들을 바라보며 도깨비는 싱글벙글거려요. 능청맞은 도깨비를 혼내주는 분이 드디어 나타났어요. 너 이놈! 사람들에게 장난치면 혼쭐난다고 했지? 말이 끝나자마자 도깨비는 그만 몽당빗자루로 변하고 말았어요."

무서웠는지 아이가 내 품으로 뛰어든다. 나는 아이를 꼭 안아준다. 아이에게서 딸의 향기가 난다.

보름 전이다.

내목마을 이장의 전화를 받았다. 처음 듣는 목소리라 요즘 기승을 부리는 보이스피싱이 아닌가 싶어 전화를 끊으려 했다. 상대방은 다급한 목소리로 내목마을 이장이라고 자신의 신분을 밝혔다. 그런대도 나는 얼른 알아듣지 못했다. 내목마을? 들은 것도 같은데? 어디지? 이리저리 복기해보다 생각이 났다. 요즘 들어 단어나 전화번호 등을 자주 잊어버리거나 뒤늦게 생각해내곤 한다. 무슨 일이냐고 내가 묻기도 전에 이장이 용건을 말한다. 지금 바로 내목마을로 와야겠다는 것이다.

갑자기 가슴이 뛰기 시작했다. 불온한 기운이 주변에 펼쳐지는 것만 같았다. 남편에게 무슨 일이 일어난 것인가. 도무지 감이 잡히지 않았다.

한 달 전 집에 다니러 왔을 때만 해도 남편에게서 별다른 이상을 느끼지 못했다. 남편의 희망적인 말에 모처럼 가슴 부푼 분위기였는데, 도대체 무슨 일이란 말인가.

집을 나서기 전 남편은 내 손을 잡고 말했다.

"여보, 미안하오. 당신에게 너무나 큰 짐을 지게 했다는 사실을 나도 잘 알고 있소. 당신에게만 온통 딸애의 뒤치다꺼리를 하게 만든 내가 죄인이오. 허나, 이제 얼마 남지 않은 듯하오. 용설란이 꽃대를 올린 지 몇 개월이 지났소. 이제 곧 꽃이 필 것 같소. 그리되면 우리 수정이도 의식을 찾을 것이오. 당신이나 나나 거의 반평생을 그렇게 믿고 빌어 왔으니 꼭 그리될 거라 믿소. 조금만 더 참고 기다려 봅시다."

남편이 이렇게 길게 말한 적이 없었다. 본래 과묵한 편이었고, 자신의 뜻대로 살 수 없음에 불만이 많아서인지 말수가 줄어들었다. 둘 사이에 가장 의견이 상충된 부분이 바로 딸 문제였다.

딸이 식물인간이 된 이유를 나는 지금도 알지 못한다. 공무원이던 딸은 퇴근하여 저녁까지 잘 먹은 다음 갑자기 쓰러졌다. 구급차에 실려 간 딸은 의식불명 상태가 되었다. 담당의사는 원인을 밝혀내지 못했다. 다만 과도한 업무에 의한 스트레스가 원인일 수도 있겠다는 추측만 내놓았을 뿐이었다.

식물인간이 된 딸은 뇌의 일부가 손상을 입어 의식은 없지만 뇌간은 생생히 살아있다고 의사는 말했다. 인공호흡기가 없어도 자발적으로 호흡할 수 있고, 가끔 눈을 깜박이거나 신음소리를 내기도 하는 상태이니 희망이 보인다고도 했다. 담당의사는 수개월이나 수년 뒤에 기적적으로 깨어나는 경우가 종종 있으니 미리 체념하지 말라고 나를 부추겼다. 그러나 근본적인 치료법은 없다고 했다.

그런 상태로 하루하루를 견디는 딸을 보면서 초반에 우리 부부는 의견 충돌이 잦았다. 남편은 딸을 편하게 보내주자고 했고, 나는 절대 그럴 수 없다고 강하게 반대했다. 사실 저 상태가 이렇게 오래 지속될 줄 알았다면 나도 달리 생각했을지도 모르겠다. 그러나 그때는 딸이 깨어날 것이라는 믿음이 확고했다. 세월이 지날수록 딸이 견디며 지내온 시간이 아까웠고, 생명을 붙잡고 있는 딸의 절실함도 느껴졌다. 이애는 정말 살고 싶어 하는구나. 딸의 강인한 생명에 대한 집착을 나는 도저히 끊어버릴 수 없었다.

남편의 권고를 나는 일축했다.

"당신이 그렇게 우긴다면 이혼할 수밖에 없어요."

그 후로 남편은 더 이상 딸에 관해선 어떤 관여도 하지 않았다. 그리고 용설란이 자라고 있는 내목마을로 떠났다. 가끔 내가 있는 아파트를 다녀가기는 했지만, 병원에 있는 딸을 찾지 않았다.

내목마을은 정읍시 산외면 목욕리의 작은 동네다.

오랜만에 찾아가는 길이 꽤 낯설다. 내가 갓 시집을 왔을 때만 해도 첩첩산골이라는 느낌을 받았다. 그런데 지금은 도로도 넓게 정비되어 있었고 가구 수도 제법 늘어나 보인다. 찾아가는 길은 그리 어렵지 않았다.

남편이 살던 고향집에 들어서자 집채의 3배도 넘을 것 같은 거대한 온실이 내 시선을 확 사로잡았다. 비록 특수한 재질을 이용하여 제대로 지은 온실은 아니었지만 그 규모만큼은 놀랄 만했다. 온실로 들어서자 나는 입이 쩍 벌어졌다.

내가 보았던 연한 연두색으로 손만 대면 뭉개질 것만 같이 앙증맞던 묘목은 어디에도 없었다. 대신 상상이 되지 않을 만큼 훌쩍 자란 용설란이 기품을 자랑하며 중심에 서있었다. 대충 눈짐작으로만 보아도 꽃대의 길이가 사람 키보다 훨씬 컸다. 그런 내 짐작은 틀리지 않았다. 아니나 다를까 꼼꼼함 성격인 남편은 널빤지에 용설란의 이름을 적어 놓았는데, 그 밑에 크기까지 표기해 나무 곁에 꽂아두었다.

이름 : 용설란(龍舌蘭)

꽃대의 길이 : 2.5m

전체 폭 : 2m

전체 높이 : 3.6m

아마도 한 달 전 아파트를 다녀간 다음 꽃이 만개한 모양이었다. 남편은 무척 기쁜 마음에 길이를 재었을 것이고, 꽃을 구경하러 오는 사람들이 궁금해 할까봐 적어 놓았을 것이다. 그렇게 애지

중지하던 녀석을 버려두고 남편은 지금 어디에 있는 것인가.

얼마 지나지 않아 인기척이 들렸다. 돌아보니 낯선 얼굴이었는데 그는 내가 누구라는 것을 짐작한 모양이었다.

그는 거두절미하고 나를 향해 물었다.

"어르신이 지금 어디에 계시는지 알고 있습니까?"

그가 어르신이라고 지칭하는 사람은 남편인 모양이다. 그의 어투는 매우 불친절했으며 나에 대한 불신이 어투에 가득 담겨있어 몹시 불쾌했다. 그러나 그가 말해 주지 않으면 남편의 부재에 대한 원인을 알 수 없기에 불쾌함을 내색할 수 없었다.

어색한 표정으로 고개를 가로젓자 그럴 줄 알았다는 듯 그가 다시 물었다.

"보건소나 선별진료소에서 연락은 받았습니까?"

나는 다시 고개를 가로저으며 되물었다.

"그렇다면 혹시 남편이 코로나19에 감염되었다는 말인가요?"

"저런! 쯧쯧. 인생을 헛되게 산 불쌍한 어르신이었구먼."

나도 모르게 얼굴이 홍당무가 되었다. 남편의 과묵함은 이곳에서도 여전했던 모양이다. 남편이 짐을 싸서 아예 내려온 이후 혼자 지내는 남편을 한 번도 찾아오지 않았다는 사실만 놓고 보면 나는 참으로 몹쓸 아내임이 분명하다. 그러나 지금은 그러한 시시비비를 따지고 논할 때가 아니었다.

다급하게 캐묻자 그가 이렇게 설명하는 것이었다.

"지난번 어르신이 집에 다녀오시고 나서 일주일 쯤 지났을 겁니다. 감기 몸살 기운이 있다며 어르신이 제게 약을 사다 달라고 부탁하더라고요. 그런데 약을 먹어도 좀처럼 열이 떨어지지 않는 것 같았어요, 그때까지만 해도 이곳 내목마을에는 코로나19 환자가 한 명도 없어서 그 병이라고는 아무도 짐작하지 못했지요. 그런데 어르신은 좀 의심이 들었던 모양이에요. 아무에게도 말하지 않고 보건소에 가서 검사를 받은 모양이더라고요."

그리고 보니 요새 모르는 전화번호가 화면에 자주 뜬 기억이 난다. 보통 때 받아보면 상품을 선전하는 광고이거나 보험을 권유하는 전화가 대부분이라 그러려니 하고 아예 수신거부를 해놓았다. 그런데 이장의 말대로라면 코로나19 검사에서 확진자가 된 남편의 동선을 체크하느라 내게 여러 번 연락을 했던 모양이다.

이걸 어찌하나? 가슴이 철렁 내려앉는다.

이장을 향해 떨리는 목소리로 묻는다.

"남편이 지금 어디에 있는지 이장님은 아시는가요?"

이장은 도저히 화를 참을 수 없다는 표정으로 퉁명스럽게 대답한다.

"아마도 연세도 있고 하니 코로나19전담병원으로 보내졌겠지요."

그렇다면 남편은 중증환자로 분류되었다는 얘기가 아닌가.

사실 나는 딸아이가 입원해 있는 병원에서 살다시피 했기 때문에 코로나19에 대해 들음들음 아는 바가 있었다. 코로나19 확진자로 확인되면 제일 먼저 역학조사관의 전화를 받는다. 그런 다음 병원으로 이동해야한다는 안내전화가 오고, 구급차 도착 시간과 병원 위치 안내를 받게 된다. 이때 경증환자는 생활치료센터로 이송되고, 중증환자는 해당 코로나19전담병원으로 보내진다는 설명을 들은 기억이 난다. 중증환자로 분류되면 격리병동에 수용된다고 했었지. 면회는 절대 안 되며, 가족과의 통화조차 쉽지 않다는데 이제 어찌해야 하나.

도무지 생각이 정리되지 않고 머릿속이 하해진다.

"집안은 방역 공무원들이 철저하게 소독을 했으니 걱정하지 않아도 됩니다."

알려주는 이장의 어투에는 아직도 나에 대한 불만이 가득 차있다. 그러나 이장의 그러한 심사까지 헤아릴 만큼 내겐 마음의 여유가 없다.

남편이 지냈던 방으로 들어서니, 성격처럼 실내는 정리정돈이 말끔하게 되어 있었다. 남편은 이곳으로 올 때 꼭 필요한 것만 가져간다며 내가 챙겨준 물건들을 대부분 놓고 갔다. 그래서인지 그리 크지 않은 방이 무척 썰렁하게 느껴진다.

좌식 책상 위 한쪽에 노트 한 권이 놓여 있다. 펼쳐보니 날짜와 요일 그리고 짧은 메모가 적혀 있다. 일기라고 하기엔 너무 짧아 단상이라 보는 편이 알맞을 것 같은 글이다. 앞 쪽부터 넘기던 나는 빠르게 뒷장으로 넘긴다. 남편이 이곳을 떠나기 전 어떤 생각을 했는지 알고 싶어졌기 때문이다.

가장 마지막 쪽에 이런 글이 적혀 있다.

물이 있으면 식물이 있다.

식물이 있으면 꽃이 있다.

꽃은 생명의 근간이다.

마른 꽃을 죽었다고 말하지 말라.
안에는 생명의 씨앗이 숨 쉬고 있다.

한참을 아무 생각 없이 멍하게 앉아있는데 밖에서 수런수런하는 소리가 들린다. 문을 열고 내다보니, 수더분한 모습의 여인이 대여섯 살로 보이는 아이와 함께 서있다. 여인은 손에 상보가 덮인 쟁반을 들고 있다.

아이가 말하고 싶어 죽겠다는 표정으로 몸을 꼬더니 기어이 먼저 앞으로 나선다.

"우리 할머니가 맛있는 거 가져 왔어요."

마을에 찾아온 손님에게 베푸는 정이 아직 이곳에 남아있다.

"들어오세요."

내가 권하자, 아이가 먼저 방으로 뛰어든다. 여인은 버릇없이 그러면 안 된다고 아이를 나무라면서도 스스럼없이 방으로 들어온다. 쟁반을 내려놓고 자리를 잡은 여인이 자신을 먼저 소개한다.

"저는 조금 전 다녀간 이장 안사람이고, 얘는 외손녀예요."

"아-. 저는……."

말을 이어가려고 하자, 이장부인은 말하지 않아도 이미 알고 있다며 상보를 거둬내며 권한다.

"시장하실 것 같아 고구마를 좀 쪄 왔어요. 요기나 하시라고요. 그리고……, 저의 남편이 한 말은 속에 담아두지 마세요. 본심이 나쁜 사람은 아닌데 아니다 싶으면 속마음을 숨기지 못하는 다혈질이라서 그래요. 옛날 남자들은 대부분 그렇지 않나요? 남편의 의식주를 보살피는 게 아내의 의무라고 생각하니까요. 어떤 처지인지 이해하려 들지 않고 여자라면 무조건 일인 다역을 원하는 그런 보수적인 사고가 문제인 거죠."

첫 만남인데 꽤나 수다스럽다는 생각을 하면서도 나는 고개를 끄덕여 긍정의 표시를 한다. 셋 중 참지 못한 사람은 아이였다. 고구마를 먹고 싶은지 제 할머니의 옷자락을 자꾸 잡아당긴다. 그러자 이장부인은 아이에게 집에 가면 네 몫이 있다고 달랜다. 아이는 금방이라도 눈물을 쏟을 것 같은 표정을 짓는다.

나는 쟁반 앞으로 다가앉으며 먹음직스럽게 익은 고구마를 들어 아이에게 준다. 아이의 얼굴이 금방 환하게 밝아진다.

이장부인이 계면쩍은 표정으로 변명을 한다.

"부모가 아이를 너무 귀하게 키워서 저래요. 도무지 참을 줄 모르니 큰일이라니까요."

"애들이 다 그렇지요. 뭐. 아이의 부모는 같이 살지 않나요?"

"딸아이는 도시에서 직장에 다니고 있어요. 아이는 유치원에 다니고 있었는데 그놈의 코로나19 때문에 아이만 여기에 내려와 있는 거지요. 맡길 곳이 없으니 별 수 없지만 애가 심심해서 죽으려고 해요. 이 총소리 없는 전쟁이 언제나 끝나려는지 원."

"……"

다른 생각에 빠져있느라 나는 대답을 하지 못한다. 내 기색을 살핀 이장부인이 쉬시라는 인사말을 남기며 슬며시 자리를 털고 일어난다.

그들이 돌아간 후 나는 핸드폰의 통화기록을 검색한다. 반복되어 기록되어 있는 통화버튼을 누른다. 몇 번의 신호가 간 다음 숨찬 목소리가 응답한다. 나는 남편의 이름을 대며 어디에 있는지 알고 싶다고 묻는다. 전화기 저 편에서 전화를 하는 사람이 누구냐고 되묻는다. 이름을 밝히자, 상대방은 그동안 왜 전화를 받지 않았느냐고 큰소리로 화를 낸다. 왜 사과해야 하는지 알지 못한 채 나는 미안하다고 사과한다. 그러자 상대방은 어조를 낮추어 빠르게 지시한다.

"남편과 직접 동선이 겹치지는 않았지만, 부부이기 때문에 일단 검사는 하셔야 됩니다. 내일 중으로 보건소에 나오십시오. 검사에서 음성이 나온다 해도 2주간 자가 격리를 하셔야 됩니다. 자가 격리기간에는 집밖으로 나오면 절대 안 됩니다."

다행히 검사 결과는 음성이었다.

그러나 나는 딸 곁으로 가지 못한다. 또한 남편 곁에도 갈 수 없다. 집 안에만 있어야 한다는 사실 자체가 감옥살이다. 날마다 바쁘게 움직이던 나에게 이곳의 하루는 참으로 길게 느껴진다.

첫날은 남편이 남기고 간 노트를 읽는 것으로 시간을 보냈다. 남편의 노트에서 그가 이곳에서 무슨 생각을 하며 어떤 생활을 했는지 조금은 알 수 있었다. 용설란을 보살펴야 한다는 것은 일종의 면피용 구실이었다. 그가 이곳을 택한 것은 나와 딸애의 죽어있는 시간을 도저히 마주할 수 없었기 때문이었다. 노트 곳곳에 남겨진 후회와 절망과 회한의 문자들이 그것을 입증하고 있었다.

둘째 날은 하루 종일 온실에서 지냈다. 점점 힘을 잃어가고 있는 것처럼 보이는 용설란을 바라보니 저절로 남편과 딸 생각이 사무쳤다. 어쩌면 남편은 용설란을 딸로 생각하며 돌보았을지도 모른다. 아니 용설란을 가지고 온 벗이 남기고 간 '용설란 꽃을 보고 소원을 빌면 꼭 이루어진대!'라는 말을 굳게 믿으며 나날을 보냈지 싶다. 용설란의 꽃말은 '강한 의지, 용기, 섬세'라 한다. 이 꽃말처럼 강한 의지와 용기로 딸이 눈을 번쩍 뜨기를 날마다 빌었을 지도 모르겠다.

셋째 날은 이장의 손녀와 하루를 지냈다. 마을에는 주로 노인들이 많아 아이의 말벗이 될 사람은 없었다. 놀 거리를 찾아 이집 저집 찾아다니다가 마지막으로 우리 집에 들른 모양이다. 워낙 활달하고 거침새 없는 성격인 아이는 구석에 둔 상자를 들추더니 까악, 하고 기쁨의 함성을 지른다.

"할머니, 이거 먹어도 돼요?"

아이의 손에 들린 것은 초코파이 상자였다. 아! 나도 까맣게 잊고 있었던 구호물품과 먹거리였다.

자가 격리에 들어간 날 보건소에서 보낸 상자가 집 앞에 배달되었다. 쌀, 라면, 참치캔, 된장, 고추장, 다시다, 깻잎캔, 장조림캔, 햇반, 김, 물티슈, 밴드, 마데카솔, 간장, 신라면, 초코파이 등이다. 입맛도 없고, 본래 선호하지 않은 인스턴트 제품들이라 상자 채 놓아두었던 것을 아이가 뒤적여 찾아낸 것이다. 내가 고개를 끄덕이자, 아이는 상자 채 펼쳐놓고 맛있게 먹는다.

"초롱아! 그게 그렇게 맛있어?"

"예, 할머니. 할머니도 한 번 드셔보세요."

"나는 싫다. 너나 많이 먹으렴."

순식간에 두 개를 먹어치운 아이는 배가 부른지 상자를 밀쳐놓고 나를 향해 조른다.

"할머니, 옛날이야기 해 주세요."

"알고 있는 이야기가 없단다."

"피이! 거짓말! 할아버지가 그러셨단 말예요. 할머니는 이야기를 아주 재미있게 하신다고요."

아마도 남편은 아이가 자꾸 조르니까 내 핑계를 대었나보다. 젊었을 적 한때 나는 인기가 꽤 있던 동화구연가였다. 딸애가 식물인간이 되기 전까지는.

넷째 날에 코로나19전담병원에서 전화가 왔다. 남편의 상태가 위중하다는 말을 전하는 목소리가 건조하게 들린다. 목소리라도 들을 수 있게 해달라는 내 간청에 담당자는 미련두지 말라는 어투로 잘라 말한다.

"마음의 준비를 하시는 게 좋겠어요."

담당자의 말에 머리가 멍해진다. 딸애가 입원해 있는 병원에서 들었던 이야기가 머리를 스쳐간다. 코로나19 사망자는 염과 입관 등 일반적인 장례절차를 거치지 않고 바로 화장장으로 옮겨져 마지막 인사를 할 기회조차 없다는 것이다. 또한 받아주는 장례식장도 없어 장례를 치르지도 못한다는 얘기였다. 그 이야기를 들었을 땐 남의 이야기라 여겨 심각하게 생각하지 않았다. 그랬는데 바로 그런 일이 내 앞에 닥친 것이다.

그때 읽었던 안타까운 이야기지만 아름다운 이별의 기사(×× 일보)도 떠오른다. 미국에서 벌어진 동화 같은 얘기였는데 슬프면서도 가슴을 따뜻하게 하는 내용이라 잊히지 않았다.

'70년 해로 부부, 코로나 확진 후 한날한시에 숨졌다.'

미국 ABC 뉴스 등 외신은 몇 분 간격으로 세상을 떠난 딕 미크(89)와 셜리 미크(87) 부부의 슬픈 사연을 전했다. 미국 오하이오주에 사는 미크 부부는 지난해 12월 22일 결혼 70주년을 맞이해 식구들을 불러 축하하는 자리를 가졌다. 그런데 갑자기 감기 증세를 느꼈고, 단순한 감기인 줄 알았지만, 몸 상태는 점점 더 나빠졌다. 결국 병원에 입원한 두 사람은 코로나19 확진 판정을 받았다.

남편과 아내는 서로 다른 병실에서 치료를 받았다. 시간이 갈수록 부부의 상태는 나빠졌고, 자녀들은 두 사람이 곧 세상을 떠날 것이란 걸 직감했다. 자녀들은 의료진에게 '두 분이 함께 있을 수 있게 해 달라'고 간청했다 한다. 의료진들은 부부가 한 병실에서 지내도록 침대를 옮겼다.

노부부에게 마지막 순간이 왔다. 딸 하퍼는 '부모님의 애창곡인 존 덴버의 곡이 나오는 병실에서 두 사람은 임종 순간까지 잡은 손을 놓지 않았다'라고 말했다. 부인 셜리가 먼저 눈을 감자 간호

사는 남편 덕에게 '이제 손을 놓아도 된다. 부인이 기다리고 있다'
고 하자 그 역시 곧 숨을 멈췄다.

　애틋한 사연에 가슴이 저릿했었다.

　그런데 우리 부부는 어찌될 것인가. 남편은 위중한 상태이고 나
는 자가 격리로 나가지도 못한다. 딸애는 세상과 담을 쌓은 채 병
상에 누워있다. 어찌해야 하는가. 아무리 머리를 쥐어짜 보아도
해결책이 보이지 않는다.

　이장부인은 내가 이곳으로 내려온 후부터 매일 똑같은 시간에
온다. 처음에는 단순하게 친절함의 표현인 줄만 알았다. 그런데
아니었다. 그녀가 매일 집에 들러 어려운 점을 해결해 주는 것은
나라에서 실시하는 복지 프로그램 중 하나라고 한다. 실제 프로
그램 이름은 '노노케어'인데 다음과 같은 일을 한다고 그녀가 내
게 설명해준다.

　"노노케어란 독거노인, 조손가정노인, 거동불편노인, 경증치매
노인 등 취약노인 가정을 방문하여, 일상생활을 안정적으로 유지
할 수 있도록 안부 확인, 말벗 및 생활 안전 점검 등 필요한 서비
스를 제공하는 활동이에요."

　그동안 남편은 이장부인이 담당하는 노노케어의 대상이었다고
한다. 남편은 아내가 오랜 기간 딸의 병간호로 하고 있어 이곳에
오지 못한다는 사실을 그녀에게는 말한 모양이다. 그런 사실을
알고 있었기에 내가 특별하게 케어를 받아야 할 대상이라고 판
단한 그녀는 서둘러 관계기관에 신청하였고 내가 대상자가 될 수
있었다는 것이다. 갑작스레 닥친 환경변화는 가장 먼저 우울증을

동반하게 되고, 위험한 생각까지 하게 된다면서 그렇게 되지 않도록 자신이 도와주겠노라고 그녀는 매우 붙임성 있게 말한다.

"혹시 남편이 남긴 말이 있는가요?"

내 물음에 이장부인은 온유한 낯빛으로 대답한다.

"어르신은 항상 부인과 딸을 걱정하셨어요. 용설란이 활짝 핀 그날 어르신이 고향으로 귀향한 후 처음으로 커다랗게 웃으셨지요. 그리고 제게 이렇게 말씀하시더군요. '이제 우리 수정이가 틀림없이 의식을 찾을 것이니 딸 곁으로 빨리 가야겠다.'라고요. 그런데 왜 이런 일이 벌어졌는지 세상사가 참으로 얄궂네요."

남편이 위중하다는 사실을 알고 말하는 것 같았다. 전담병원 담당자가 마음의 준비를 하라고 전화한 지 삼일이 지났다. 그 후로 아직까지 별다른 연락을 받지 못했다.

이장부인이 돌아간 다음 나는 온실로 향한다.

이장부인의 설명에 의하면 남편은 거의 대부분 시간을 온실에서 보냈다고 한다. 이야기의 대상도 용설란이었으며, 알뜰하게 보살핀 손길도 오로지 용설란이었다고 했다. 남편의 극진한 마음이 통해서였을까? 다시 보아도 참으로 신기하다. 사람들이 살아생전 보기 어렵다는 꽃을 피우기 위해 저토록 높다랗게 꽃대를 올리느라 녀석은 얼마나 힘이 들었을지.

남편처럼 나도 용설란에게 말을 걸어본다.

"남편과 수정이가 앞으로 어떻게 될 것인지 너는 알고 있겠지?"

용설란은 답을 하지 않는다.

이번에는 가까이 있는 잎에 살짝 손을 대본다. 그렇게 생각해서인지 온기가 전해지는 것 같다. 딸의 몸을 매일매일 마사지하면서 느꼈던 아주 미세한 열감과 비슷하다. 그때마다 나는 속으로 이렇게 빌었다.

"내 딸 수정아. 엄마 소원 하나 들어주렴. 제발 엄마- 하고 한 번만 불러다오."

딸도 답을 하지 않았다.

남편이 앉아 지냈을 의자에 앉는다. 처음 들어왔을 때는 보이지 않던 물건들이 눈에 띈다. 젊어서부터 애용하던 구식 라디오다. 손수 만든 것으로 보이는 선반에 올려있는 라디오의 스위치가 유난히 반질반질하다. 남편은 매일 이곳에서 용설란과 라디오를 벗삼아 지낸 것으로 보인다.

나는 스위치를 올린다. 산골마을인데도 소리가 잘 잡힌다. 잔잔한 음률이 온실 안에 퍼져나간다. 잠시 내 처지를 잊고 흘러나오는 음악에 빠져든다. 처음 듣는 곡인데 불안한 마음이 조금 진정된다.

이어진 진행자의 멘트가 시원하다.

"누구나 갑갑하고 고단한 나날입니다. 그렇다고 이런 날이 언제까지나 계속되지 않겠지요. 희망을 품는 이에게는 절망이 찾아들지 않습니다. 모두들 기운내시길 바라며 다음 음악 띄웁니다. 바흐 무반주 첼로곡입니다."

나도 모르게 눈을 감는다. 저음으로 깔리는 첼로 곡을 참으로 오랜만에 듣는다. 남편이 워낙 음악을 좋아해서 같이 지낼 때에는 자주 들어 익숙한 곡이다.

내일이면 자가 격리가 끝난다. 딸애를 보러 갈 수 있다는 생각에 마음부터 바쁘다.

그때 핸드폰 벨소리가 울린다. 심장이 심하게 뛴다. 화면에 뜬 수신인을 확인한다. 딸이 입원하고 있는 병원 수간호사 번호다. 병원에 가지 못한 날짜가 벌써 2주째다. 그 사이에 딸에게 무슨 일이 일어난 것인가. 통화버튼을 터치하는 손가락이 떨린다.

연결되자마자 흥분된 목소리가 귀를 파고든다.

"어머님, 깨어났어요. 수정씨가 의식을 찾았다고요."

숨을 쉴 수가 없고 목소리도 나오지 않는다. 대답을 하지 못하자, 간호사는 걱정이 되는지 차분한 목소리로 톤을 내려 설명한다.

"많이 놀라셨지요? 이 모든 것이 어머님의 헌신적인 사랑이 만들어낸 결과예요. 의사선생님이나 우리 간호사들이나 모두 어머님 칭찬이 대단해요. 이 감격의 순간을 어머님이 직접 보셨어야 하는데 자가 격리되는 바람에 보지 못한 것이 참으로 아쉽네요. 격리가 끝나는 대로 오시면 수정씨가 엄마라고 부를 수 있을 거예요. 아무튼 어머님, 축하드립니다."

통화가 끝날 때까지 나는 한 마디도 대답하지 못한다. 소리가 목에 걸려 밖으로 뱉어지지 않는다. 얼마나 기다렸던 순간인가. 기쁨의 함성을 지르고 싶다. 우리 딸 수정아! 애 많이 썼구나. 딸을 꼭 껴안고 등을 두드려 주어야 하는데. 그러나 뭔가가 콱 틀어막은 듯 가슴이 답답하다.

'이러면 안 되는데, 딸애를 보기 전에 정신 줄을 놓으면 안 되는데!'

나는 정신을 차리려고 애를 써본다. 보리차를 한 모금 먹어보고, 기지개도 몇 번 켜보고, 제자리에서 팔짝팔짝 뛰어보기도 한다. 그러나 꽉 막힌 가슴은 쉽게 뚫리지 않는다.

다시 핸드폰 전화벨이 울린다. 모르는 번호라 가슴이 마구 뛴다. 뛰는 가슴을 움켜잡고 통화버튼을 누르자 나를 찾는 다급한 목소리가 들린다. 내가 당사자라고 대답하자, 상대방은 남편의 이름을 거명하며 임종시간이 다가왔다고 말한다. 자신이 주치의라고 밝힌 이가 남편의 마지막 가는 길을 영상으로 보내주겠다고 한다. 너무 고마워 나도 모르게 울음이 터진다. 임종에 참여할 가족들이 모이면 바로 연락하란다.

전화를 끊고 곰곰이 생각해 본다. 현재 우리와 왕래하는 친지는 없다. 본가에서는 딸만 끼고 사느라 남편을 내팽개쳤다며 발길을 끊었다. 고생을 사서한다며 나를 비난하던 친정 쪽과도 왕래가 끊어진지 벌써 몇 년 전이다. 같이 임종을 지켜 봐 줄 가족 친지는 없다.

아! 남편의 임종을 지켜줄 용설란이 불현듯 생각났다. 나는 부리나케 온실로 향한다. 그리고 거대한 꽃대 옆에서 방금 받았던 전화번호를 누른다.

화면에 누워있는 남편이 보인다. '레벨D 방호복'을 입은 간호사가 동영상으로 보낸 화면이다. 간호사는 하고 싶은 말은 무엇이든지 말하라고 한다. 나는 말 대신 남편의 희망이자, 구원자역할을 해 주었던 용설란 꽃을 화면에 확대하여 보여준다.

죽은 듯이 누워있던 남편의 눈이 순간 커지는 것처럼 보인다.

나는 영상 속의 남편을 향해 소리친다.

"여보, 우리 수정이가 깨어났어요. 당신도 어서 일어나 딸을 보러 가야지요."

화면에 비친 남편의 눈에서 주르르 눈물이 흘러내린다.

4.

돌아온 팥쥐

아이가 감쪽같이 사라졌다.

그녀가 그 사실을 알게 된 것은 어둠이 토방을 건너 툇마루를 잠식하고 있을 즈음이었다. 쌍둥이처럼 붙어 다니던 지수가 아이의 행방을 물었을 때, 그녀는 무심한 표정으로 대답했다.

"삐딱 할머니 집에 가보렴."

지수는 할머니 집에 이미 다녀왔다고 했다. 오늘 아이가 오지 않았다고 할머니가 말했다는 것이다. 그제야 그녀의 얼굴이 변한다. 불안한 기색이 완연한데도 애써 태연한 척 말한다.

"그래? 또 어디에서 책 속에 빠져 시간 가는 줄도 잊고 있나 보다."

지수는 답답한 듯 말끝을 툭 채간다.

"아줌마, 명랑이가 없어졌다고요. 그런데도 어쩌면 그렇게 태평하세요?"

"이곳에서 가면 어딜 갔겠니? 좀 있으면 돌아올 거야. 걱정하지 마라."

걱정하지 말라고 하면서도 그녀의 얼굴은 수심으로 가득 찬다. 그럴 리는 없겠지만 혹시나 제 친엄마를 찾아가지 않았을까 문득 그런 생각이 들자 가슴이 쿵쿵 뛴다. 모두가 삐딱 할머니 탓만 같다. 왜 이상한 이야기로 아이를 부추겨 혼란스럽게 하는지 도무지 알 수가 없다. 그렇게 말리는데도 할머니 집에서 거의 살다시피 하는 아이의 태도도 영 마음에 들지 않는다.

그녀의 엉거주춤한 반응이 기분이 나쁘다는 몸짓으로 지수가 쌩 하니 자리를 뜬다.

어둠은 어느새 툇마루를 지나 방문까지 야금야금 집어삼킨다. 불안이 점점 더 커진다. 원양어선을 탄 아이아빠가 돌아올 날이 바로 내일이다. 어찌해야 하나. 그녀는 어두워진 마당을 쳇바퀴 돌 듯 맴돈다.

한참동안 마당을 서성대던 그녀가 마음을 정한 듯 대문을 나선다. 자기 집과 똑같은 모양의 옆집 대문 앞에 선다. 심호흡을 한 후 초인종을 누른다. 인기척이 들리지 않는다. 그녀는 다시 초인종을 길게 누른다. 한참만에야 대문에 달린 걸쇠가 덜커덕, 큰 소리를 내며 열린다.

그녀가 조심스럽게 안으로 들어선다. 자기가 살고 있는 집과 꼭 닮아 있어 마치 자신의 집으로 들어온 착각을 한다. 전원마을로 조성될 당시 두 채를 지을 땅을 산 토지주인이 한 업자에게 주택

건설을 맡긴 모양이다. 업자는 집장사로 돈을 움켜 쥘 룰을 충실하게 따라 쌍둥이 같은 두 채의 집을 완성했다. 그중 한 집에 아이와 그녀가 살고 또 한 집에 할머니가 산다.

그녀가 현관문을 들어서자, 거실 한 중앙에 할머니가 서있다. 구십이 내일모래라는 연세가 믿어지지 않을 정도로 서있는 자세가 똑바르다. 바라보는 시선이 왠지 살갑지 않아 그녀는 잠시 주춤한다. 그래도 찾아왔으니 찾아온 이유는 말해야한다고 용기를 낸다.

"우리 명랑이가 정말 오지 않았나요?"

자글자글 주름진 할머니의 얼굴이 점점 검붉어지며 목쉰 소리로 타박하듯 웅얼댄다.

"도망친 아이를 찾는 어미치곤 천하태평이구먼. 당신 뱃속에서 나온 자식이라면 그렇게 느긋할 수 없을 걸?"

그녀의 얼굴이 빨개진다.

할머니는 무슨 근거로 아이가 도망쳤다고 생각하는 것이지? 하긴 며칠 전 연달아 나온 사건을 뉴스로 본 사람이라면 응당 저렇게 의심부터 하려들지도 모르겠다.

한 사건은 초등학교 4학년 여자아이의 목숨을 건 탈출 사건이었다. 말을 듣지 않는다는 이유로 4층 다락방에 쇠사슬로 묶어두었다는 계모 사건. 아이가 계모의 눈을 피해 4층 다락방 창문을 빠져나와 경사가 심한 지붕을 타고 옆집 창문으로 들어가 탈출할 때의 그 절박함을 사람들은 정말 알긴 할까? 편의점에서 주는 빵이며 우유, 과자 등을 허겁지겁 먹어대는 모습을 화면으로 맞닥뜨린 사람들은 하나같이 분노했다. 그런가하면 또 다른 사건은 더 엽기적이었다. 범인은 역시 계모였다. 이번에는 남자아이였는데 거짓말하는 버릇을 고쳐야한다며 여행용 가방에 넣고 몇 시간을 방치하다 결국 죽게 만든 사건, 계모의 엽기적인 범죄의 잔혹함에 그녀는 분노를 넘어 인간에 대한 환멸을 느꼈다.

집으로 돌아오며 그녀는 곰곰이 생각해본다. 자신이 생모가 아니라는 사실을 할머니 앞에서 아이가 직접 밝힌 것인가. 그런 내밀한 사실까지 말할 정도라면 아이와 할머니 사이는 꽤 친밀해진 모양이다. 얼음장처럼 꽁꽁 언 아이의 마음을 무엇으로 녹였을까.

이년 전 같은 마을에 사는 친척 오라버니를 따라 아이의 집으로 왔을 때가 떠오른다.

친척 오라버니는 아이의 가족에 대해 이렇게 설명해 주었다. 아이의 부모가 얼마 전에 이혼했다는 것, 아이아빠는 일 년 동안 원양어선을 타야 되므로 이미 집을 떠났다는 것, 그래서 아이를 돌보아 줄 사람이 급하게 필요했다는 것, 문제는 아이가 정상이 아니라는 것, 그러나 그녀라면 아이를 이해하고 소통할 수 있으리라는 믿음이 있었다는 것, 절친한 친구인 아이아빠가 너무 측은해서 그녀에게 물어보지도 않고 약속을 해 버렸다는 것이다.

오라버니는 겸연쩍음과 간절한 바람이 섞인 묘한 표정으로 그녀를 바라보며 애원하듯 말했다.

"직접 말은 하지 않았지만 최악의 환경 속에서 악착같이 참고

견뎌낸 네가 참으로 장하다고 생각했다. 더군다나 너는 미술심리상담사 자격증도 있지 않느냐? 네가 겪은 경험을 십분 살리고, 상담시의 효과적인 심리적 치료를 병행하여 명랑이도 너처럼 바르게 자랄 수 있도록 도와주었으면 한다. 그렇게만 해주면 아이 아빠도 아마 너를 은인처럼 귀하게 여길 것이다."

지금 생각해도 참으로 어이없고 황당한 요구였지만 그녀는 고개를 끄덕이고 말았다.

오라버니를 따라 아이의 집으로 온 날, 그녀는 쉽지 않은 일을 떠맡았다는 자책에 빠졌다. 아이의 상태는 매우 심각해 보였다.

아이는 마음에 단단한 성을 쌓고 그 안에서 혼자 살고 있었다. 고슴도치처럼 온몸에 가시를 세우고 도무지 곁을 내주려 하지 않았다. 아이의 모습에서 그녀는 어렸을 적 자신의 모습이 떠올라 가슴이 덜컥 내려앉았다. 아이도 왕따에 시달리고 있는 것인가. 가족누군가로부터 끊임없이 폭력을 당하고 있었던 것인가. 아니면 두 가지가 합쳐진 문제인가.

오라버니가 떠나고 큰 집에 아이와 그녀 둘만 남았다.

초등학교 일학년인 아이는 학교공부에 전혀 관심이 없어보였다. 자기 방에 틀어박혀 밖으로 나올 생각을 아예 하지 않았다. 그녀는 당분간 관망을 해 보리라 작정했다. 그런 마음으로 주위를 살펴보니 오랫동안 여자의 손길이 닿지 않아 엉망인 집안 상태가 눈에 보였다. 그런 속에서 아이가 제때 밥이나 제대로 차려먹었을 것 같지 않았다.

그녀는 우선 집안 정리부터 시작했다. 필요 없는 물건부터 과감하게 치웠다. 먼 바다에 나가있는 아이아빠에게 물어볼 수도 없는 터라 그녀 마음대로 치우고 버렸다. 정리하고 나니 한결 사람 사는 집으로 변모했다.

가까이 있는 마트에서 필요한 재료를 사가지고 와 밥상을 차렸다. 어려서 먹고 싶었던 반찬들을 떠올려가며 만들었다. 소시지야채케첩볶음, 치즈계란말이, 어묵조림, 제육볶음 등 아이들이 좋아하는 반찬을 만든다고 했지만 맛깔나게 보이지는 않았다.

차린 반찬을 내려다보다가 그녀는 몸서리를 쳤다. 갑자기 몸에 나타나는 폭력의 기억이 이십 년이 지난 지금도 또렷하게 되살아났다. 아버지란 자의 매질은 혹독했다. 발가벗겨 놓고 혁대로 후려치는 매질에 어린 그녀는 자신이 무엇을 잘못했는지도 모른 채 두 손을 모아 싹싹 빌었다. 어느 날은 밥상에 있는 불고기를 먼저 집어먹었다고 맞았고, 어느 날은 불경스럽게 낮잠 자는 아버지를 깨웠다고 맞았다. 어느 때는 대답을 늦게 했다고 때렸고, 어느 때는 자신의 기분을 상하게 만들었다고 때렸다.

그녀는 한순간에 입맛이 싹 달아나버리고 말았다.

할머니 집에서 돌아온 그녀는 아이의 방으로 들어간다.

아이가 방에 있을 때는 한 번도 들어가 보지 않은 방이다. 아이는 누구든 자신의 방에 들어오는 것을 끔찍하게 싫어했으며 방을 비울 때는 항상 문을 잠그고 다녔기 때문이다. 그래도 이곳으로 이사 온 뒤 조금 나아진 행동의 변화도 있었다. 학교에 가고, 지수와 어울렸으며, 옆집에 사는 삐딱 할머니와 교류를 하게 되었다는 점이다.

일 년 전 이곳 전원마을로 이사를 하게 된 동기도 아이를 위한 배려였다.

그녀는 초등학교 일학년인 아이가 친모와 살았던 아파트에서 일 년 동안 같이 지냈다. 아이를 처음 보는 순간 자책감도 컸지만 그녀는 운명이라고 생각했다. 어쩌면 이 아이를 만나기 위해서 미술심리상담사 공부를 했던 게 아닌가라는 생각까지 들었다.

그녀는 어려서부터 그리기를 좋아했다. 아마 부모가 뒷받침만 잘 해주었더라면 화가로 이름을 떨쳤을지도 모른다. 그러나 어린 시절 그녀의 처지에서 보면 이룰 수 없는 과욕이었다. 그렇다고 그대로 주저앉을 성격은 아니었다. 물론 계속되는 폭력 속에서 자란 그녀에게 생겨난 삐딱함이 작용한 결과라 할 수 있겠다. 밟으면 밟을수록 더 거세게 자라나는 잡초의 근성이 그녀에겐 최대의 무기였다.

관련 협회에서 그녀는 미술심리상담사 자격증을 땄다. 미술심리상담사가 반드시 갖추어야 할 학력은 정해진 것은 없었다. 그러나 실제 취업과정에서는 높은 학력 소지자를 더 선호했다. 그녀는 병원 또는 복지관에 무료봉사를 다니는 것이 최선의 선택이었다.

미술심리상담사의 치료는 언어적인 상담을 먼저 한다. 그 다음 순서로 집, 나무, 사람, 가족화 등 여러 가지 그림검사를 통해 대상자의 문제점을 파악한다. 문제점이 파악되면 치료계획을 수립한다. 계획을 수립하면 대상자의 미술활동을 통해 치료를 하게 된다. 그림 완성하기, 풍경화 구성하기, 전신상 그리기, 점토사람 만들기, 난화 그리기, 감정 그리기 등 다양한 치료활동이 이루어진다. 이때 상담사에게 가장 중요한 것이 사람에 대한 넓은 마음과 인간에 대한 존중감이다.

아이의 방을 둘러보니 예상보다 정리가 잘 되어 있다. 전원주택에서 가장 크고 환한 방을 아이가 쓰도록 했다. 이 가정에서 자신이 얼마나 빛나는 존재인가를 스스로 깨닫게 해주기 위해서다. 미술치료에서 아동에게 가장 중점을 두어야 하는 것은 자아성장이나 자신감 키우기다.

방 넓이에 맞춰 널찍한 책상을 창가에 배치하고, 여자아이의 정서를 고려해 분홍색옷장을 들여놓았다. 한쪽 벽에 붙여 피아노도 놓아주었는데, 일 년이 다 가도록 아이는 건반을 누르지 않았다. 가끔 지수가 놀러오면 피아노 소리가 흘러나올 때도 있었다. 봄의 행진곡, 에델바이스, 숲속 요정의 하프, 장난감 교향곡 등 능숙하지는 않았지만, 지수의 연주는 그녀가 한 번도 가보지도 못했던 아름다운 외국 풍경을 상상하게 만들었다. 아마도 제목에서 느낀 것일 테지만 그녀는 이런 꿈을 머릿속에 펼치곤 했다. 아이가 건강해지면 알프스의 전설의 꽃이라는 '에델바이스'를 보러 가는 것도 좋겠구나. 숲속 요정도 만나보는 즐거움을 누려볼까? 그녀는 피아노 뚜껑을 열고 오른손으로 살며시 건반을 눌러본다. 갑자기 튀어나오는 건반이 내는 소리에 그녀는 깜짝 놀라 얼른 뚜껑을 닫는다. 그리고 자신이 이 방에 왜 들어왔는지 기억을 더듬는다.

아이가 사라진 이유나 근거가 될 만한 것을 찾아보려고 방 열쇠까지 챙겨 들어왔는데 이게 무슨 한가한 짓인가. 할머니의 말대로 아이가 자신의 뱃속에서 나오지 않아서인가. 참 그리고 보니 아이의 부재에 대해 세 사람은 각기 다르게 표현하고 있다. 그녀는 아이가 사라졌다고 하고, 지수는 없어졌다고 하고, 할머니는 도망쳤다고 한다. 누구의 표현이 맞는 것일까?

아이의 방을 나오는데 초인종이 울린다.

그녀는 빠른 걸음으로 현관을 나온다. 그리고 대문 쪽을 향하여 묻는다.

"명랑이니? 어디 갔다 이제 오는 거야? 걱정했잖아?"

낯선 목소리가 대답한다.

"율성파출소에서 나온 고순경입니다. 신고를 받고 나왔습니다."

그녀는 걸음을 멈춘다. 신고? 도대체 누가?

여러 의문이 머리를 스치고 지나갔지만 문을 열지 않을 수는 없다. 대문 앞에는 경찰마크와 함께 police라고 쓰인 경찰차가 정차되어 있고, 그 앞에 제복을 입은 순경이 서 있다.

그녀가 다가가자, 손에 쥔 서류를 펼치며 묻는다.

"30분 전에 할머니 한 분이 파출소에 직접 찾아와 신고를 했습니다. 귀댁의 따님인 오명랑이 사라졌는데 보호자가 찾아볼 생각도 하지 않아 자신이 직접 신고하러 왔다는 설명이었습니다. 그 말이 맞습니까?"

그제야 상황을 파악한 그녀가 고개를 끄덕이며 대답한다.

"아이를 찾아볼 생각을 하지 않은 건 아니에요. 이런 일은 전에도 자주 있었어요. 아이는 여기저기 비밀의 공간을 만들어두고 그 속에서 자신의 감정을 다스리곤 했어요. 이번에도 아마 그럴 거예요."

"짐작이 가는 곳이 있습니까?"

"저로서는 알 수 없지요."

"할머니 말에 의하면 친모가 아니라고 하던데 맞습니까?"

"예, 맞아요."

"이 집에서 무슨 일을 하고 있습니까?"

"아이의 심리치료를 하고 있어요. 그런데 왜 제가 이런 추궁을 당해야 하지요?"

"일단 신고가 들어오면 출동하여 인지수사를 해야 합니다. 그렇게 이해하시고, 아이가 밤새 돌아오지 않으면 내일 9시까지 파출소로 나와 주십시오."

고순경은 무궁화 봉오리 두 개가 달린 모자를 똑바로 고쳐 쓰고는, 그녀에게 정식으로 거수경례를 한다.

그녀는 고순경의 제복 어깨에 붙은 무궁화 봉오리가 활짝 피어나는 환상을 본다. 어느새 고순경이 아버지로 변한다. 아버지는 지구대에 속한 경감의 지위에 있었다. 아버지가 쓴 모자와 어깨의 견장에는 무궁화 꽃 두 송이가 활짝 피어있었다. 아버지는 그 제복을 입고 한껏 뽐내며 출근하곤 했다. 제복에서 풍겨 나오는 힘을, 그러니까 그 힘을 쓸 수 있는 권력을 즐기는 것 같았다. 활짝 핀 무궁화가 그녀의 가정을 다스리는 최고 권력이었다.

그녀는 잠들지 못한다.

아이가 지금 비밀의 장소에 있는 것이 아니라면 어떻게 해야 하나. 지수나 할머니의 우려대로 나쁜 사람들에게 끌려갔다면 큰 일이 아닌가. 그 모든 책임이 자신에게 씌워진다는 생각이 들어 그녀는 몸을 부르르 떤다. 곰곰이 생각해 보니 아이의 부재는 아빠의 귀가와 연관성이 있는 듯하다.

조업을 마치고 돌아오는 대로 그녀와 결혼하겠다는 아빠의 통보가 아이에게 큰 상처로 남은 것은 아닐지. 그동안 상담과정에서 그녀가 알아낸 특이한 사실이 하나 있었다. 아이아빠가 그 사실을 알게 되면 큰 충격에 빠질 것 같아 아직 알리지 못한 일이었다. 아이는 생모에 관해 누구에게도 발설하지 못할 비밀을 가슴 속 깊이 묻어두고 있었다. 아이는 그 사실을 아빠에게 숨긴 것에 대한 죄의식이 컸고, 엄마와 공모한 것처럼 오해를 사 아빠에게 버림을 당할까봐 두려워했다. 지난 번 그린 아이의 그림에 그 고통이 고스란히 표현되어 있었다.

아이는 밤새 돌아오지 않았다.

아침 9시까지 파출소로 나오라는 순경의 말이 생각난 그녀는 시간에 맞춰 출발한다. 그녀가 살고 있는 율성리 동네만 관할하는 파출소다. 안으로 들어가자 어제 집으로 왔던 고순경이 아는 체를 한다. 고순경 외에 한 사람이 큰 테이블 앞에 앉아 그녀를 바라본다. 무궁화 꽃 한 송이의 견장을 단 제복을 입은 것으로 보아 경위의 직급임에 틀림없다. 그녀가 경찰의 견장만 보고 직급을 알게 된 것은 아버지 덕분이다. 무궁화 두 개의 견장을 다는 것으로 경찰직을 그만둔 아버지는 자신이 달지 못했던 견장에 대한 부러움을 입에 달고 살았다.

"무궁화 네 개는 달았어야 하는데 말이야. 키워놓아 봤자 남 좋은 일 하는 계집애들 뒷바라지로 상관에게 충성할 시간을 빼앗겼단 말이지. 윗분들에게 뇌물도 챙겨주고, 뒷바라지도 해주면 무궁화 네 개는 틀림없이 달 수 있었는데 말이야."

아버지는 못내 아쉽다는 표정을 지으며 혀를 끌끌 찼다. 무궁화 네 개면 경찰서 총경급이다. 아버지는 총경이 되지 못한 것을 자식들 때문이라고 핑계를 댔지만 그녀는 알고 있다. 아버지가 왜 경찰직에서 쫓겨났는지.

고순경의 맞은 편 의자에 그녀가 앉는다. 그녀가 경찰서로 온 것으로 보아 아이가 아직 돌아오지 않았다는 것을 짐작한 고순경은 물어보지도 않고 어디론가 전화를 한다. 그 모습을 관찰하던 경위가 통화를 마친 고순경을 향해 무슨 사건인지 묻는다.

아마도 경위가 퇴근한 후에 벌어진 일이라 파출소의 최고 수장인 그에게 아직 보고가 올라가지 않았나 보다고 그녀는 생각한다. 직속상관 앞으로 간 고순경이 그렇지 않아도 보고드릴 참이었다면서 사건 경위를 대강 설명한다. 그러는 사이 문이 열리며 삐딱 할머니가 들어오고. 뒤따라 지수까지 들어온다.

그녀가 할머니를 향해 머리를 숙였지만, 할머니는 쳐다보지도 않고 자신이 하고 싶은 말만 한다.

"어제 다 이야기 했는데 바쁜 사람 왜 부르고 야단인 게야. 이렇게 책상머리에 앉아서 종이에 끼적대지만 말고 찾아나서야 되잖여? 아이가 도망쳤을 때는 이유가 뭐겠어? 살려고 그러는 게 아녀? 아이들은 위험하다는 것을 본능적으로 아는 게야. 그러니 아이를 위험에 빠트릴 사람이 누구인지 범인을 빨리 잡아야지 한 가롭게 이럴 때여? 요즘 뉴스에 나오는 사고만 보아도 누구 짓인지 명확한데 뭘 기다리고 있는지 원."

고순경이 할머니를 달랜다.

"알았다니까요. 할머니. 그래서 세 사람을 다 부른 거예요. 제가 물어보는 것에 대해 사실대로 말하면 되요. 날마다 명랑이가 집으로 왔다고 하셨지요?"

"그랬지."

"어제도 왔나요?"

"어제는 집에 안 왔다니까. 병원에 약을 타러 아침 일찍 읍내에 갔다가 오후에 귀가 했지. 집에 와서 조금 있으니까 지수 얘가 와서 명랑이를 찾더라고. 그래서 모른다고 했지."

"그런데 할머니, 할머니는 왜 아이가 도망갔다고 생각해요?"

그 말에 할머니는 대답을 하지 않고 그녀를 향해 의미심장한 시선을 보낸다.

"내 직업은 원양어선의 일등항해사지요."

아이아빠는 자신의 직업에 대해 몹시 궁금해 하는 그녀에게 이런 말로 대화를 시작했다.

원양어선은 크게 상선과 어선으로 나뉜다. 상선은 외항선과 내

항선으로 나뉘고, 어선은 원양어선과 연근해어선으로 나누어진다. 쉽게 설명 하자면 상선은 물건을 실어 나르는 컨테이너 같은 선박을 뜻하고, 어선은 말 그대로 고기잡이배를 일컫는다. 상선을 타는 선원은 많은 도시를 돌아다니며 견문을 넓힐 수 있다는 것이 장점이라 할 수 있다. 그에 비해 어선의 선원은 바다 한가운데에서 파도와 싸워야하는 육체적으로나 정신적으로 매우 힘든 직업군이다. 그렇게 힘든 직업을 택한 이유가 물론 있다. 그건 상선보다 어선을 탄 선원들의 보수가 훨씬 높기 때문이다.

아이아빠는 진지하게 경청하는 그녀를 보고 신이 나서 설명을 이어갔다.

원양어선의 선원들은 하는 일에 따라 부르는 이름이 다르다. 우선 해기사와 부원으로 구별한다. 해기사에는 항해사, 기관사, 통신사란 이름의 선원이 있고, 부원으로는 갑판부, 기관부, 조리부로 나뉘어 각기 맡은 일을 하게 된다. 그런데 직책에 따라 연봉의 차이가 매우 크다.

"일등항해사는 선장 바로 밑의 직책이지요."

아이아빠의 목소리에는 자신의 직업에 대한 자부심이 가득 차 있었다.

그러다가 이내 그때의 순간이 떠올랐는지 목소리 톤이 낮아지며 불만이 가득 담긴 얼굴로 아이의 생모에 관해 털어놓았다.

"그렇게 보수는 높은 반면에 원양어선은 한 번 타면 1년에서 2년 계약을 해야 하지요. 그래서 가족과는 항상 떨어져 살아야 하는 고충이 있어요. 그러한 사정을 번연히 알면서 생모란 여자는 이혼장에 도장을 찍고 뒤도 돌아보지 않고 떠나버렸지요. 일 년이 지난 지금도 어린 아이를 모질게 떼어놓고 떠난 이유를 도무지 모르겠어요."

파도와 싸우고 외로움을 견디며 번 연봉은 매우 컸다고 한다. 아이아빠는 집에 올 때마다 그렇게 어렵게 번 돈을 아이의 생모에게 통장 째 안겨주었다고 말했다. 자신이 외로웠던 만큼 젊은 아내도 외로웠을 거라는 미안함과 혼자서 아이를 키워야 하는 애씀에 대한 고마움으로 아까운 줄도 몰랐다고 했다. 사는데 특별하게 아끼지 않고 쓰면서, 남는 돈만 모았더라도 거금이 남아있으리라 아이아빠는 생각했다는 것이다. 그런데 아이의 생모가 떠나면서 던져놓고 간 통장은 텅 비어있었다며 분통을 터트리는 것이었다.

아이아빠가 떠나 있는 일 년 동안 그녀는 인내심을 가지고 아이를 치료했다.

우리나라에 미술치료가 본격적으로 도입된 것은 삼십년이 채 넘지 않는다. 미술치료는 심리치료의 일종이다. 미술활동을 통해 감정이나 내면세계를 표현하고 기분의 이완과 감정적 스트레스를 완화시켜 주는 것이 미술치료다. 따라서 미술심리상담사는 미술활동에서 나타나는 문제점들을 이해하고 분석할 수 있는 능력이 특별히 필요하다.

그녀가 일 년 간 지켜 본 결과 아이의 문제는 크게 두 가지의 원인으로 파악되었다. 하나는 생모와 관계에서 빚어진 문제였다. 방임과 폭력이 계속된 모양이었다. 또 하나는 아빠에 대한 죄의식이 크게 작용한 것으로 보였다. 아빠마저 자신을 버릴지 모른다는 불안감은 아이의 사회생활에 커다란 부적응으로 나타났다. 환경의 변화가 그런 문제를 완화시킬 수 있겠다고 생각한 그녀가 아이아빠에게 전원생활을 권고했다. 그래서 이곳 율성마을에 조성된 전원주택으로 이사를 한 것이다.

고순경이 지수를 향해 묻는다.

"네가 명랑이를 마지막으로 본 것은 언제야?"

"그저께 저녁이요."

"그날 별 다른 이야기는 없었니?"

"예. 그런데……."

"왜? 무슨 이상한 점이라도 생각나니?"

"헤어지려는데 명랑이가 이상한 것을 물었어요."

"뭐라고 물었는데?"

"넌 콩쥐가 되고 싶어, 팥쥐가 되고 싶어? 라고요"

"그게 무슨 소리지?"

"저도 몰라요. 저는 별 생각 없이 착한 콩쥐가 결국 잘 살게 되지 않니? 라고 대답해 주었지요."

"그랬더니 명랑이는 뭐라고 대답하든?"

"순진하긴. 그건 옛날 얘기야. 요즈음은 팥쥐처럼 살아야 돼. 라고 딱 부러지게 말했어요."

고순경과 지수가 주고받는 대화를 들으며 그녀는 할머니를 건너다본다. 할머니는 딴청을 부리듯 그녀의 시선을 피한다.

며칠 전 아이가 그린 그림을 분석하던 그녀는 놀랐다. 지금까지 아이의 그림은 좋은 방향으로 변하는 것처럼 보였다. 그랬던 아이의 그림에 변화가 생겼다. 얼핏 보면 알아챌 수 없었지만, 그녀는 한 눈에 그 변화의 의미를 찾아냈다. 아이는 지금까지 한 번도 검정색을 쓰지 않았다. 사람을 그릴 때 보통 머리카락이나 눈썹은 검정이나 회색을 쓰기 마련인데 아이는 결코 그러지 않았다. 그녀가 아이에게 왜 검정색을 쓰지 않느냐고 물어본 적이 있었다. 아이는 대답을 회피했지만 그 이유를 그녀는 그 그림을 보면서 단번에 알아챘다.

그림은 단순했다. 방을 나타낸 듯 커다란 네모를 그린 다음 반으로 나누어놓았다. 왼쪽에 있는 반쪽 네모 안에 세 사람이 배치되어 있었다. 남녀 두 사람이 다정한 모습으로 중앙에 누워 있었고, 귀퉁이에 누워있는 아이의 머리에 봉투가 씌워져 있었다. 그 봉투는 온통 검정색으로 칠해져 아이의 얼굴은 보이지 않았다. 오른쪽 반쪽에도 역시 세 사람이 그려져 있었는데, 이번에는 아이의 머리가 아닌 여자로 보이는 어른의 머리에 검정봉지를 씌운 그림이었다.

아이의 현재 마음이 그대로 나타나 있는 그림이라고 그녀는 판단했다. 왼쪽그림은 생모와 살 때 겪은 잠재된 의식의 표현이었고, 오른쪽그림은 현재 그녀와 관계를 나타내는 표현임에 틀림없었다.

왜 아이의 마음이 돌변한 것인가. 그 이유를 알 수 없었는데 고순경과 지수의 대화를 들으면서 그녀는 이해가 되었다. 아이는 그녀가 선생님이 아닌 새어머니가 되는 것이 싫은 것이다. 콩쥐가 아닌 팥쥐가 되겠다고 선언한 아이는 그래서 지금 찾을 수 있으면 찾아보라고 감쪽같이 숨어버린 모양이다.

고순경이 이번에는 그녀에게 묻는다.
"아이가 어디로 갔는지 정말로 모르십니까?"
"네."
간명한 그녀의 대답에 고순경은 눈이 커지며 다시 다그친다.
"솔직하게 말씀해 주셔야지 문제를 풀 것이 아닙니까?"
"아는 것이 하나도 없습니다. 아니 아는 것이 있더라도 말할 수 없습니다."
"아이를 찾고 싶으세요? 찾고 싶지 않으세요?"
"아이는 돌아옵니다. 걱정하지 마세요."
듣고 있던 할머니가 참을 수 없었던지 끼어든다.
"저것 봐요. 글쎄 내가 진즉 알았다니까. 팔자 좀 고쳐보려고 돈 보고 온 년의 눈에 의붓자식이 예뻐 보일 리가 있겠어?"
더 이상 참을 수 없었는지 그녀가 할머니를 향해 참고 있던 말을 쏟아낸다.
"할머니, 그러지 마세요. 할머니 때문에 아이가 삐딱하게 변해가는 것을 다 알고 있다고요. 어른 대접 하느라 제대로 말을 하지 않으니 제가 아무 것도 몰라서 참고 있는 줄 아세요? 할머니가 어떻게 살아왔는지 동네에 퍼진 소문을 들어 다 안다고요. 그렇지만 할머니가 지금까지 어떻게 살아왔는지 전 관심 없어요. 그러나 아이는 흔들지 말라고요. 할머니는 자신이 쓴 글을 아이에게 읽혀서 아이의 생각을 바꾸어 놓으려고 하는 거지요? 새어머니가 들어오면 넌 앞으로 콩쥐처럼 살아야 할 거다 그러니 아빠가 결혼하지 못하게 막아야한다. 할머니의 계획이 그런 거 맞지요?"

그녀는 평소에 이렇게 긴 말을 해 본 적이 없다. 더군다나 다른 사람과 얼굴을 맞대고 싸워본 적도 없다. 아버지의 폭력과 가부장적 가정환경에서 무시 받고 자란 그녀는 항상 위축되어 남 앞에 나서는 것을 두려워했다. 그랬던 그녀가 변할 수 있게 된 것은 모두 아이아빠 덕분이다.

일 년 전 조업을 마치고 집으로 돌아왔을 때 아이아빠는 자신의 눈을 의심했었다고 그녀에게 털어놓았다. 집에 들어서는 순간 아이가 자신과 눈을 맞춰주었다는 것이다. 원양어선을 타러 떠날 때만 해도 회피하던 눈길이었는데 쳐다봐 준 것만 해도 가슴이 터질 듯이 기뻤다고 토로했다. 기대하지 못했던 일이라 그녀에게 고마운 마음이 무척 컸다고 했다.

진심을 다해 고마워하는 아이아빠를 보면서 그녀는 처음으로 자신의 존재가치를 느꼈다. 아! 나도 다른 사람에게 쓸모 있는 사람이 될 수 있구나. 그녀의 이런 자각은 생활에 활력을 찾게 되었고, 자신감도 생겼다.

그녀의 긴 발언이 끝나고 잠깐 동안 파출소 안은 침묵이 흐른다. 뭔가 할 말을 찾아 입을 열려고 했던 할머니도 말을 꺼내지 못하고 주저한다. 자신에 대해 다 알고 있다는 그녀의 말이 약간

부담스러웠던 모양이다.

　그들의 진술을 줄곧 지켜보고 있던 경위가 고순경을 불러 뭔가를 지시한다.

　지시를 받은 고순경이 자리로 돌아와 말한다.

　"할머니는 집으로 돌아가셔도 됩니다. 지수 너도 그만 집으로 가거라."

　혼자 남은 그녀가 고순경의 말을 기다린다.

　"오늘 아이아빠가 귀가하는 날이라고 하셨지요?"

　"네."

　"그러면 아이아빠가 올 때까지 이곳에서 기다려 주셔야겠습니다."

　"아니, 왜요?"

　"아무래도 애 아빠의 보증이 필요해서 그러니 이해해 주십시오."

　그녀는 고순경의 말을 이해하지 못한 표정을 짓는다.

　아이아빠가 파출소로 들어온 것은 정확하게 세시가 막 지나고 있을 때였다. 그는 이미 동네에서 사건의 전말을 모두 듣고 온 모양이다. 물론 옆집 할머니의 일방적인 주장을 들었을 것이다. 그럼에도 불구하고 아이아빠는 그녀를 추궁하지 않는다. 대신 파출소에 있는 순경들을 향하여 정중하게 사과부터 한다.

　"여러 가지 격무에 바쁘실 터인데 저희 가족이 이렇게 소란을 피워 죄송합니다. 아이가 돌아오지 않아 파출소의 도움이 필요하면 꼭 연락드리겠습니다."

아이아빠는 그녀를 데리고 파출소를 나와 가까운 곳에 있는 프랜차이즈 커피전문점으로 들어간다. 커피 두 잔을 시켜 놓고 아이아빠가 입을 연다.

"제가 선생님을 좋아하게 된 때가 언제인지 아세요? 어업을 끝내고 돌아온 그날 선생님을 처음 본 순간이었어요. 그날 선생님은 긴 생머리를 단정하게 묶고 있었지요. 첫인상은 나쁘지 않았어요. 작고 가느다란 눈은 순해 보였고, 날카롭게 선 콧날은 누구에게 쉽게 넘어갈 타입은 아니라고 생각했지요. 그러나 복숭아 빛이 도는 도톰한 뺨은 참으로 사랑스러웠어요. 단발머리를 단정하게 묶은 모습은 막 수녀원에서 탈출한 수녀를 연상시켰지요. 모습은 닮지 않았지만 옛날에 본 영화 '사운드 오브 뮤직'의 여주인공 줄리 앤드루스가 떠올랐어요. 그 여주인공이 너무 좋아서 그 영화를 무려 다섯 번이나 보았지요. 물론 극장이 아니라 원양어선 침실에 있는 TV에서지만요."

그녀는 말없이 아이아빠를 건너다본다. 그가 이런 속내를 비치는 이유가 명확하게 짐작되지 않는다. 다만 아이아빠는 지금도 그녀를 믿는다는 말을 하고 싶은 모양이다. 그렇다면 지금까지 차마 하지 못했던 그 말을 이제 해주어야 할 것 같다.

"아이 마음의 상처가 다 아물지 않았는데 좀 성급했나 봐요. 우리 일은 조금 더 시간을 갖고 추진하는 것이 현명하지 싶네요."

"아이가 갖게 된 마음의 상처라면 혹시?"

"예, 맞아요. 명랑아빠가 속으로 품었던 의심이 사실이라는 확신이 들었어요. 생모는 아이가 보는 앞에서 다른 남자와 ……."

"그만, 그만. 알았으니 그만하세요."

아이아빠의 두 눈에 벌건 불길이 솟는다. 금방이라도 아이의 생모에게 달려가 사고를 칠 기세다.

그 순간 그녀가 소리친다.

"아이가 있는 곳을 알았어요."

소리침과 동시에 그녀가 커피전문점을 뛰쳐나간다. 아이아빠도 그녀를 뒤따라 뛴다.

집에 도착한 그녀는 열쇠뭉치를 찾아들고 지하실로 내려간다. 그녀나 아이아빠나 한 번도 내려가지 않았던 장소다. 언젠가 딱 한 번 아이가 그곳에서 나오는 모습을 그녀가 기억해 낸 것이다.

역시 문은 잠겨 있다. 열쇠를 따고 들어가자, 아이가 그곳에 잠들어 있다. 여러 번 사용한 흔적이 보인다.

이름을 부르며 아이를 깨우려고 하는 아이아빠를 그녀가 말린다. 그리고 아이를 안고 가자고 몸짓으로 표현한다. 아이아빠가 아이를 번쩍 안아 올린다. 다행히 아이는 깊은 잠에 빠져있다. 읽다가 잠이 들었던지 아이 품에서 대학노트 한권이 바닥으로 툭, 하고 떨어진다.

그녀가 노트를 주워 펼쳐본다. 제목은 '돌아온 팥쥐'다.

그녀를 돌아본 아이아빠가 손에 든 것이 무엇이냐고 묻는다.

"삐딱 할머니가 자기의 체험을 수기처럼 쓴 글이에요."

아이를 추켜 안으며 아이아빠가 궁금하다는 듯 묻는다.

"그런데 왜 모두 그 분을 삐딱 할머니라 부르지요?"

그녀가 대답한다.

"모든 것을 삐딱하게 보고 그것만이 사실인 것처럼 우기다 동네 분들과 자주 다투곤 하니까요. 아마도…… 사는 동안 마음에 상처가 많이 쌓였나 봐요. 우리 명랑이 처럼."

아이의 방 침대에 나란히 누운 아이와 아빠의 모습이 참 편안해 보인다.

얼굴무늬 수막새

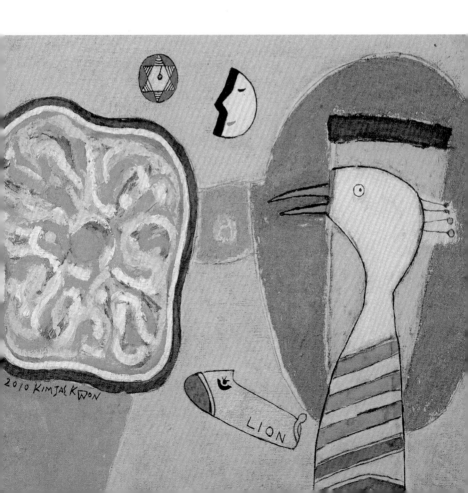

그가 자신의 정체를 사실대로 밝히지 않았더라면 어땠을까?

김교수는 길게 한숨을 내쉬었다. 유치장에 있는 그를 개강 첫날 강의실에서 처음으로 만났다.

사학과는 어느 대학이나 인기 있는 학과는 아니다. 더군다나 소도시에 있는 사립대학이라서 지원자는 더욱 적었다. 이번에도 겨우 열 명을 채웠다. 그중 여학생이 두 명이었다.

해오던 습관대로 첫 시간은 자기소개 시간을 가졌다. 앉아있는 순서대로 간략한 자기소개가 이어졌다. 김교수는 강단 오른쪽에 서서 학생들의 이야기를 주의 깊게 들으며 얼굴과 이름을 외우고 있었다.

앞부분에 발표한 남학생 여덟 명 중 다섯은 매우 건조하고 평범한 내용의 거의 비슷비슷한 내용으로 자기소개를 했다. 이름과 출신 고등학교명, 그리고 사학과를 신청한 연유를 말했다.

대부분 우리 역사와 문화유산에 관심이 많아서였다는 거의 판박이 같은 내용이었다.

두 명의 여학생 차례가 되었다. 그중 한 명이 단상으로 오르자 남학생들은 환호와 휘파람을 불어댔다. 젊은 기분을 드러내는 것으로 여겨 특별히 제지하지 않았다. 예상하지 못했던지 여학생은 붉어진 얼굴로 잠시 말을 잇지 못했다. 그러나 곧바로 중심을 잡은 여학생은 자신의 포부를 거침없이 피력하기 시작했다.

"제 이름은 조미수입니다. 제가 이 강좌를 신청하게 된 가장 큰 이유는 고등학교 때 유물 발굴 작업단에 참석했던 경험이 있어서예요. 처음에는 매우 힘들었어요. 발굴할 때 유물들은 막 태어난 아이 다루듯이 해야 하거든요. 계속 흙을 파내는 과정에서는 허리가 끊어질 듯 아팠고요. 더군다나 파헤칠 때마다 문화재가 나오는 게 아니어서 끈기도 많이 필요하답니다. 그런데 이상하게 작업단으로 활동한 그 때가 제겐 행복한 시간이었어요. 천년이란 시간을 간직한 조상들의 빼어난 작품을 마주했을 때의 감동을 느껴보셨나요? 어느 때부터인지 명확하지는 않지만 고고학 연구가 꿈이 되었지요."

그녀가 말을 마쳤을 때 강의실 안이 순간 술렁댔다. 이유는 알 수 없었는데, 아직 발표하지 않은 세 사람의 남학생 주변에서 일어난 소란이었다. 김교수가 소란스러운 쪽을 향해 무슨 일이냐고 물었지만 세 사람은 누구도 답변을 하지 않았다.

남은 여학생 한 명과 두 명의 남학생의 자기소개가 끝나자, 마지막으로 단상에 오른 학생이 그였다.

그가 말을 꺼내기 전 그의 정체에 대해 의심의 눈길을 보내는 사람은 없었다. 그는 실눈으로 눈이 작았으나 속 쌍꺼풀이 있었다. 콧날은 둥그스름했으며, 광대뼈가 튀어나왔다. 머리모양은 단두형이었는데, 주변에서 흔히 볼 수 있는 우리와 닮은 평범한 얼굴이었다. 다만 구릿빛으로 탄 얼굴이 운동선수처럼 보였을 뿐이다.

단상에 오른 그가 입을 열었다.

"저는 응우이엔 뚜언입니다. 응우이엔이란 성씨는 한자로 원이고, 이름인 뚜언은 한자로는 준이예요. 앞으로 원준이라 불러주었으면 합니다."

그가 여기까지 말했을 때 강의실이 다시 한 번 더 술렁거렸다. 전혀 예상하지 못한 그의 발언에 김교수도 놀랐다. 억양이나 말투가 전혀 어색하지 않았다. 베트남이 고향이라는 그의 말이 믿기지 않을 정도였다.

바로 그때였다.

"니가 원준이면 나는 장혁이다 새꺄!"

강의실을 두 번이나 술렁이게 만든 근원지에서 들린 욕설에 시선이 모두 그 쪽으로 향했다. 그가 말하기 바로 직전에 자신의 이름만 간략하게 말하고 들어간 최귀동이었다. 최귀동의 얼굴에는 비웃음이 가시지 않고 있었다. 김교수는 어떻게 수습해야 좋을지 생각하느라 잠시 뜸을 들였다.

최규동을 향해 강의가 끝난 다음 그에게 정식으로 사과해야 할 것임을 김교수는 강한 어조로 지시하고, 그에게는 교수연구실로 오라는 말을 하며 강의를 끝마쳤다.

다음 수업이 없었는지 뚜언은 바로 찾아왔다.

최귀동의 사과를 ~~~~ ㅆ느냐는 물음에 그는 고개를 가로저었다. 이유를 묻자 ~ 문제에 대해서 말하기 싫다고 의견을 분명하게 밝혔다 ~시도 않은 인원인 수강생들이 첫 시간부터 분란을 일 ~ ~이 자꾸 마음에 걸렸다. 특히 배움을 위해 수천km를 날아 그에게 미안한 마음도 들었다. 기분을 풀어줄 요량으로 마주 앉아 대화를 시도했다.

가장 궁금한 점부터 물었다.

"그 많은 대학교 중에 중소도시에 있는 우리 대학에 지원한 이유가 무엇인가?"

"네, 교수님. 이 도시에 한옥마을이 있기 때문이에요."

뚜언의 대답은 의외였다. 물론 이곳에 있는 한옥마을은 전국적으로 유명하여 많은 관광객이 찾아오는 곳이지만, 그 이유로 대학교 선택을 이곳으로 정했다는 그의 말이 쉽게 이해되지는 않았다. 한옥마을을 찾아 이곳까지 왔다는 데에는 특별한 사연이 있을 거라는 생각이 들긴 했다. 어차피 수업과 병행하여 한옥마을 답사가 있을 것이니 궁금증은 그때 풀어도 되겠다는 생각으로 주제를 바꾸었다.

"자네는 모습도 그렇고 한국어 사용 능력이 뛰어나는데 그 까닭을 말해 줄 수 있겠는가?"

"예, 교수님. 설명을 하자면 조금 길어지는데 그래도 괜찮겠습니까?"

김교수가 고개를 끄덕여 수긍하자 그는 담담한 표정으로 말을 시작했다.

고향이 탐롱성이라고 뚜언이 말했다. 탐롱성은 하노이의 천년의 역사를 담고 있는 비밀의 화원이라 명명되고 있다는 사실을 김교수도 알고 있었다. 다이비엣국의 억대 왕조의 왕성이자 리롱뜨엉이 출생했다고 전해지는 곳이다. 또한 세계유산에 등재된 곳이라고 설명을 이어가던 그가 갑자기 김교수를 향해 물었다.

"교수님, 리롱뜨엉 왕자의 이야기는 아시지요?"

"물론 알고 있지. 12세기 후반 다이비엣국 리왕조의 리옹뜨엉 왕자가 고려로 망명하여 화산 이씨의 시조가 된 사실을 말하는 거지?"

이렇게 되묻고 있는 김교수는 자꾸 얼굴이 뜨거워졌다. 베트남에 대한 우리의 지식과 정보, 역사와 문화에 대한 이해도가 현저하게 낮다는 사실은 일찍부터 알고 있었다. 특히 현행 고등학교 교과목 중에 〈동아시아사〉라는 과목이 있는데, 대부분 한국과 중국, 일본에만 집중되어 있음이 작금의 현실이었다. 베트남을 비롯한 동남아시아에 대한 서술은 매우 빈약했다. 그런 교육환경속에서 어찌 동남아시아를 연구하는 사학자가 풍부해지길 기대할 수 있을 것인가. 더군다나 베트남에 대한 고고학 전공자는 아예 전무한 것이 현실이었다.

뚜언이 이야기를 계속해나갔다. 그의 어머니는 왕족의 후예라고 했다. 젊어서부터 어머니는 여행을 좋아했고, 여행을 다니다가 아버지를 만나게 되었다는 것이다. 아버지는 한국 사람으로 비행기조종사였다. 둘은 뜨겁게 사랑했고 결혼했다. 탐롱성에 신혼살림을 차렸고, 그가 태어났다는 것이다.

아! 그래서였구나. 그의 외모와 어투가 자연스러운 것이 친가 쪽 영향이었구나. 김교수는 고개를 끄덕였다.

그런데…… 말을 이어가던 뚜언이 잠시 말을 끊고 고개를 숙였다. 눈가가 붉어지는 것이 보였다. 김교수는 그가 말을 꺼낼 때까지 기다려주기로 했다. 한참 만에 그가 입을 열었다.

"오년 전 아버지가 사고를 당하셨어요. 아버지가 조종하던 비행기가 청천난류에 휩싸여 추락한 겁니다. 아버지를 비롯해서 그 비행기의 탑승자는 한사람도 살아남지 못했지요."

청천난류란 빠르게 움직이는 기류와 그보다 훨씬 느리게 움직이는 기류가 인접해 있는 제트류 주변에서 풍속의 차이에 의해 발생한다고 알고 있다. 이 청천난류는 산악지역 상공에서 가장 심하다고 그가 덧붙였다. 아무리 조종기술이 뛰어나도 벗어나기 힘든 난류 현상에 아버지를 잃었다는 그에게 어떤 말이 위로가 될 것인가.

우려하는 마음이 컸지만 강의는 계획대로 추진되었다.

비록 적은 숫자로 시작된 강의였지만 생각보다 학생들의 수업 열기는 뜨거웠다. 수가 적어서 출석률이 더 좋았는지도 모르겠다. 한 사람만 빠져도 이가 빠진 것처럼 표시가 나기 때문인지 학생들은 결석을 하지 않았다. 최귀동이 이상한 핑계를 대면서 가끔 자리를 비우는 것 외엔 수업은 자연스럽게 이어졌다.

개강한지 두 달이 지난 오월, 연간수업 일정에 예정되어 있던 야외수업을 하기로 결정되었다.

한옥에 관한 주제였는데 김교수는 주제만 정했을 뿐, 다른 모든 사항은 학생들이 자율적으로 의논하여 결정하기로 일임했다. 며칠 후 과대표는 결정된 사항을 유인물로 정리해 가져왔다. 살펴보니 첫날 오전은 국립박물관을 관람하고, 오후에는 조별로 토론 및 관람소감 등을 작성하는 시간을 갖는다고 되어있었다. 저녁에 한옥마을에서 숙박을 한 다음, 다음날 오전에 한옥마을과 주변에 있는 오목대와 이목대를 돌아보는 일정이었다. 행사의 주목적은 한옥건축방법을 이해하고, 한옥에 대한 미의식을 느끼며 조상들이 남긴 유물에 대한 자랑스러움을 고취한다는 내용이 첨가되어 있었다.

학생들이 자치적으로 결정한 것에 대해 단번에 반대의사를 표하기에는 조심스러웠다. 그렇다고 선뜻 받아들이기도 뭔가 모르게 찜찜한 마음을 지울 수가 없었다. 그래서 굳이 일박이일로 하지 말고 아침 일찍 출발하는 당일계획으로 수정하면 어떻겠느냐고 과대표를 향해 김교수가 달래듯 말했다. 그러자 과대표는 일박이일로 결정된 까닭에 대해서 장황하게 설명하는 것이었다.

"교수님. 사회적으로 우려하는 바가 크다면서 신입생환영대회도 학교에서 막지 않았습니까? 이번 기회에 단합대회 겸 하룻밤을 같이 지내면 돈독한 유대감이 커질 것이라는 의견이 많았습니다. 당일로 하자는 의견도 소수 있긴 했지만 다수결로 결정된 사항입니다. 더군다나 저희 과는 인원이 단출하여 움직이기도 쉽고, 교수님이 염려할 만한 그런 일은 없을 것이니 가능하면 허락하는 방향으로 해 주셨으면 합니다."

듣고 보니 그런 마음도 들었겠다 싶었다.

매년 신학기가 되면 대학가에서는 신입생 환영행사와 관련해 각종 사건 사고로 시끄러웠다. 신입생 군기를 잡겠다고 벌이는 가혹행위는 일상이며, 술판으로 번진 자리에서는 성폭행이나 성희롱이 예사였다. 그뿐만 아니라 올해는 버스전복사고까지 터졌다. 신입생 오리엔테이션을 참가하기 위해 고속도로를 달리던 버스가 빗길에 5m 언덕 아래로 미끄러진 것이다. 운전사는 숨지고 학생 2명이 중상을 입었으며, 나머지 학생들은 가벼운 찰과상을 입었다는 기사였다. 모두 안전벨트를 했기에 망정이지 그렇지 않았다면 대형사고로 번질 뻔했다. 전복사고에 이어 손가락 절단사고 등 안전사고까지 발생하면서 신입생 오리엔테이션에 대한 사회적 논란이 거세졌다. 이에 학교마다 오리엔테이션은 물론 아예 환영행사조차 열지 못하도록 막거나 아니면 체육행사로 돌리거나 했다.

이런 이유들로 인해 우리 학교에서도 신입생환영대회를 갖지 못했다. 대학생이 되었다는 자부심과 고교시절 제약을 벗어났다는 자유로움을 한껏 느끼고 싶었을 신입생들로서는 얼마나 서운했겠는가.

김교수는 가슴속에서 번져나는 걱정을 스스로 달랬다. 그래 이제 그들도 성인이 되었으니 그들의 성숙함을 믿어보자. 그런 마음으로 계획서에 도장을 찍어 사무실에 제출하도록 했다.

야외수업 날은 화창했다.

열 명의 제자들은 개성적인 차림으로 하나 둘 모여들었다. 멋부린 차림 못지않게 얼굴도 흥분으로 달아올라 있었다. 첫 번째 목적지인 박물관 주차장에서 모이기로 약속이 되어 있었다. 평일이어서인지 서너 대의 차가 정차되어 있어 다소 썰렁했다.

김교수는 주차장에 서서 박물관 건물 쪽을 응시했다. 연구하는 방향이 고고학이라 자주 들르는 곳이지만, 올 때마다 감탄했다. 지하 1층, 지상2층의 박물관은 조선시대 관아모습을 본떠 전통적인 건축양식으로 지어졌는데 제법 먼 거리에서 바라보아도 그 둔중한 모습이 보는 사람을 압도하고도 남았다.

"와우! 장난 아니네요?"

언제 왔는지 김교수 옆에 다가선 그가 탄성을 질렀다.

"교수님! 벌써부터 마음을 설레게 만드는데요?"

무엇이 그를 들뜨게 만드는지 김교수는 정확하게 알 수 없었다. 그렇지만 자신이 느끼는 감정과 그가 느끼는 심정이 비슷할 거라고 짐작은 할 수 있었다.

최귀동은 언제나처럼 가장 늦게 왔다. 최귀동의 호위무사처럼 항상 곁에 따라 붙어 다니는 B와 함께였다. 그들이 도착하는 것으로 전원이 다 모였다. 이번 야외수업에 따른 인솔은 과대표가 맡기로 했다. 그래서 김교수는 옵서버 역할만 할 작정이었다.

헤아리기도 어려울 만큼 자주 다녔던 곳이라 눈을 감고도 어디에 무엇이 있는지 다 알고 있어 실내로 들어가지 않고 옥외전시장 쪽으로 걸음을 옮겼다. 어차피 오전 두어 시간 동안 학생들은 실내에서 전시된 유물들을 살필 것이므로 자연스럽게 풀어 둘 계획이었다.

옥외에는 고분과 불교미술, 민속영역으로 나뉘어 있었다. 주로 백제시대 고분이 복원되어 있었는데 이곳에 올 때마다 김교수는 상상에 빠지곤 했다. 백제 시대 사람들은 사람이 죽으면 옹관에 넣을 것을 처음에 어떻게 생각해 냈을까? 상상을 펼치다보면 그 시절로 돌아간 것처럼 가슴이 뛰곤 했다.

고분을 보다가 문득 고대사를 연구하는 서울대 권오영 교수의 신문 연재기사가 떠올랐다. '21세기 고대사'란 연재였는데, 그동안 궁금해 했던 사실을 명확하게 밝혀주는 내용이 많았다.

권교수는 4세기 무렵 백제와 중국, 베트남의 교류가 활발하게 이루어졌을 거라고 확신하고 있었다. 그 이유로 두 가지를 제시했다. 옹관의 사용과 수막새기와의 출토와 옹관을 사용하는 방식은 달랐지만, 세 나라에서 출토된 유물은 매우 닮았다는 주장이었다.

김교수는 빠른 걸음으로 박물관 안으로 향했다. 뚜언에게 확인해 볼 작정이었다. 고고실에서 그를 발견했다. 혼자 서 있었는데, 무슨 생각에 빠져있는지 김교수가 다가간 사실을 알아채지 못했다. 한 곳을 응시하고 있는 모습이 마치 어떤 소원성취를 바라는 제사장처럼 보였다.

김교수는 그의 어깨를 툭 치며 물었다.

"왜 이곳에 혼자 있는 것인가?"

그제야 정신을 차린 듯 그가 더듬거리며 말했다.

"어? ……, 교수님. 저기…… 저것은 얼굴무늬 수막새 맞지요? 저것이 왜 여기에…… 있는 거지요?"

"왜 여기에 있다니? 그게 무슨 말인가? 이곳 유적지에서 출토되었으니 전시되어 있는 것이지. 그것이 왜 이상하단 말인가?"

뚜언의 설명에 따르면 자신의 고향인 다낭에도 그것과 똑 닮은 유물이 있다는 것이다. 고향에 와있는 기분이 들어 자리를 떠날 수가 없었다고 말했다.

"교수님, 참파의 왕성이었던 짜끼에우성은 현재 다낭시 외곽에 있어요. 그곳에서 사람의 얼굴을 표현한 수막새 기와가 여러 점 출토되었어요. 고등학교 역사 시간에 중국 육조의 도성인 건강성에서도 얼굴무늬 수막새가 많이 발견되었다고 배웠어요. 그런데 이곳에서 또 보다니 놀라워요."

그의 말대로 생각해 보면 놀라운 사실이었다. 베트남의 참파, 한반도의 백제, 중국의 동진 유적지에서 사람얼굴을 조각한 수막새가 발굴되었다면 서로 영향을 주고받았으리라고 생각하는 것은 당연했다. 백제와 동진의 접촉에 대해서는 고고학자들이 여러 가지로 증명한 논문이 발표되었다. 그런데 왜 그 속에 베트남과의 연결고리는 빠져있는지 역사가로서 다시 한 번 되새겨 볼 일이었다.

김교수는 그와 함께 실내에 전시된 유물들을 돌아보게 되었다. 역사에 관해 그의 탐구심은 유별났다. 의심나는 점은 꼭 풀어야 다음 장소로 이동하곤 했다. 그러다보니 이미 관람을 마친 학생들의 불평이 그를 향해 쏟아졌다. 과대표는 자신이 짠 시간표대로 움직이지 않는다며 투덜댔고, 최귀동은 교수 앞인데도 불구하고 욕설을 섞어가며 그를 몰아붙였다.

"베트콩 새끼 한 놈 때문에 우리가 이렇게 뻗치고 앉아 있어야 하냐?"

그들을 달래기 위해서 김교수가 해결책을 제시했다. 조모임 회의 및 발표 과제를 먼저 실시하라고 했다. 어쩔 수 없다는 듯 과대표는 학생들을 3조로 나누고 조장을 정하여 토론에 들어갔다. 그 사이 그는 아직 돌지 못한 미술실, 역사실, 석전기념실을 부리나케 돌아 나왔다. 하나라도 더 머리에 담아두고 싶었을 터인데 그러지 못해 그로서는 무척 아쉬운 시간이 되었을 것이다.

적당한 장소를 찾아 조별로 흩어져 토론이 진행되고 있었다. 얼마간 시간이 경과된 후 김교수는 그들을 찾아 나섰다. 그들의 발표 상황이나 문제의식의 발견, 또는 새로운 시점으로 바라보는 역사관 등을 개별 평가할 수 있는 시간이 되기 때문이었다.

1조는 과대표와 조미수 그리고 남학생C로 짜였다.

1조는 과대표의 추진력 덕분으로 토론이 활발하게 진행되고 있었다. 토론주제는 '남아있는 백제의 유적이나 유물은 왜 미미할까?'였다. 김교수는 학생들이 의문을 가질만할 문제라고 생각했다. 확고하게 정립된 생각은 아니었지만 나름 의미 있는 발언들이 학생들로부터 나왔다. 특히 조미수의 의견에는 고개가 끄덕여졌다.

"백제인들이 특출 나지 않아서 남아있는 유물이 미미하다고 생각하지는 않아요. 저는 그 반대라고 생각해요. 승리한 자가 기록하는 것이 역사라고 배웠어요. 승리한 자들은 자기들 이전의 역사가 추앙받는 것을 지독히 싫어하지요. 그래서 보존하기보다는 없애버리려고 노력해요. 그러니 남아있는 유적이나 유물이 적을 수밖에 없다고 생각해요."

2조는 여학생A와 남학생D, E가 뭉쳤다.

2조의 토론 주제는 '백제의 부흥운동은 왜 실패했나?'였다. 남학생 D가 조장이 되어 토론을 이끌고 있었다. 주로 조장이 의견을 내고 다른 학생은 소극적으로 참여하고 있었다. 참여를 독려하기 위해 후백제에 관한 몇 가지 정보를 주고 3조의 토론장소로 옮겼다.

3조는 최귀동과 그의 추종자 남학생B와 남학생F 그리고 나중에 합류한 그, 그렇게 4명이었다.

3조의 조장은 남학생 F였는데, 김교수가 도착했을 때까지도 주제를 정하지 못하고 있었다. 조장에게 그 까닭을 묻자, 머뭇거리며 대답을 하지 못했다. 최귀동 때문이라는 것을 짐작했지만 더 이상 캐묻지는 않았다. 대신 직접 토론 주제를 내주었다. '왜 수막새에 사람 얼굴을 조각했을까?' 조장에게 각자 발표 내용과 최종 결과를 적어 제출하라는 말을 남기고 자리를 떴다. 아무래도 교수가 자리를 차지하고 있으면 자유로운 토론이 되지 않을 것 같아서였다.

김교수는 박물관 관람은 나름대로 성과가 있었다고 자평을 내렸다.

다음으로 이동한 곳이 한옥마을이었는데 오랜만에 와 보니 무척 많이 변해있었다. 전통적인 건축양식을 보고 배우는데 한옥마을이 최적이었다. 거기에 한옥에서 하룻밤을 지내면 한옥에 대한 장단점을 직접 체험할 수 있으니 일석이조의 교육성과가 있으리라 생각을 했다. 박물관에서처럼만 학생들이 따라와 준다면 이곳에서도 좋은 결과가 있을 거라는 생각에 남아있던 긴장이 풀리는 듯했다.

저녁 식사를 마친 학생들을 배정된 방으로 들여보내고 과대표를 불러 과음은 절대 안 된다고 단단히 주의를 주었다. 과대표는 자신이 책임지고 막겠노라며 걱정 말라고 장담했다.

야외수업과 긴장으로 보낸 하루가 다른 때보다 피곤했다. 김교수는 평소보다 일찍 잠자리에 들었다. 그리고 아침까지 푹 잤다. 눈을 뜨니 새벽 여섯시였다. 언제나 김교수가 일어나는 시각이었다. 평소 때와 같은 산책차림으로 방을 나왔다. 학생들이 들어있는 방은 조용했다. 젊은이들은 아침잠이 많다는 것을 김교수는 이해하고 있었다. 그래서 대문 여는 소리가 나지 않도록 조심하여 집 밖으로 나왔다. 한옥마을 중심에 있는 경기전을 몇 바퀴 돌 생각이었다.

산책을 마치고 숙소로 돌아오자, 과대표가 마당에서 김교수를 기다리고 있었다. 뭔가 모르게 초조해하는 모습에 문득 불길한 생각이 들었다. 무슨 일이냐고 묻자, 조미수가 사라졌다는 것이다. 언제? 왜? 거듭된 김교수의 물음에 과대표는 대답을 못했다.

그런 와중에 방에 있던 학생들이 하나 둘 마당으로 모여 들었다. 그들은 아직 무슨 일인지 모르는 듯했다. 간밤에 얼마나 마셔 댔는지 얼굴들이 말이 아니었다. 눈은 퉁퉁 부어있고, 머리는 산발이 되어 보기가 민망할 정도였다.

김교수는 조미수와 같은 방에 들었던 여학생A를 따로 불렀다. 같이 잤으니 밤에 무슨 일이 있었는지 조미수가 왜 사라졌는지 알고 있으리라 여겼다. 아는 대로 말하라고 다그치자 A는 고개만 흔들었다. 말하지 못할 만큼 크게 충격을 받은 모양이었다. 김교수는 A가 감정을 추스를 때까지 기다려주었다.

A가 처음 뱉은 말은 이해가 불가했다. 그러나 대화를 나누다보니 유추할 근거는 나왔다.

"교수님. 다만…… 제가 문을 열어주었다는 것은 잘못이라 생각해요. 하지만 전 너무 무서웠어요."

"누가 방에 들어왔는지 아나?"

"문을 열자마자 누군가가 나를 쓰러뜨렸고, 이불을 뒤집어 씌웠어요. 얼굴을 확인할 사이도 없이요."

"목소리는 들었을 것 아닌가."

"그들은 말을 주고받지 않았어요."

"그들이라면 여러 명이었다는 얘기야?"

"네, 교수님. 제가 이불을 들어 올리지 못하도록 누군가가 계속 누르고 있었으니까요."

그렇다면 최소한 두 명 이상은 된다는 이야기다.

"다른 소리는 뭐 들은 것이 없나?"

"그게……, 매우 거친 숨소리를 몇 분 정도 들은 것 같아요."

둘째 날의 야외수업은 자연적으로 취소가 되었다.

그를 비롯하여 남학생들은 무슨 일로 야외수업이 취소가 되었는지 알지 못하는 듯했다. 가장 서운한 감정을 내비친 사람은 뚜언이었다. 뚜언은 남은 학생들만이라도 한옥마을을 돌아보고 가면 안 되겠냐고 김교수에게 애원하듯 몇 번이나 말했다. 안 된다고 딱 잘라 말하자, 그가 반항하듯 달려들었다.

"오늘 저는 이곳을 꼭 돌아보아야겠습니다. 그러니 그런 줄 아십시오."

그를 달랠 방법은 사고의 진상을 밝히는 것 밖에는 없어보였다. 조미수가 고소를 하면 여기에 있는 모든 사람은 조사를 받아야할 운명인 되는 것이다. 피의자의 신분으로든 증인의 신분으로든 조사를 면할 수는 없게 되었다. 물론 외부자일 경우도 간과할 수 없지만 정황상 그건 좀 희박해 보였다.

회의를 할 수 있게 만들어진 널찍한 방에 모여 앉았다. 김교수는 학생들을 향해 간략하게 상황을 설명했다. 간밤의 사건과 조미수의 사라짐에 대해 있는 대로 설명했다. 남학생들의 반응은 제각기 달랐다. 날선 책임전가가 한바탕 쏟아졌다.

못 먹는다고 사양하는 조미수에게 강제로 술을 먹인 것이 잘못이라고 뚜언이 말문을 열었다. 그러자 그의 말에 B가 반론을 달았다. 그런 너는 왜 화합하는 자리에서 빠져나갔느냐. 아마도 뚜언은 술자리를 회피했던 모양이었다. 최귀동이 말꼬리를 잡고 말을 이어갔다. 모임이 끝나고 취해서 몸도 가누지 못하는 조미수를 업어 방까지 데려다 준 새끼가 베트콩 너였잖아? 뚜언이 그 말에 반박했다. 그래 내가 방까지 데려다 주었어. 그게 어쨌다는 거야? 그때끼지 입을 꾹 다물고 있던 여학생A가 정정하듯 증언했다. 뚜언은 미수를 방에 데려다 주고 바로 나갔어.

그냥 두면 서로 간에 감정 다툼이 계속 될 것 같아 김교수가 일단 말을 끊었다. 그렇게 결론이 날 문제가 아니었다. 어쨌든 사고에 대해 수습해야 할 것이니 한 명도 빠지지 말고 강의실로 복귀하라고 명했다.

학교에 당도하자마자 김교수는 학과장 방으로 불려갔다. 어떻게 알았는지 학과장이 김교수를 향해 인상을 쓰며 질타했다.

"도대체가 말이야. 혼란한 이 시기에 야외수업을 갈 생각을 하다니 정신이 있는 거야 없는 거야? 이제 어쩔 거냐고? 경찰과 검찰이 한 번 쓸고 지나가고 신문에 보도되어 생기는 학교 이미지 손상을 당신이 어떻게 수습할 건데? 고작 시간강사 나부랭이가 설쳐대니 학교가 이렇게 시끄러울 수밖에."

김교수는 허리 아래에 있는 주먹을 불끈 쥐었다. 하마터면 학과장의 면상을 칠 뻔 했다. 그들이 주는 최저임금도 되지 않는 강사료에 묶여 제대로 대꾸도 못하고 있는 자신이 너무나 한심하여 말이 끝나지도 않았는데 뒤돌아섰다. 나가는 김교수의 등 뒤에 학과장은 다하지 못한 분노를 쏟아냈다.

"당신, 이 사건 책임지고 사표내야 할 걸. 당신 자리를 노리는 시간강사들이 줄줄이 기다리고 있으니 짐 쌀 준비나 하라고."

김교수와 사학과 학생 아홉 명은 차례대로 경찰에 불려가 진술을 강요당했다. 그동안의 행동으로 보아 용의자는 최귀동으로 점차 모아지고 있었다. 과 학생 대부분의 진술이 최귀동에게 불리하게 작용했다. 과모임에서나 강의 시간 전과 후에 최귀동이 조미수를 겨냥하여 했던 이런 말들이 차곡차곡 증언으로 모아졌다.

잘났다고 설쳐대는 저런 계집년은 일어나지 못하게 밟아버려야 돼. 언젠가는 내가 그렇게 밟아줄 거야. 너희들 말릴 생각 하지 마. 나는 하고 싶은 일을 방해하면 그 어떤 놈이라도 가만 두지 않아. 알았어? 그리고 너희들. 내가 경고하는데 저 좆같은 베트콩 새끼하고 상종하는 놈도 똑같이 상대해 줄 것이니 절대 잊지 마!

그런데 사건은 이상한 방향으로 정리되었다.

최귀동이 아닌 응우이엔 뚜언이 유력한 용의자가 되어 유치장에 갇힌 것이었다. 김교수는 그를 위해 발 벗고 뛰어다녔다. 그는 절대 그런 일을 벌일 인물이 아니었다. 물론 사람의 속마음이야 어찌 단정할 수 있을까마는 그를 믿고 싶었다. 자신의 나라와 너무나 닮은 코리아에 와서 서로 닮은 역사를 공부해 보겠다고, 수천 km를 달려온 그가 일을 저지르리라고 도저히 상상이 가지 않았다. 더군다나 그는 그날 술을 마시지도 않았다는 증언도 나왔지 않은가.

먼저 지서로 찾아가 사건 담당 수사관을 만났다. 증언 관계로 몇 번 만났기 때문에 얼굴은 익숙했다. 수사관은 귀찮다는 내색을 굳이 숨기지 않았다. 이렇게 찾아다녀도 이미 결정은 나 있는 것이니 괜히 힘 빼지 말라는 충고 아닌 충고를 받았다. 김교수는 그 말을 붙잡고 늘어졌다. 왜 그렇게 단정하는지 그것만 알려 달라. 그러면 귀찮게 찾아다니지 않을 것이다. 아무것도 모르는 김교수가 안타까웠는지 수사관이 이렇게 귀띔을 해주는 것이었다.

"교수님은 아직 사태 파악을 못하고 계시는 것 같은데, 이 구역에서 놈을 손댈 수 있는 사람은 아무도 없어요. 지금까지 그 놈이 벌인 사건이 한둘이 아니지요. 놈에 관한 고소든 고발이든 시간이 지나면 흐지부지 되고 말아요. 왜 그런지 아세요? 아버지가 바로 이 지역 권력서열 이거라고요."

수사관은 자신의 엄지손가락을 치켜들며 입가에 얕은 조소를 머금었다.

김교수는 화를 참을 수 없어 소리를 지르고 말았다.

"검찰조직의 우두머리 아들이면 지은 죄를 남에게 덮어씌워도 된단 말입니까? 민주주의 사회에서 그런 법이 어디에 있습니까?"

목소리가 컸던지 지서 안 사람들의 시선이 김교수에게 쏠렸다. 수사관은 민망했던지 얼른 화제를 돌렸다.

"그나저나 피해자가 나타나야 일이 해결될 터인데, 지금 피해자는 어디 있나요?"

수사관의 말을 듣고 보니 김교수도 조미수의 안부가 궁금해졌다. 도대체 어디로 사라져 버린 것인가. 약한 마음으로 극단적인 행동을 취했으면 어쩌지? 지서를 나오는 김교수는 불안감으로 몸이 마구 떨렸다. 안 돼! 그러면 안 돼! 미수야.

마음을 진정시키려고 지서 뜰에 있는 벤치에 앉았다. 얼마나 앉아 있었을까? 안주머니에 넣은 핸드폰이 부르르 떨었다. 부리나케 꺼내 확인해보니 발신자가 조미수였다.

변호사사무실에서 만난 조미수는 걱정했던 것보다 차분했다.

처음에는 황당하고 분해서 당장 지서로 달려가 신고하려 했지만, 아버지처럼 되고 싶지 않아서 참았다는 설명이었다.

잘 나가던 아버지 회사가 사기꾼에게 넘어갔고, 굳게 믿었던 사법기관은 아버지를 지켜주지 않았다. 검찰조직의 실세를 자기편으로 끌어들인 사기꾼은 도리어 아버지를 무고죄로 맞고소했으며 아버지는 결국 패소했다. 아버지는 그 일로 화병이 나서 돌아가셨다.

그런 아버지의 죽음이 미수에게 산교육이 된 모양이었다.

'사법부의 법은 증거 만능주의다. 증거가 없는 증언은 아무런 힘도 발휘하지 못한다. 그러니 싸움에 이기려면 증거를 모아라.'

조미수는 아버지의 재판을 맡았던 인권변호사를 찾아가, 변호사의 권고대로 증거를 하나하나 빠짐없이 챙겼다고 했다. 이제 지서로 가는 일만 남았다고 말하는 미수는 나이에 비해 성숙했고 지혜로웠다.

뚜언이 유치장 문을 나오고 있었다.

며칠사이에 볼이 홀쭉해졌지만 표정은 밝았다.

"우리들 때문에 교수님이 사표 내셨다면서요?"

그의 물음에 김교수는 고개를 끄덕이며 대답했다.

"너희들 때문이라기보다 아직도 남아있는 사회적 불합리 때문이라고 봐야겠지."

"이제 뭐하실 거예요?"

"그보다 넌 학교를 계속 다닐 거지?"

"좀 생각해 보려고요."

"어찌됐건 이제 우린 헤어져야 되겠구나. 그래서 온 건데 우리 끝마치지 못한 야외수업을 계속 하면 어떻겠니?"

"전 좋아요. 교수님."

김교수가 이끄는 대로 그는 묻지도 않고 따라왔다.

둘은 사이좋게 고속버스를 탔다. 그제야 행선지를 알게 된 그는 초등학교 졸업여행을 떠나는 아이처럼 활짝 웃었다. 버스가 목적지를 향해 속도를 내기 시작하자 그는 어린애처럼 수다를 늘어놓았다.

"아버지는 방학 때마다 저를 데리고 할아버지 댁에 왔어요. 어려서는 그저 비행기 타고 놀러오는 것이 좋았지만, 초등학교 때부터는 할아버지가 하시는 일이 너무 신기해서 방학이 되기 훨씬 전부터 손꼽아 기다리곤 했지요. 할아버지는 기와 만드는 일을 하셨어요. 그런데 한옥이 점점 인기가 없어지고 아파트만 늘어나게 되어 일거리가 줄어든 할아버지는 퇴사할 수밖에 없었대요. 할아버지가 가장 잘 하시는 일은 기와 만드는 일뿐이었는데 말이죠. 제가 한국에 올 때마다 할아버지는 여러 가지 기와를 직접 손으로 빚는 모습을 제게 보여주셨어요. 특수한 곳에 사용하는 기와라고 일일이 설명해 주면서요. 지금도 그 이름을 모두 기억해요. 수막새, 암막새, 서까래기와, 치미, 귀면기와……."

그의 입에서 기와의 종류가 줄줄이 나오는 것이 참으로 신기했다. 김교수는 그가 이 나라를 떠나기 전 꼭 보여주고 싶은 것이 있었다.

사실 전부터 꼭 보고 싶었는데 바쁘다는 핑계로 미루어왔던 전시회였다. 국립중앙박물관에서 열리는 특별전이었는데, 그가 이 유물을 보면 오랫동안 한국을 기억할 것이라는 생각을 했다.

평일인데도 관객이 꽤 많았다. 입장권을 사고 줄을 서서 안으로 들어갔다.

이번 특별전에는 아주 특별한 유물 한 점이 진열되어 있었다. 전시실은 어두운데 넉넉하고 소박한 웃음 뒤에 아우라가 풍겼다. 지름 11.5cm 두께 2cm에 불과한 유물. 바로 '신라의 미소'로 통하는 '얼굴무늬 수막새'였다.

처음 보는 것이 아닌데도 김교수는 감동으로 유물에서 눈을 떼지 못했다. 뜯어볼수록 신기했다. 튀어나온 눈과 큼직한 코, 도톰한 입술, 그리고 위로 올라간 입가의 천진난만한 미소. 도대체 이런 수막새를 만든 이는 누구일까? 보면 볼수록 매력적이었다.

한참 넋 놓고 감상하다 곁에 있는 뚜언을 바라보았다. 아니나 다를까 그도 유물 앞에서 움직일 줄을 몰랐다. 그런데 시선을 느꼈는지 그가 미소를 띤 채 김교수 쪽으로 고개를 돌렸다.

아! 천년의 미소 수막새가 바로 그였다.

6.

코리언 쇼트헤어

나는 인간의 말을 모두 알아듣지 못한다.

그렇지만 당신의 표정과 몸놀림과 체취로 나는 당신이 무슨 일을 시도하는지 알아챌 수 있는 능력은 있다. 내게 그런 능력이 있다는 것을 당신은 전혀 인지하지 못한다. 그건 아무래도 좋다. 당신이 이 집으로 나를 데려왔을 때의 순수한 애정만은 절대 잊지 못하니까. 사람들은 은혜를 원수로 갚으면 안 된다고 말한다. 맞는 말이다. 당신은 내 목숨을 두 번이나 구해주었다. 그러나 나는 당신이 위험에 빠졌을 때 아무런 조처를 취하지 못했다.

오늘도 당신의 방에서 익숙한 음악이 흘러나온다. 이 집에 온 이후 날마다 들어왔던 노래이기에 리듬이나 가사까지도 대강 안다. 특히 독백조로 시작하는 내레이션은 머릿속에 각인되어 있다. '세상의 외로운 사람들을 위해 이 노래를 바칩니다.' 아마 당신도 이 부분 때문에 이 노래에 집착하는지도 모른다.

빠른 비트 리듬에 맞춰 전개되는 래퍼의 노래를 처음에는 하나도 알아들을 수 없었다. 그런데 계속 듣다보니 어느 순간 단어가 들렸고, 의미가 남다르게 다가왔다.

'나만 혼자 덩그러니 아무렇지도 않은 척 태연하게 멀쩡한 척 벌쭘 하면 괜한 핸드폰에 말하는 척 조금씩 저 수면 아래 깊숙히 로 나는 잠적'

외로움이 한껏 고조되는 리듬이다. 아마도 당신의 지금 상태를 적나라하게 표현해 주는 가사다. 들을 때마다 묘하게 동질감을 주기 때문에 이 노래를 줄곧 듣는 것이 아닐까 짐작해 본다. 노래를 하는 두 가수의 호흡은 참으로 찰떡궁합이다. 가사의 뜻을 전혀 모르는 나에게도 매번 느낌은 있다. 이 세상의 외로운 사람 속에 낄 수 있다는 생각에 가슴이 뜨거워진다. 거실로 나온 당신이 나를 건너다보며 모처럼 말을 걸어온다. 당신도 그 음악을 듣고 마음에 평화를 찾은 모양이다.

"너도 나처럼 이 노래가 좋은 거지? 김진표와 바비킴이 부른 노래야. 제목은 '그림자놀이'지."

당신이 설명해주지만 그들이 어떤 가수인지 난 잘 모른다. 그렇지만 마지막 이 부분을 들을 때면 이상하게 항상 숨이 콱 막혀온다.

'내 마음을 여는 게 안 되는데 안 되는데 Hey 해도 해도 난 안 돼 모두 다 아는데 홀로되지 않는 게 안 되는데 안 되는데'

나는 이제 일곱 살이다.

어쩌면 나이라는 것도 인간들이 만들어 놓은 한낱 숫자일 따름이지만 세상에서는 그것이 통용되고 있으니 굳이 부정하지는 않겠다. 인간들은 내 나이를 듣고서 필요치 않은 사족을 달곤 한다. 일곱 살이면 우리 나이로 치면 몇 살인 게지? 자신들이 오랜 산다는 것을 자랑하고 싶은 것인지, 아니면 진실로 궁금해서 인지 모르겠다. 그러나 그런 물음을 들을 때마다 코웃음이 나온다. 그게 왜 중요하단 말인가. 중요하기로 말하면 현재 이 세상 곳곳에서 일어나고 있는 예상치 못한 사건 사고들이 더 문제가 아니던가. 어제만 해도 경악할 사건이 터졌다. 당신의 켜 놓은 텔레비전에서 아나운서는 굳은 표정으로 소식을 전하고 있었다.

오늘의 사건 사고 소식입니다. 한 아파트에서 가족 세 명이 추락하는 사고가 발생했습니다. 처음 목격자의 말에 의하면 오후 3시경 13층에서 물체가 떨어지는 것을 보았다고 합니다. 처음에는 작은 물체가, 연이어 조금 큰 물체가 떨어졌다는데요. 물체가 떨어진 아파트 위쪽으로 시선을 보낸 목격자는 또 다시 추락하는 물체를 보았다는 겁니다. 이번에는 무엇인지 확인할 수 있는 크기여서 그제야 사람이 추락하고 있다는 사실을 깨닫고 황급히 신고를 했다고 합니다.

그 이후 전해진 사건의 전말은 이해하기 힘든 내용이었다. 그러니까 엄마가 3살 여자 아이를 창밖으로 던졌고, 곧바로 7살 남자 아이마저 던진 다음, 자신도 몸을 던졌다는 것이다. 이혼한 엄마가 생활고를 견디다 못해 그런 무서운 일을 벌인 것이라고 수사관은 아예 단정하듯 전했다.

무심하게 화면을 바라보던 당신이 혼자서 중얼거린다. 책임지지도 못할 거면서 내질러 놓기는……. 무책임하게 아이들을 낳게 만든 아빠에게 하는 말인지, 생목숨을 잔인하게 빼앗은 엄마에게 하는 말인지 분간할 수 없다. 아니 아빠, 엄마 두 사람 모두에게 던지는 비난일 것이다.

미리 밝혀둘 것이 있다. 내가 당신이라 부르는 내 현재주인은 올해 서른이다. 인간들이 말하는 것으로 대입해보면 일곱 살인 나는 서른인 당신보다 열 살은 더 연배라 할 수 있겠다. 그렇다고 형님 동생할 일은 없겠지만 말하자면 그렇다는 얘기다. 그런 당신의 직업은 요즘 잘나가는 크리에이터다. 파워 크리에이터로 자리매김한 당신의 수입은 짭짤한 모양이다. 모두 내 덕분임을 당신도 굳이 부정하진 않는다. 그러나 당신이 하는 일이 이 사회에 어떤 보탬이 되고 있는지는 잘 모르겠다.

삼년 전 그 날 내 생애에 가장 최악의 순간에 당신이 내 앞에 나타났다.

전 주인은 괴팍했고 음흉했으며 변태였다. 그에게 나는 노리개였으며 장난감이었고, 분노를 푸는 한낱 도구였다. 그날 그에게 무슨 일이 있었는지 모르지만, 다른 날과 매우 다르다는 것만은 알 수 있었다. 분노가 가득 담긴 눈으로 그는 길고 질긴 끈을 내 목에 걸었다. 그리고는 주차되어있는 자가용으로 끌고 갔다. 아! 오랜만에 산책을 시켜주려는 모양이구나. 나는 바보같이 좋아했다.

그랬는데 그는 나를 차에 매단 채 속력을 높였다. 아스팔트 바닥에 끌려가는 내 몸은 피투성이가 되었지만, 나는 비명조차 지르지 못했다.

차라리 죽는 것이 나아 하는 심정으로 질끈 눈을 감았다. 그 순간 차에 매단 끈이 끊어지고 나는 길가 풀숲으로 내동댕이쳐졌다. 만신창이가 된 몸으로 눈을 떴다. 일 미터도 안 되는 거리에서 나를 내려다보는 당신의 눈빛은 참 따뜻했다. 당신은 온몸이 피투성이인 나를 안아 올렸다. 그때 당신은 하늘에서 나에게 보내준 천사였다.

인간의 속성은 참으로 다양하다는 사실을 그 순간 알았다. 마음속에 사랑이나 연민이 1%도 존재하지 않는 전 주인 같은 인간도 있지만, 당신처럼 동물에 대한 애정이 가득한 인간도 있다는 사실을 말이다. 나는 당신 품에서 안정을 찾았고, 당신은 나를 동물병원으로 데려갔다. 피투성이가 된 나를 본 수의사는 당신을 향해 질책했다.

"도대체 이게 무슨 일이오? 아무리 짐승이지만 이 지경이 되도록 당신은 무엇을 한 게요?"

몰려오는 통증으로 정신을 차릴 수가 없었지만 나는 당신을 변호해 주고 싶었다. 물론 마음뿐이었지만. 그런데 웬일인지 당신은 그에 대한 어떤 변명도 하지 않았다. 그저 죽지 않겠느냐는 말만 되풀이해서 물었다. 수의사는 성심을 다해 나를 치료해 주었고, 덕분에 나는 빠르게 건강이 회복되었다.

그 사건은 사회에 커다란 이슈가 되었다.

차에 매달려 끌려가는 내 모습을 누군가가 동영상으로 촬영하여 유튜브에 올린 것이다. 동물애호가들의 분노는 인터넷을 한껏 달궜다. 특히 전 주인에 대한 사회적 비난이 봇물처럼 터졌다. 그의 신상은 탈탈 털렸고, 들리는 소문에 의하면 집에도 들어가지 못하는 신세가 되었다고 한다. 반면에 나를 구해준 당신의 행동은 칭찬의 댓글을 달고 인터넷에 빠르게 퍼져나갔다.

처음에 당신은 별 기대하는 맘 없이 궁금해 하는 팬들에게 내 소식을 전했다. 나의 소소한 일상생활의 모습을 사진과 함께 올렸다. 간혹 사진 밑에 시시콜콜한 내 얘기를 전했을 뿐이었다. 그러자 순식간에 조회 수가 수백만을 넘어섰다. 거기엔 내가 처했던 특별한 상황이 인기의 요인이 되었지만 나의 외모도 톡톡히 한 몫을 했다.

멀쩡하게 살아난 내가 동영상에 뜨자, 시청자들은 열광했고 특히 양이애호가들의 반응은 뜨거웠다. 너도나도 앞 다투어 내 사진을 퍼 나르기 바빴다. 나는 하루아침에 유명인사가 되었다. 조회 수가 늘어날수록 당신에게 돈이 들어왔다. 삼십이 되도록 수중에 돈이 남아있을 때가 별로 없었던 당신은 갑자기 하늘에서 쏟아지듯 돈이 쌓이자 사람이 달라지기 시작했다. 온종일 컴퓨터 앞을 떠나지 않았다. 슬쩍 살펴본 화면에는 빨강, 파랑색 선이 어지럽게 움직이고 있었다. 화면을 주시하는 나에게 벌겋게 달아오른 눈동자로 당신은 이런 말을 늘어놓았다.

"요즈음 젊은이들은 두 개의 세상에 살지. 하나는 발을 붙이고 사는 이 땅이고, 다른 하나는 온라인 세계야. 현실세계에서 나는 유령 같은 존재지만 온라인 세계는 달라. 유튜브나 인스타그램을 통해 새로운 세계를 만들면 그것으로 돈을 벌고 유명인사가 되는 거지. 너는 모르겠지만 앞으로 이 세상에는 가상화폐를 사용하는 날이 반드시 올 거야. 그렇게만 되면 지금 내가 투자한 비트코인의 가치가 얼마나 될지 넌 아마 상상도 하지 못할 걸?"

알아듣지도 못하는 내게 설명하고 있는 당신의 눈이 욕망으로 번들거렸다.

야생에서 살던 어미 생각이 가끔 났다.

야생의 고양이들은 몸에 베인 민첩함으로 안전을 도모하고, 머리에 저장된 기지로 위험을 누구보다 빨리 감지할 수 있다. 그렇게 살아온 덕분으로 우리는 인간보다 먼저 위험을 알아차린다. 자연스럽게 위험으로부터 몸을 지킬 방법도 저절로 터득한다. 그러나 안타깝게도 인간에게 종속된 후부터 그런 민첩성이나 기민함은 점점 퇴화해 갔다.

어렸을 때 내가 본 어미의 사냥실력은 뛰어났다. 가장 만만한 사냥감은 쥐새끼였다. 놈들은 어미가 내는 울음소리만 듣고도 오금을 펴지 못했다. 그러나 나는 지금 사냥을 전혀 하지 못한다. 물론 반려 동물이라는 미명아래 집 안에 갇혀있어 사냥할 처지도 못 되지만 그 이유 때문만은 아니었다. 이미 내 몸은 너무 비대해져 어미처럼 날렵하게 사냥을 할 수 없게 된 것이다. 그것은 당신이 매일 제공하는 사료 때문이기도 하다.

인터넷에서 인기 양이가 된 후 가장 크게 변한 것은 먹는 음식이었다. 전 주인은 내게 먹이다운 먹이를 준 적이 없었다. 그는 오로지 나를 화풀이의 대상으로 삼았기 때문에 제때에 먹이를 주지 않았다. 말로 소통할 수 없었던 나는 처분만 기다렸다. 간혹 전 주인의 기분이 좋을 때면 자신이 먹고 남은 생선뼈를 훅 던져주곤 했다. 물론 횟수는 많지 않았다. 나는 항상 배가 고팠기 때문에 그거나마 감지덕지 먹어치웠다. 그랬던 내가 유명세를 타자, 많은 팬들이 매일 선물을 보내왔다. 그때 처음 먹어본 참치알을 담아 만든 사료는 거짓말처럼 입안에서 사르르 녹았다. 그뿐만이 아니었다. 참치살에 닭가슴살, 게맛살 등을 넣어 만든 사료는 내 입맛을 사로잡았다. 입맛이 고급스러워진 나는 아예 다른 먹이는 쳐다보지 않게 되었다.

집안에 번지고 있는 불안한 기운이 나를 엄습한다.

무슨 일인지 정확하게 알 수 없었지만, 당신에게 좋지 않은 일이 벌어졌다는 것을 눈치로 느낀다. 며칠 전부터 조금씩 이상한 징후가 보였다. 자상한 손길이 끊어지고 제때에 먹이를 주지 않았다. 걱정이 되어 당신이 무엇을 하는지 훔쳐보았다. 당신은 자신의 머리를 쥐어뜯고 있었다. 그러다가 컴퓨터 자판을 정신없이 두드렸다. 마치 미친 사람처럼 보였다. 가지고 있던 전 재산을 털어 넣은 투자가 망하기라도 한 것인가. 그렇지 않다면 저처럼 밤새워 자판을 두드릴 일이 없을 테니 말이다.

오늘 아침이다. 나를 대하는 당신의 눈빛은 삼년 동안 같이 사는 동안 처음 보는 모습이다. 너무나 무섭다. 달라진 당신의 표정이 두려운 나머지 장롱 위로 뛰어올라 몸을 숨긴다. 숨소리도 죽인다. 당신은 멈추지 않고 나를 향해 돌신한다. 손에는 골프채가 들려있다. 순간 이러다 죽겠구나 하고 생각이 든다. 나는 본능적으로 주변을 살핀다. 살려면 이곳을 빠져나가는 방법밖에 없다. 다행히 장롱 끝 쪽에 연결된 방문이 열려있음이 눈에 띈다.

당신이 골프채를 휘두르기 전에 재빠르게 방을 빠져나온다. 다급한 마음에 테라스 밖에 설치된 에어컨 실외기로 뛰어오른다. 그곳까지 쫓아온 당신은 험악한 표정으로 골프채를 휘두른다. 이제 더 이상 도망갈 곳이 없다. 밑을 내려다본다. 25층 높이의 아파트에서 내려다 본 밑은 까마득하다. 그러나 골프채에 맞아 죽는 것보다 뛰어내리는 것이 상책 같다. 이리저리 둘러보다 바로 옆집 테라스에 설치된 실외기가 눈에 들어온다. 그 정도의 거리는 건너뛸 수 있을 것 같다. 위험하지 않을까 불안한 마음도 컸지만 달리 도리가 없다.

당신이 휘두르는 골프채가 내 몸을 향해 내리치려는 순간 웅크렸던 몸을 잽싸게 날린다. 다행이다. 목표했던 장소에 정확히 내려앉는다. 당신이 씩씩거리며 실내로 들어가는 모습이 보인다.

나는 옆집실외기 위에서 한참을 머무른다.

사태의 파장은 예상치 못한 방향으로 번져나갔다.

그러니까 내가 옆집 실외기에 앉아있던 바로 그 시각 우연찮게 내 모습이 영상에 찍혔다. 그리고 전혀 의도치 않게 세상으로 퍼져나가고 있었다. 물론 우연일 수도 있고, 아니면 필연인지도 모르겠다.

옆집에 사는 두 여자아이에 관해 나는 조금 알고 있었다. 나는 심심할 적마다 테라스로 나와 혼자서 공을 가지고 놀곤 했다. 그러면 옆집 아이들이 다가와서 말을 걸었다.

"우리는 널 잘 알고 있어. 너 유튜브에서 인기짱이지?"

자신들이 유튜버라고 말한 아이들은 나에게 출연해 달라고 애교를 떨었다. 그러나 나는 마음대로 확답을 해 줄 수가 없었다. 나의 주인은 오로지 당신이므로 그건 배반행위라고 생각했다.

그런데 오늘 정말 뜻밖의 일이 벌어진 것이다. 내가 옆집 실외기로 피신한 그 시각에 아이들이 동영상을 찍고 있었다. 실외기에 앉아있는 내 얼굴은 불안한 표정이었을 것이 분명했다. 더군다나 꽤 오랫동안 제대로 먹지 못한 내 모습은 보나마나 초췌했을 것이다. 그 모습이 그대로 동영상을 탔다. 시청자들은 즉각 반응을 보였다. 유튜브에 잡힌 내 모습에 애청자들은 분노했다. 그렇지 않아도 몇 달 동안 내 동영상이 올라오지 않아 걱정이 많았다는 팬들의 사연이 무더기로 달렸다.

또 학대를 받고 있구나. 어쩌면 좋으냐.

불통은 곧바로 당신에게로 튀었다. 나를 폭력하고 있었다고 단정한 팬들은 당신을 공격했다. 신상이 까발려지고, 몇몇은 직접 행동에 나섰다. 아파트까지 찾아와 실외기에 피신해 있는 내 모습을 동영상을 곁들여 직접 현장중계까지 한 것이다. 이대로 있어서는 안 되겠다고 생각했다. 어찌되었든 당신을 위험에 빠트려서는 안 되었다. 나는 다시 모험을 강행했다. 집으로 돌아가기 위해 당신의 집 실외기로 몸을 날렸다.

쭈뼛거리며 실내로 들어선다. 나를 보고서도 당신은 별다른 행동이나 말을 하지 않는다. 이상했지만 다행이다. 그동안 당신은 화가 풀렸는지 무지하게 먹고 싶었던 사료를 내 밥그릇에 듬뿍 담아준다. 아마도 유튜브에 퍼진 당신을 향한 비난을 무시할 수가 없었던 모양이다.

그 일로 당신과 나 사이는 한동안 서먹서먹했다.

다만 끊임없이 관심을 보내는 팬들을 의식했는지 당신은 내게 때맞춰 음식은 차려주었다. 그에 대한 보답으로 나는 당신이 내보내는 영상 속에 귀여운 표정을 일부러 지어주었다. 그렇게 상부상조하는 관계로 지내던 어느 날 낯선 이가 찾아왔다. 당신은 낯선 사람을 어머니라고 불렀다. 내가 당신과 산지 삼 년 동안 한 번도 오지 않던 이의 느닷없는 방문이었다. 아니나 다를까 둘 사이는 물과 기름처럼 섞이지 못했다.

당신어머니는 나를 무척 싫어했다. 싫어하는 내색을 전혀 숨기려 하지도 않았다. 대놓고 나를 버리라고 당신에게 강요했다. 당신은 그런 어머니의 말을 무시했다. 화가 난 어머니는 아들이 보지 않는 순간순간 나에게 폭력을 가했다. 밥을 먹고 있는데 발로 찼고, 잠을 자고 있는데 등 긁는 효자손으로 후려치기도 했다. 아팠지만 참았다. 나 때문에 모자 사이가 더 나빠질까 봐 걱정이 앞섰다. 그러나 폭행의 빈도나 강도가 세어져 도저히 참을 수 없는 지경에 이르렀다. 어쩔 수 없이 맞을 때마다 비명을 질렀다. 비명 소리에 방에서 나온 당신은 어머니를 향해 퍼부었다.

"그만 하라고요. 말 못하는 짐승이 무슨 죄가 있다고 괴롭히는 겁니까? 어릴 적엔 나를 그렇게 개 패듯 패더니 아직도 그 버릇 못 고쳤네요. 평생 안 보고 살겠다고 뛰쳐나왔는데 무슨 염치로 여길 쳐들어온 겁니까? 말씀해 보라고요. 어머니는 지금 나를 때리고 싶은 거지요? 나를 대신하여 저 양이를 괴롭힌다는 것을 내가 모를 줄 알아요?"

웬일인지 당신어머니는 잠자코 듣고 있었다. 아들의 지적에 그동안 저질렀던 잘못을 뉘우치는 것인가. 잠깐 그런 생각을 했는데 착각이었다. 아들의 목소리보다 더 크게 당신어머니는 소리쳤다.

"너 말 잘했다. 어디 한 번 따져 보자. 널 가졌을 때 난 겨우 열여덟이었다. 모두가 널 떼어버리라고 했지만 난 그럴 수 없었다. 어찌되었든 너도 귀한 생명이니까. 그런데 넌…… 너를 볼 때마다 네 아비의 잔인한 폭력이 떠올라 참기 힘들었다. 넌 그런 네 아비를 너무 닮았어. 난…… 정말 너를 죽이고 싶었다."

모자지간에 주고받는 말이 수수께끼 놀이처럼 들린다.

당신은 어머니의 폭행을 피해 모자간의 연을 끊고 집을 나왔다고 했다. 그런데 당신어머니는 아들을 죽이고 싶었다고 말했다. 둘 사이엔 도대체 무슨 일이 있었던 걸까. 둘 사이의 얘기를 유추해내느라 내가 잠깐 방심하고 있었나보다. 창가에 놓여있던 골프채를 집어든 당신어머니가 순식간에 내 머리를 향해 내리친다.

순간적으로 내 입에서 터져 나온 비명이 아파트 단지를 흔든다. 머리통이 터져 피가 얼굴을 타고 목까지 흘러내린다. 내 얼굴은 순식간에 피투성이로 변한다. 그런데도 웬일인지 정신은 더욱 또렷해진다.

당신은 당황하여 어쩔 줄 모르고 허둥댄다. 초인종이 울린다. 아무도 문을 열어줄 생각을 하지 않는다. 부서버리기라도 할 것처럼 문을 두드리는 소리가 커진다. 결국 당신어머니가 문을 열어준다. 경비원을 앞세우고 이웃주민들이 우르르 집안으로 들어온다. 피투성이가 된 내 모습에 주민들은 놀라 말을 잇지 못한다. 주민 중 하나가 빠르게 신고한다. 얼마 되지 않아 경찰관 두 명이 들어온다. 중상을 입었다는 신고에 놀라서 달려온 경찰관이 내 모습을 보고 어이가 없는지 픽 하고 웃는다. 그리고는 모인 사람들을 향해 묻는다.

"그러니까 이 고양이가 다쳐서 신고했다는 말이지요?"

"예."

"이건 신고할 일이 아니라 동물병원에 데려가는 것이 맞는데."

"하지만…… 상황을 파악한 다음 이렇게 만든 범인을 잡아가야 하잖아요."

"고양이를 이렇게 만든 사람이 도대체 누군데요?"

당신어머니가 앞으로 나섰다. 그 태도가 너무나 당당하여 주위에 있던 사람들이 도리어 어리둥절해한다. 경찰관이 때린 이유를 묻자, 당신어머니가 대답한다.

"이게 무슨 큰일이라고 난리들이죠? 키우던 짐승이 말을 듣지 않으면 때릴 수도 있지 않소? 그러다가 다칠 수도 있고 다쳤으면 약 발라 낫게 해 주면 되는 게지. 사람대접도 해주지 않던 당신들이 이제 와서 내게 그런 요구를 할 자격이 있나요? 나를 짐승처럼 밟은, 짐승만도 못한 그 높으신 나리는 불러다 조사도 하지 못하던 머저리 같은 족속들이! 모두 돌아가요. 가지 않으면 가만있지 않을 거니까."

당신어머니는 들고 있던 골프채를 마구 휘둘러댔다. 모인 사람들은 모두 입을 다문다. 바로 그때 옆집 아이가 울음을 터트리며 소리친다.

"양아! 죽으면 안 돼! 눈 떠 봐. 눈 뜨라니까!"

눈을 뜨고 주위를 살펴보니 낯익은 곳이다.

삼년 전 다 죽어가던 내 목숨을 살려낸 그 동물병원이다. 희미한 의식 속에서 당신은 삼년 전 그날과 똑같은 말로 수의사의 질책을 듣고 있다.

"도대체 이게 무슨 일이오? 아무리 짐승이라지만 이 지경이 되도록 당신은 무엇을 한 게요?"

삼년 전 그날처럼 당신은 아무런 변명도 하지 않는다.

점점 의식이 또렷해지자 수의사가 당신께 건네고 있는 내용이 부쩍 호기심을 불러일으킨다. 수의사는 손으로는 내 머리를 정성스럽게 봉합하면서 입으론 나에 관해 열심히 설명하고 있다. 한번도 들어보지 못했던 내 핏줄에 관한 이야기다.

"선생은 잘 모르고 있는 모양인데 이놈은 한국고양이 중 아주

희귀한 종자지요.'브라운 클래식 태비'인데, 이놈의 조상은 야생 본능이 뛰어난 사냥의 달인이었어요. 선생께서 키우고 있었으니 이놈이 본성은 질 알고 있을 거요. 참으로 영리하고 활달하며 감정의 폭은 크지만, 주인에 대한 애정이 깊고 애교도 많지요. 이 모습을 보시오. 얼마나 사랑스러운지.”

나를 바라보는 수의사의 눈길엔 정이 담뿍 들어있다. 치료하는 부드러운 손길에 시나브로 통증이 가신다. 더군다나 나의 조상에 대해 설명할 때에는 그만 눈물이 찔끔 솟는다. 사냥의 달인이었다는 나의 어머니, 그리고 할머니가 너무나도 보고 싶다. 가족과 함께 살수만 있다면 얼마나 행복할까. 닭가슴살이나 게맛살, 참치살 같은 먹이와 그 행복을 바꾸고 싶지 않다.

수의사가 당신을 바라보며 내 이름을 묻는다. 당신은 들었는지 못 들었는지 아무런 대답도 하지 않는다. 그러자 수의사는 아직 이름이 없는 것으로 짐작했는지 이렇게 덧붙인다.

“옛날에는 말이요. 한국고양이를 주택가나 길거리에서 흔히 볼 수 있었지요. 그래서 보통 도둑고양이라고들 불렀어요. 왜냐하면 집안에 몰래 들어와 생선이나 고기를 물고 잽싸게 달아났으니까요. 그런 습성 때문에 사람들의 인식이 나빠 생존의 위협을 많이 받았지요. 해서 개체수가 부쩍 줄었답니다. 그런데 요즈음은 애호가들의 사랑과 노력으로 수가 점점 늘어나고 있어요. 옛날에는 참고양이라고 불리기도 했는데, 지금은 '코리언 쇼트헤어'라는 별칭도 갖게 되었지요. 우리 사이에서는 그것을 줄여서 '코숏'이라는 애칭으로 부르기도 한답니다.”

수의사의 말이 끝남과 동시에 상처의 봉합도 끝난다. 수의사는 며칠 동안 병원에 다녀야 한다는 말과 함께 당신의 품에 나를 안겨준다. 당신 품에서 나는 가볍게 몸을 떤다.

자신의 행동이 과했다고 생각했는지 당신어머니는 한동안 나에게 쓸데없는 관심을 보였다.

나는 그것이 부담스럽기만 하다. 동물에 대한 무지한 관심은 내 생활의 패턴을 엉망으로 만들었다. 최소한 자신이 키우는 애완동물의 성질이나 습성을 알아야 서로 교감을 나눌 수 있는 사이가 된다는 사실을 당신어머니는 전혀 알지 못한다. 무조건 자신의 방식대로 나를 길들이려고 한다.

특히 나와 같은 양이는 간섭받는 것을 극도로 싫어하는 습성이 있다. 독립적인 생활을 추구하며 성격이 무척 예민하기 때문이다. 또한 항상 일정한 영역을 지키며 생활하는 습성이 있다. 그러므로 환경의 변화를 쉽게 받아들이지 못한다. 그런데 당신어머니는 마음 내키는 대로 내 생활환경을 바꾸어 놓으려 한다. 내가 사용하는 밥그릇과 물그릇을 이리저리 옮겨 놓기도 하고, 침실로 이용하는 이동장을 세탁실로 치우기도 한다. 나는 항상 청결한 화장실을 원한다. 그것이 우리들의 독특한 습성임을 당신어머니는 전혀 알지 못한다. 모든 것이 제자리에 없으면 우리는 큰 스트레스를 받는다는 사실도 모른다.

당신어머니가 온 후 급격한 환경변화로 인해 나도 모르게 마킹에 빠졌다. 본래 마킹이란 자신의 영역을 유지하기 위해서 영역내의 새로운 물건이나 높은 곳까지 오줌을 뿌리는 습성을 말한다. 당신과 둘이서만 살던 삼년 동안 나는 한 번도 나를 위해 만들어준 화장실 아닌 곳에서 오줌을 눈 적이 없다. 그런데 어느 순간부터 나는 집안을 돌아다니며 영역표시를 하고 있었다. 그 모습을 본 당신어머니는 길길이 뛰며 불같이 화를 냈다.

"이 망할 놈의 새끼! 미운 것이 미운 짓만 한다더니 어디서 아무데나 찔끔찔끔 흘리고 다니는 게야? 너 오늘 나한테 한 번 맞아 죽어 볼래! 저기 서지 못해!"

당신어머니는 50센티미터 대나무 자를 들고 나를 향해 돌진한다. 나는 잽싸게 몸을 날린다. 가만히 있다간 지난번처럼 머리가 쪼개지는 부상을 입을 것이 뻔했다. 장롱 위 빈 공간에 몸을 숨긴다. 당신어머니의 씩씩대는 숨소리가 한참동안 내 주변 가까이에서 맴돌았다.

어머니와 부딪치지 않으려고 자신의 방에서 잘 나오지 않던 당신 목소리가 들렸다.

"제발 그냥 두세요."

"너는……. 똥오줌도 가리지 못하는 저 망할 놈의 새끼가 뭐가 예쁘다고 끼고 산단 말이냐?"

"보기 싫으면 어머니가 나가시면 되잖아요."

"그게……. 어미에게 할 소리냐? 자식이란 놈마저도 어미를 짐승보다 못하게 여기니 세상 사람들이 날 무시하는 것이 당연하지. 그러니 내가 누굴 원망하겠어."

당신어머니는 서러움이 복받치는지 훌쩍이기 시작한다. 당신은 그 소리가 듣기 싫었는지 TV 볼륨을 높인다. 나는 습관적으로 TV화면을 응시한다.

앵커는 초대한 출연자에게 이렇게 묻는다.

공개적으로 이렇게 얼굴을 밝히며 미투(Me Too)를 선언하게 된 결정적인 이유가 무엇인가요?

성폭력을 당하는 것이 자신의 잘못이 아니라는 것을 먼저 알려 주고 싶었어요. 그리고 피해자들에게 '당신은 혼자가 아니다'는 사실도 함께 알았으면 해서요.

성폭력을 가한 사람을 실명으로 고발하면 직장에서 입지가 좁아질 것을 미리 예상하셨을 터인데도 용기를 내어 이렇게 출연해 주시어 감사합니다. 마지막으로 하실 말씀이 있으면 간단히 해 주시지요.

성폭력을 당한 피해자들이 사회의 시선 때문에 섣불리 피해 사실을 알리지 못하는 경우가 매우 많아요. 내가 이렇게 용기를 낼 수 있게 된 것도 8년이란 시간이 필요했지요. 이제 우리가 연대 하여 서로에게 용기를 주고 자신이 소중한 사람임을 알게 되었으면 합니다.

화면을 응시하다가 나는 무심코 당신어머니에게 시선을 돌린다. 하마터면 비명을 지를 뻔했다. 울음을 그친 당신어머니의 표정이 매우 험악해져 있다. 금방이라도 무슨 일을 벌일 것만 같은 원망이 가득한 눈빛으로 화면을 응시한다. 그러다가 당신어머니는 당신에게로 시선을 옮기는 것이다. 나는 그런 눈빛은 난생 처음 보았다. 금방이라도 상대방을 죽일 것만 같은 분노와 미움이 뒤엉킨 그런 표정이다. 도대체 저들 사이에 무슨 일이 있었단 말인가. 나는 오금이 저려 장롱 위 더 깊은 곳으로 숨어든다.

위험할 때마다 몸을 숨기던 자리에 몸을 동그랗게 말고 눕는다. 긴장이 풀려서인지 졸음이 밀려온다. 잠깐 동안 졸았던가. 그러다가 뭔가 이상한 낌새를 느끼고 퍼뜩 눈을 뜬다. 비릿한 냄새가 훅 하고 올라온다. 고개만 내밀고 아래쪽을 살핀다. 순간 너무 놀라 눈을 질끈 감는다. 다시 눈을 뜨고 보니 방바닥은 이미 피바다. 도대체 내가 잠든 사이에 무슨 일이 벌어진 것인가. 당신어머니의 손에는 피 묻은 칼이 들려있다. 칼끝에서는 피가 방울방울 떨어지고 당신어머니는 정신이 나간 모습으로 우두커니 서있다.

잠시 후 정신을 차린 당신어머니가 당신을 급히 끌어안는다. 그리고는 낮은 목소리로 중얼거린다.

"아가! 죽으면 안 돼! 네가 무슨 죄가 있겠냐? 목을 쳐 죽일 그놈이 죄인인 것을!"

당신어머니의 뺨으로 굵은 눈물이 흘러내린다. 나는 그 상황을 도무지 이해할 수 없다. 더군다나 지금 바로 병원으로 데려가지 않으면 당신은 죽을지도 모르는데 저러고 있으니 속이 답답해진다. 죽으면 안 되는데 어찌하지? 어떡하나? 안절부절 초조한 마음에 심장이 마구 뛴다. 그렇지만 나는 아래로 내려갈 수가 없다. 오금

장이가 얼어붙어 도무지 몸이 움직여주지 않는다. 내려다보니 조금 전보다 더 많은 피가 방바닥을 적시고 있다. 그러한 상황에서도 당신어머니의 넋두리만 계속 이어간다.

"아가! 사랑하는 내 아가! 너를 위해서 어떡하든 내가 그 나쁜 놈을 응징했어야만 했는데……. 이 어미가 바보였다. 천인공노할 짓을 저지른 자가 아무렇지도 않게 세상을 활보하고 다니게 만든 것이 모두 다 내 탓이다. 용기를 내어 고발했어야 했는데. 아가! 내가 너에게 도대체 무슨 일을 저지른 거냐?"

나는 더 이상 보고만 있을 수가 없다. 재빠르게 장롱을 타고 내려와 당신어머니를 덮친다. 날카로운 발톱으로 당신어머니의 얼굴을 사정없이 할퀸다. 당신어머니는 비명을 지르며 쓰러진다. 당신어머니의 손에 들려있던 칼이 바닥으로 떨어진다. 쨍그랑, 칼이 내는 금속성 소리가 유난히 날카롭게 울려 퍼진다.

아파트 경비원과 이웃들이 또 몰려오는 소리가 들린다.

당신어머니의 비명 소리와 내 울음소리 그리고 바닥에 떨어지는 칼이 내는 금속성 소리에 달려온 것이다. 장롱 위에서 움츠린 자세로 나는 그 광경을 내려다본다. 경비원의 문 따는 소리와 함께 사람들이 우르르 실내로 들어선다. 꺅, 비명을 지르는 사람도 있었고, 피비린내에 코를 움켜잡는 사람도 있다. 경비원은 휴대폰으로 빠르게 신고한다. 그중 한 사람이 뭔가 찾는 모양으로 두리번거린다. 그러더니 옆에 있는 사람의 귀에 대고 소곤거린다.

그 작은 목소리는 내 귀에 똑똑히 들린다.

"저처럼 덩치가 큰 아들이 왜소한 어머니의 칼에 찔렸다는 것이 좀 이상하지 않아? 그리고……. 어머니의 얼굴 좀 봐! 날카로운 발톱에 할퀸 자국 같지? 이 집에 사는 고양이 짓이 아닐까?"

"그러게! 그런데 고양이가 어째서 그런 일을 벌였지?"

말을 나누던 두 사람이 주변을 살피는 모습이 보인다. 나는 얼른 자라목이 되어 몸을 숨긴다. 역시 인간의 추리는 우리 같은 동물들의 머리로는 따라갈 수 없다. 수사관도 아닌 인간들이 내리는 판단을 나는 왜 할 수 없는지 안타깝다. 위험하다는 판단만 미리 할 수 있었어도 당신에게 일어날 변고를 미리 예방할 수 있었을지도 모르는데.

이내 경찰관과 구급대원들이 도착한다. 구급대원들이 당신과 당신어머니를 신속하게 구급차로 옮긴다. 경찰관은 그 모든 상황을 기록으로 남겨야 하므로 빠른 속도로 사진을 찍는다. 구급대원들이 떠난 뒤에도 경찰관들은 남아서 꼼꼼하게 증거를 찾는 모습이 보인다.

낯익은 경찰관이 다른 동료를 향해 말한다.

"김 순경! 저번에 말이야. 신고를 받고 이 집에 온 적이 있었지. 그땐 저 할머니가 고양이의 머리를 골프채로 내리친 사고였어. 참! 그 고양이는 다 나았는지 모르겠네. 그런데 이번에는 자기 아들을 칼로 찌르다니 이유가 도대체 뭘까?"

김 순경이라고 불린 경찰관은 대답이 없다. 대신 핸드폰을 열심히 들여다본다. 그러더니 화색이 돈 얼굴로 동문서답을 한다.

"선배님! 찾았습니다. 찾았어요."

선배라고 불린 경찰관은 뜨악한 표정으로 김 순경을 건너다본다.

"찾았다니까요. 선배님! 여기 두 장의 사진을 비교해 보십시오. 동일인물 맞지요?"

선배경찰관은 김 순경이 내미는 핸드폰을 받아 유심히 살핀다. 이내 선배경찰관의 입에서 탄성이 흘러나온다.

"정신병원에서 탈출했다고 신고 받은 환자가 바로 이 사람이잖아? 그럼 뭐야? 등잔 밑이 어둡다더니 코 밑에 두고 찾느라 우리가 날밤을 샜다는 말 아닌가?"

"그런데 선배님! 그래도 자식인데 어쩌면 저렇게 무지막지하게 찌를 수 있었을까요?"

"자네가 몰라서 하는 말이네. 만약 자네라면 성폭력을 당해 생긴 아이에게 정을 줄 수 있겠는가? 더군다나 아들을 키우면서 수차례 정신적 혼란으로 폭행을 일삼았다던데. 탈출하기 전까지 치료 중이었다니 정상적인 정신 상태가 아닌 상황에서 벌어진 일인 모양이네."

"병원에서도 자주 침대에 묶여 있었다고 하더니 바로 그 폭력성 때문이었군요."

"그렇지. 그런데 좀 특별한 경우이긴 해! 정신이 멀쩡할 땐 그렇게 얌전할 수 없대. 그런데 어느 순간 정신이 돌아버리면 눈앞에 보이는 사람에게 폭력을 가한다는 거야. 담당의사의 말에 의하면 그건 삼십년 전 자신을 폭행했던 그놈으로 환치되기 때문일 거래. 오랜 시간이 지났어도 아직껏 그 치욕에서 벗어나지 못했다는 증거 아니겠나? 빌어먹을 세상이 저런 가정을 만든 거지."

경찰관들은 현관 앞에 노란 줄로 출입금지선을 만들어 놓고 떠난다. 그제야 나는 장롱 위 피신장소에서 조심스럽게 내려온다.

당신이 남기고 간 비릿한 냄새에 나는 오랫동안 캑캑 거린다.

7.

달항아리

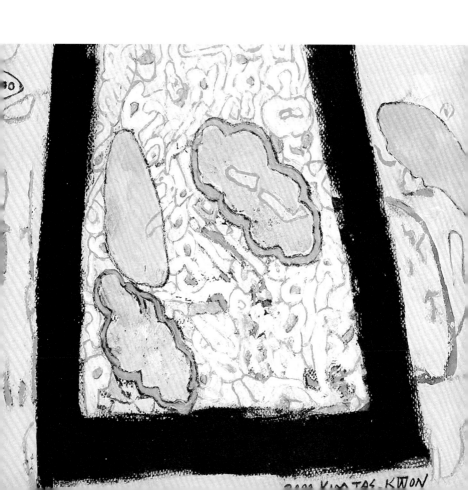

녀석의 굽은 등을 바라본다.

녀석의 나이 이제 갓 스물 둘, 앞길이 창창한 청년이다. 세상에 대한 원대한 포부를 펼쳐나가야 할 나이의 녀석이 굽은 등을 보이며 침대 모서리에 앉아있다. 금방이라도 바닥에 떨어질 것만 같은 위태로운 자세, 다가가 바로 잡아 주려던 손을 거둔다. 녹록치 않을 세상을 스스로 헤쳐가야 할 몫은 어차피 녀석에게 있다. 안타깝지만 기다려 주어야 하는 게 내 운명이고.

공방 쪽으로 발길을 옮긴다.

녀석이 사고만 당하지 않았더라면 이곳 공방에서 지낼 생각은 하지 않았을 것이다. 자신의 노후를 대비한 모양으로 남편은 자투리땅에 공방과 작은 가마를 만들어 놓았다. 젊어서부터 남편은 가정보다 더 많은 시간을 이 공방에서 보냈다. 직접 내게 그런 의사를 비친 적은 없지만 언젠가는 공방에서 혼자 지낼 생각을 했던 것만은 확실했다. 세 식구가 함께 살기를 원했다면 거처를 이렇게 작게 만들지는 않았을 테니까.

처음 이곳에 왔을 때가 떠오른다.

잡초로 뒤덮인 집은 도무지 살만한 곳이 아니었다. 더군다나 동네와 한참 떨어진 산 속에 있었기 때문에 무섭기만 했다. 남편이 세상을 등진 후 오년 동안 버려져 있던 터라 어디서부터 손을 대야 할지 막막했다. 다시 도시로 도망가고 싶었다. 이곳에서 도대체 무엇을 하며 지낸단 말인가.

결혼 초부터 나는 도예에 아무런 관심이 없었다. 온통 백자에만 관심을 두는 남편의 태도가 싫었기에 더 외면했다. 일부러 관심을 끊었다는 것이 옳을 지도 모른다. 결혼 생활 십오 년 동안 남편과 나는 서로를 이해하려는 노력조차 하지 않았다. 남편은 자신이 좋아하는 도예에 무지한 나를 비웃었고, 나는 무시하는 그를 보며 원망하는 마음만 쌓아갔다. 그도 짐작했으리라. 어떤 일이 있어도 내가 자기를 따라 이곳으로 오지 않으리라는 것을.

그래서 그랬던 것일까. 어느 날 그는 나와 아들에게 한마디 상의도 없이 도피하듯 혼자서 이곳으로 왔다. 따라갈 처지가 아니라는 것을 뻔히 알지만 도망치듯 떠난 남편에게 나는 참기 힘들 정도로 화가 났다. 그가 이 공방에 와있는 동안 나는 한 번도 찾지 않았다. 남편 또한 나와 아들이 있는 집에 오지 않았다. 아들교육과 생활은 내가 감당해야 했다. 미용사 기술이 있었던 터라 일을 할 수 있었던 것이 그나마 다행이었다. 내가 그렇게 가정을 지키는 동안 남편은 자신의 일에 도취되어 살았던 모양이었다. 공방으로 내려왔을 때 주영아빠가 내게 전해준 말에 의하면 남편은 밤낮으로 미친 듯이 작품을 만들었다고 했다.

자신의 몸이 망가지는 것도 모른 채 도예에 미쳐 살던 남편은 이곳으로 내려온 지 이 년도 채 되지 않아 쓰러졌다. 그리고 쓰러진 지 보름 만에 세상을 떴다. 그를 떠나보낸 뒤 남편의 짐을 정리하기 위해 내려와 보니 밤낮으로 만들었다던 도자기 작품은 하나도 눈에 띠지 않았다. 대신 뒷마당에 도자기 파편만 산처럼 쌓여 있었다. 마음에 드는 달항아리 한 점을 만들기 위해 남편이 얼마나 치열하게 노력했는지 그것이 증명하고 있었다.

그때 녀석은 중학교 2학년이었다.

가장 급한 것이 아들과 살아가는 일이었다. 슬퍼하고 있을 형편이 아니었다. 시집 식구들은 도와주기는커녕 나를 몰아세웠다. 남편을 방치하여 애먼 목숨 죽게 만들었다고 시누이는 삿대질을 하며 독설을 퍼부었다. 예술가로 크게 이름을 떨칠 아들인데 각시 하나 잘못 만나 제 명대로 살지 못했다며 시어머니는 내 머리채를 휘어잡고 악을 썼다.

나는 시가식구를 피해 녀석을 데리고 도망치듯 거처를 옮겼다.

물레 앞에 앉아본다.

내려온 지 2년이 지났지만 나는 아직도 물레를 제대로 다루지 못한다. 그래도 물레 앞에 자주 앉는 이유는 이곳에서의 시간이 너무 느리게 가기 때문이다. 물레라도 잡고 앉아있어야 하루가 간다. 도시에서의 바쁜 일상에 찌든 습관은 쉽게 고쳐지지 않는다. 남편의 손길이 고스란히 담긴 발 물레를 돌리고 있으면 쓸데없이 감상에 빠질 때도 있다. 꼭 그렇게 미움을 쌓아가면서 살아야만 했던가. 가끔 후회도 된다. 그렇게 빨리 내 곁을 떠날 줄 알았다면 그러지 않았을까?

"오늘은 한 번 만들어 보려고요?"

집에서 가장 가까운 곳에 사는 주영아빠다. 많은 도움을 받고 있는 이웃사촌이다. 이곳에 내려왔을 때 제일 먼저 찾아와 준 사람이다. 그는 남편의 하나뿐인 제자였노라고 자신을 직접 소개했다. 내게 지금 하는 것처럼 틀림없이 남편을 옆에서 살뜰하게 도와주었을 것이다. 그러다가 물레질 하는 모습이 신기하여 가르쳐 달라고 자신이 먼저 청했다고 한다. 말은 안 해도 자질구레한 일은 손수 도맡아 했음이 틀림없어 보인다. 그의 물레질은 이년 동안 배운 솜씨치곤 믿기지 않을 정도로 능숙했다. 더군다나 도예에 관해 따로 공부를 한 모양인지 막힘이 없었다.

"환이는 좀 어떤가요?"

올 때마다 녀석의 안부를 빼놓지 않고 묻는다.

"아직 뭐……."

주영아빠는 눈치 빠르게 화제를 돌린다.

"형님은…… 술 한 잔 마시고 기분 좋아지면 꼭 환이 얘기를 했어요. 내 아들이 얼마나 똑똑하고 잘 생겼는지 아느냐고 내 앞에서 한껏 자랑을 늘어놓았지요. 그리곤 마음에 쏙 드는 달항아리를 만들어 아들에게 선물하겠노라고 물레 앞에 앉곤 했어요. 많이 그리워하는 얼굴로 말이지요."

주영아빠는 남편을 선생님이 아니라 형님이라 불렀다. 그를 통해 듣는 남편의 이년 동안의 이곳 생활은 내가 상상했던 것과는 많이 달랐다. 남편에게 그런 면이 있었나? 의구심이 들 정도였다. 아들을 끔찍하게 생각했다는 주영아빠의 말이 도통 믿어지지 않았다. 그렇다고 쓸데없이 얘기를 지어내는 것 같지는 않았다.

구구절절 얘기를 나눈 적은 없지만 주영아빠의 살아온 내력도 심상치 않아 보였다. 그 역시 지금 혼자 내려와 살고 있어 더욱 그런 생각이 들게 했다. 그는 시간이 날 때마다 공방으로 온다. 그리고 한눈팔지 않고 물레질을 열심히 하는데 주로 문방구를 만든다. 연적이며 필통 그리고 꽃병 같은 소품 만들기를 좋아한다. 달항아리를 만들 생각은 없는 것이냐고 지나가는 말로 물었을 때 그는 정색하며 대답했다.

"도예를 하는 사람이 욕심을 부리면 도공의 자격이 없다고 형님은 누차 강조했지요."

욕심을 부리면 큰일이라도 날 것처럼 주영아빠는 고개를 크게 내젓는다.

남편은 달항아리에 대해선 유난하게 집착했다고 그가 말했다. 그때 남편이 강조했던 말은 오년이 지난 지금도 생생하게 기억난다고도 했다.

'백자 달항아리는 눈처럼 흰 바탕색과 둥근 형태가 보름달을 닮았다고 하여 붙여진 이름이지. 조선시대부터 발달한 달항아리

는 한국적인 아름다움과 정서가 가장 빼어나게 담긴 예술품 중 하나라네.'

이렇게 강조하면서 남편은 유명한 미술사학자 고故 최순우 선생의 말을 자주 인용했다는 것이다.

'흰빛의 세계와 형언하기 힘든 부정형의 원이 그려주는 무심한 아름다움을 모르고서 한국미의 본바탕을 체득했다고 말할 수 없을 것이다. …… 아주 일그러지지도 않았으며 더구나 둥그런 원을 그린 것도 아닌 어수룩하면서 순진한 아름다움에 어찌 정이 가지 않을 수 있단 말인가.'

남편은 가마에서 항아리를 꺼낼 때마다 크게 실망하곤 이렇게 자학했다고 한다.

"자네는 그 말을 이해하겠나? 어수룩하면서 순진한 아름다움이라니! 난 죽었다 깨어나도 흉내 낼 수 없을 것 같아. 내겐 아무런 희망이 없어."

아! 그래서 남편은 만든 달항아리를 모두 다 깨뜨려 버린 거였구나. 주영아빠의 설명에 의혹 하나가 풀린다.

주영아빠는 작은 찻잔 하나를 빚고는 바쁜 일이 있는지 후닥닥 집으로 돌아간다.

그가 빚어놓은 찻잔을 가만히 바라본다. 질로 만든 그것을 무색 투명의 잿물을 입혀 1,300도에서 1,350도 정도에서 구어내면 순백색의 찻잔으로 다시 태어날 것이다. 누군가는 그렇게 다시 태어난 자기에게서 자식 같은 정을 느낀다고 한다.

어디 나도 한 번 만들어볼까? 이곳에 내려온 후 처음 해본 생각이다. 앞치마를 꺼내 입는다. 한 쪽 구석에 미리 반죽해 놓은 백토를 두 손으로 양껏 들어올린다. 그리고 물레 위에 올려놓는다. 물레 앞에 앉은 나는 조용히 눈을 감는다. 무엇을 만들 것인지 곰곰이 생각해 본다. 그러다 문득 떠오르는 생각 하나. 그래! 그걸 만들어 보자!

비록 내 손으로 직접 작품을 만들지는 않았지만, 주영아빠가 하는 작업을 곁에서 이년 동안이나 지켜본 덕분에 물레질 흉내는 낼 수 있다. 성형이 마음대로 되질 않았지만 첫 작품치곤 괜찮아 보인다. 작업에 몰두하느라 인기척을 듣지 못했는데 내 어깨에 올리는 손길에 놀라 뒤돌아본다. 녀석이다. 웬일이냐고 묻지 않는다. 여기까지 발걸음을 한 것만도 기특하다. 그래! 그렇게 천천히 변화해 가는 거야. 나는 말없이 일어나 내가 앉았던 자리에 녀석을 앉힌다.

"이 자리에 앉아서 아빠는 네게 줄 달항아리를 만드셨다는구나."

녀석이 고개를 끄덕인다. 내가 묻는다.

"백토를 한 번 만져 보련?"

녀석이 또 고개만 끄덕인다. 물레 위에 남아있는 백토 한 주먹을 녀석의 손에 쥐어준다. 녀석은 손에 쥐어 준 백토를 코로 가져가더니 킁킁 소리 내어 냄새를 맡는다. 녀석은 도대체 무엇을 알아내려 하는 것인가. 아빠의 체취를? 아니면 백토의 성분을?

나는 갑자기 수다스러워진다.

"아들! 이건 엄마가 처음으로 만든 건데 뭔지 알아맞혀 볼래?"

녀석은 작품을 손가락 끝으로 아주 조심스럽게 더듬는다. 마르지 않은 초벌작품이라 망가질까봐 겁이 나는 모양이다.

"막 만져도 돼. 작품도 아닌데 뭐. 아들, 뭔지 알겠어?"

제발 한 마디라도 대답해 주길 속으로 빌면서 나는 녀석의 표정을 살핀다.

"종."

녀석이 2년 만에 입을 열었다. 보이지 않는 세상과 싸우느라 참으로 힘들게 견딘 녀석이다. 종이란 한 마디에 나는 뛸 것처럼 기뻤다. 그래서 녀석 앞에서 다시 수다를 떤다.

"그래, 아들. 엄마가 종을 만들었어. 네 방문에 달아줄게. 엄마가 필요할 때 이 종을 울려. 그러면 언제나 엄마는 네 곁으로 달려갈 거야."

내 말을 듣는 둥 마는 둥 녀석은 백토를 만지작거린다. 이윽고 천천히 물레를 돌리기 시작한다. 마치 보이는 것처럼 열심히 성형한다.

주영아빠는 도무지 믿을 수 없다는 듯 소리를 높인다.

"형수씨! 이걸 정말 환이가 만들었다고요?"

그건 어제 처음으로 만든 녀석의 작품이다. 만드는 과정을 눈으로 보면서도 내가 얼마나 놀랐는지 모른다. 그런 나보다 지금 그가 훨씬 더 흥분하고 있다. 마치 내가 거짓말을 하고 있는 것처럼 반복해서 묻는다. 참지 못하고 내가 부르르 성깔을 부린다.

"정말이라니까 왜 그리 사람 말을 못 믿고 그래요?"

"눈도 보이지 않는데……, 어쩜 이렇게 달항아리를 비틀림 없이 정교하게 만든 거지요? 형수씨! 전…… 처음 작품을 보고 형님이 밤새 만들어놓고 간 줄 알았다니까요."

그 말에 나는 잠시 다른 생각에 빠졌다. 혹시 남편의 혼이 정말 녀석에게 들어간 걸까? 되지도 않는 상상에 나는 피식 웃고 만다.

주영아빠가 다시 내게 묻는다.

"그래서 지금 환은 뭘 하고 있어요?"

"밤새도록 작업하고 새벽에 겨우 잠이 들었어요."

"형수씨! 이제 환이 걱정은 내려놓아도 될 성 싶네요. 사실 저 나이에 앞을 못 보게 되었으니 나쁜 생각이라도 하면 어쩌나 내심 걱정이 컸거든요. 그런데 이제 길을 찾은 것 같아요. 정말 다행이에요."

그의 말대로 정말 다행이지 싶다.

나는 하루 종일 손님들의 머리를 만져주는 미용사 일을 하면서도 힘든 줄을 몰랐다. 그것은 잘 자라주는 녀석 덕분이었다. 남들처럼 비싼 학원도 보내지 못하고 가정교사도 붙여주지 못했는데도 녀석은 공부를 잘했다. 오는 손님에게 자랑할 만한 대학에도 합격했다. 일학년을 마친 녀석은 자진하여 군에 입대하겠다고 내게 말했다. 얼른 복무하고 나와서 엄마 고생을 덜어주겠다는 것이다. 입대 전날 내 손으로 녀석의 머리를 짧게 깎아주었다. 거울에 비친 녀석의 얼굴이 꽤 낯설었다. 대한민국 남자라면 누구나 다녀와야 한다는 생각에 녀석을 향해 웃어주었다. 대부분 엄마들은 울면서 보낸다고 하는 군대를 나는 웃으면서 녀석을 보냈다.

녀석이 배속된 부대에서 부대를 소개하는 글이 대대장 명의로
왔다.

귀댁의 자랑스러운 대한의 건아가 본 부대에 입소한 것에 대한
감사한다는 인사말로 시작되었다. 이어진 서류에는 5주간의 부대
교육훈련계획이 자세하게 적혀있었다.

1주째엔 입소 장병들이 자신감을 가지고 조기 적응하도록 만든다.
2주째엔 기본적인 제식훈련의 체득을 위한 도수, 집총 각개훈련
과 화생방 상황을 체험시킨다. 3주째엔 전투요원으로서 소총조
작, 사격술 등 기본전투기술을 익힌다. 4주째엔 전투요원으로서
정신적, 육체적 능력을 갖추기 위한 각개전투, 수류탄 투척, 구급
법, 행군을 실시한다. 마지막 5주째엔 신병교육을 마무리하여 군
인기본자세와 투철한 안보관과 올바른 인성을 함양한 용사로 거
듭나게 한다.

군대에서 보내온 신병교육 계획서의 마지막 글귀는 이랬다.

통일의 선봉장 백두산에 태극기를!

한번 백두인은 영원한 백두인!

일선부대의 비장한 각오가 그 글귀에 오롯이 녹아있었다. 그와
함께 강인한 군인정신으로 거듭날 녀석의 모습을 기대하며 불안
한 마음을 슬며시 눌렀다.

부대에서 보낸 대대장의 글은 녀석이 입대한 날 입고 갔던 옷
과 함께 왔다. 그 옷을 보니 눈물이 주르르 흘렀다. 입대하기 위
해 머리를 깎아주던 날도, 까까머리로 손을 흔들며 떠나가던 날

도 울지 않았는데 무슨 까닭인지 알 수 없었다.

겨우 눈물을 거두고 나는 자리에서 일어났다. 4주 만에 돌아온 녀석의 옷에는 땀 냄새가 깊게 배어있었다. 옷을 들고 세탁기가 있는 가게로 나왔다. 손님이 없는 미용실엔 TV 혼자 떠들고 있었다. 텔레비전은 영업을 시작할 때부터 마칠 때까지 항상 켜 놓았다. 손님이 있을 때나 없을 때나 켜있는 TV는 제 몫을 다했다. 세상의 크고 작은 소식을 전해주기도 하고, 토론자들의 시시껄렁한 잡담에 잠시 미소를 짓게 만들곤 했다. 때론 영화의 슬픈 장면에 눈물을 훔치기도 하고, 익살스런 코미디 프로를 보면서 폭소를 터뜨리기도 했다. 물론 손님의 머리를 다듬을 땐 작업에 집중하느라 소리가 귀에 들리지 않을 때도 많지만 아무튼 가게에서 심심함을 풀어주는 것은 바로 TV이었다.

녀석의 옷을 세탁기에 넣고 세제를 넣은 다음 시작버튼을 막 누르려는 순간, 앵커의 시작멘트에 이어진 뉴스가 귀에 잡혔다.

'오늘 군에서 일어난 안타까운 사고 소식을 전합니다. 일선 모 부대에서 훈련 중 수류탄이 터져 한 명이 숨지고 두 명이 다쳤습니다. 오전 11시 30분 쯤 모 부대 21기 보병사단 신병교육대에서 수류탄 투척 훈련 도중 수류탄이 터져 김 모 중사가 숨지고, 박 모 중사와 이 모 훈련병이 크게 다쳐 인근 병원으로 이송되었습니다. …… '

아들을 군대에 보낸 엄마들은 이런 사고소식이 뉴스로 방영될 때마다 가슴이 철렁 내려앉곤 했다. 나 또한 그런 심정으로 TV화면 앞으로 부리나케 다가갔다. 사망자와 부상자의 이름이 자막으로 떠있었다.

사망자 김 모(27세)중사, 부상자 박 모(27세)중사와 이 모(20세) 훈련병.

나는 갑자기 몸이 떨리기 시작했다. 오늘 받은 소포 봉투에 써진 부대가 있는 지역이었다. 설마! 아니겠지? 나도 모르게 혼자서 중얼거렸다. 어디 이씨 성을 가진 훈련병이 아들뿐이겠는가. 아닐 거야. 고개를 절레절레 흔들며 나는 계속되는 뉴스에 집중했다.

화면에 비친 군관계자는 사고 당시를 이렇게 설명했다.

'신병교육생들은 훈련과정에서 던지라는 구호 소리에 맞춰 수류탄을 던지도록 훈련 받습니다. 그런데 사고 당시 훈련병이 안전핀을 뽑고 난 직후 수류탄을 손에서 놓쳤습니다. 바닥으로 구르던 수류탄이 터진 것입니다. 군에서는 현재 정확한 사고 경위를 조사하고 있습니다.'

다른 소식을 전하는 화면으로 바뀌었다. 얼마나 정신을 놓고 있었을까? 언제 들어왔는지 의자에 앉아있는 낯익은 얼굴이 거울에 비쳤을 때에야 정신을 차렸다. 매주 들리는 정 여사였다. 무슨 일로 넋이 빠져 있는 것이냐고 그녀가 나를 일깨웠다. 그 말에 대답하지 않았다. 우려하고 있는 일을 입 밖으로 꺼내면 그대로 벌어질 것만 같았기 때문이었다.

머리를 매만지는 내게 정 여사는 속도 모르고 말을 건다.

"아들도 군대 갔다고 했지? 조금 전에 TV에 나온 사고 소식 보았어? 아들을 군대 보내고 나면 제대할 때까지 발 뻗고 자지 못한다는 말이 정말이라니까! 자고 나면 사고가 터지니 어디 마음을 놓을 수가 있어야지. 안 그래?"

녀석이 만든 달항아리를 자세하게 살피던 주영아빠가 내게 말한다.

"형수씨! 기사에서 보았는데 달항아리를 잘 만드는 달인이 있대요. 박영숙 요窯의 대표인데 이분이 만든 달항아리가 영국황실 V&A 박물관 최고 컬렉션으로 뽑혔다는군요. 그분에게 환이 작품을 한 번 보이면 어떨까요?"

주영아빠의 설명에 의하면 백자를 만드는 작가인 그녀는 33년째 도자기를 껴안고 뒹굴어왔다고 했다. 처음에는 주전자와 접시와 합을 만들었고, 10여 년 전부터 달항아리를 만들기 시작했다는 것이다. 달항아리 100개를 만들고 나면 죽어도 좋다고 말했다는 작가가 직접 아들의 작품을 평가해준다면 더없이 영광이겠지만 그건 과한 욕심이다. 이제 겨우 달항아리 하나를 만들었을 뿐인 녀석을 주영아빠는 지금 과대평가하고 있다. 아마도 그는 형님으로 모신 스승이 꿈을 이루지 못하고 떠난 아쉬움이 무척이나큰 모양이다.

그보다 나는 녀석의 속마음이 알고 싶다. 녀석은 왜 하필 달항아리를 만들었을까? 보이지 않은 눈으로 어떻게 균형을 잡은 것인가. 그것도 처음으로 돌렸을 물레의 기술을 어떻게 터득했단 말인가.

바로 그때 부수수한 머리로 녀석이 공방으로 들어온다. 열 시간

이상 잔 얼굴은 아직 잠에 취한 듯 몽롱해 보인다. 그래도 깨자마자 이곳으로 온 것으로 보아 자신이 만든 작품이 궁금하긴 한 모양이다. 나는 녀석의 손을 잡고 작품 앞으로 끈다. 녀석은 마치 눈으로 감상하듯 손가락으로 항아리를 매만진다. 주둥이를 훑어본 손길이 점점 아래로 내려가더니 풍만하게 퍼진 부분에서 손길을 멈춘다.

녀석의 손길을 눈으로 따라가던 주영아빠가 입을 연다.

"환아! 네 아빠가 추구했던 것은 오로지 조선백자 구현이었단다. 조선백자는 기능미를 살리는 것이 첫째였지. 간결하고 소탈하고 단정하며 정직함이 한데 어울러져야만 좋은 백자라 한다. 그렇지만 말이다. 환아! 그 뿐이라면 많은 도예 가들이 쉽게 흉내를 냈겠지. 도공들이 따라 하기 어려웠던 것은 바로 항아리 속에 깃든 유머와 해학이야. 언제나 자연스럽고 어딘가 익살스러우며 단순 간결한데서 조상들은 백자의 가치를 보았던 거야. 그런데 네가 만든 항아리는 ……."

주영아빠는 무슨 말을 하고 싶었던 것인가. 도예에 대해 미천한 나였지만 녀석의 작품에서 보는 순간 느꼈던 내 마음과 같지 않을까. 작품을 보는 동안 모든 근심이 사라지고 마음이 정화되는 느낌을 받았다. 속이 텅텅 비어 이내 담담해지고 드디어 두둥실 날아오르는 가벼움, 그러나 텅 빈 자기 안에 슬픔이 커다랗게 자리하고 있음을 느꼈다면 그 이유가 도대체 어디서 오는 건가. 작품에서 손을 뗀 녀석이 뜬금없는 말을 꺼낸다.

"양구에 가고 싶어요."

양구? 양구라면 녀석이 훈련 받던 부대가 있던 곳이 아닌가. 그곳에 왜 가려는 것인지 이해가 되지 않았지만 왜냐고 묻지 않는다. 최소한 녀석의 의지를 꺾을 말은 하지 않기로 결심했기 때문이다.

"그래. 가자."

시원스런 내 대답에 녀석의 얼굴이 환해진다.

물레 앞에 앉아 열심히 손을 놀리는 녀석 옆에서 나는 인터넷 검색을 시작한다.

녀석이 가고 싶다는 양구에 대해 알아볼 참이다. 검색 창에 단어를 집어넣자 예상보다 많은 콘텐츠가 뜬다. 백과사전, 지도, 사이트, 뉴스, 블로그, 이미지, 웹문서, 동영상 등을 살펴보았지만 녀석의 의중을 알아챌 만한 단서를 찾지 못한다. 생각 끝에 양구 군청 홈페이지를 클릭한다. 첫 화면이 떠오르고, 왼편 상단에 안내문이 뜬다. 신병교육대 입영안내문이다. 녀석이 4주 교육을 받았던 사단이름이 뜬다. 워낙 큰일을 당했기 때문에 기억하고 싶지 않은 부대이름이다. 더군다나 그 사건으로 얼마나 많은 시달림을 당했던가. 그 쪽으론 고개도 돌리고 싶지 않았다. 그런데 녀석이 그곳에 가자고 한다. 무슨 까닭인가? 감이 잡히지 않는다. 녀석은 그 일을 벌써 다 잊었단 말인가. 그럴 리가 없다. 궁금함을 참을 수 없어 직접 물어보려고 자리에서 일어선다.

물레를 돌리고 있는 아들 곁으로 간다. 녀석의 진지한 작업을 보면서 나는 말을 걸지 못한다. 작업이 끝날 때까지 기다릴 수밖에 없다. 녀석은 오로지 손끝 감촉만을 의지한 채 성형을 하고 있다. 비록 작업이 느리고 자꾸 망가지긴 하지만 눈 밝은 사람의 작업과 별반 다르지 않아 보인다. 녀석의 작업 광경을 지켜보던 나는 녀석의 물레 다루는 솜씨가 하루아침에 생겨난 것이 아닐지 모른다는 생각이 불쑥 떠오른다. 내가 모르는 비밀이 있는 것만 같다. 그러자 초등학교 시절 녀석과의 대화가 불현듯 기억이 났다.

어느 날 느닷없이 녀석이 내게 물었다. 엄마는 아빠와 왜 결혼했어? 그 물음에 나는 가슴이 뜨끔했다. 감추려고 노력했지만 역시 녀석은 눈치 챘던 모양이다. 한참 궁리하던 끝에 이렇게 대답했다. 으응, 그때는 아빠를 사랑했으니까. 그럼 지금은 사랑하지 않아서 맨날 싸우는 거야? 나는 아차! 했다. 아직 어리다고 생각했기 때문에 녀석 앞에서 본심을 다 드러냈던 것이 불찰이었다. 그건…… 너도 크면 알게 돼. 서로 생각이 다르면 다툴 수 있는 거야. 아이는 알 듯 모를 듯 모호한 표정으로 이렇게 내게 말했다. 난 아빠도 좋고 엄마도 사랑해! 그래도 되지? 그때 나는 고개를 끄덕이며 다행이라 생각했다. 제발 녀석은 나처럼 아빠를 미워하는 마음을 쌓지 않기를 빌었다.

녀석의 얼굴에 땀이 송골송골 맺힌다. 줄에 걸려있는 수건을 내려 닦아준다. 내 손길에 녀석의 얼굴에 살짝 미소가 지나간다. 눈가부터 웃던 아이였다. 나는 정지해 버린 녀석의 눈동자를 차마 바라보지 못한다.

놀리는 손은 멈추지 않은 채 녀석이 중얼거린다.

"아빠도 그렇게 땀을 닦아주곤 했는데……."

그 말에 나는 휘청댄다. 남편과 녀석은 꽤 오랜 시간 나 모르게 이곳에서 같이 작업을 했던 모양이다. 그렇다면 주영아빠는 왜 녀석을 알지 못한 것인가. 남편이 아예 짐을 싸가지고 이곳으로 내려왔을 때 녀석은 내 눈치를 보느라 이곳을 찾지 않았던지 싶다.

나는 이미 모든 것을 다 알고 있었다는 듯 넌지시 캐물어본다.

"초등학교 때 아빠와 함께 달항아리를 만들어 본 거 맞지?"

녀석이 고개를 주억거린다. 설마 했는데 추측이 맞았다. 그래서 공방으로 내려오자고 제안했을 때 반대하지 않았던 거였구나. 두 번째 의문이 풀린다.

양구로 가는 길은 참으로 멀고 험했다.

주영아빠가 자진해서 운전을 맡아주었으니 망정이지 그렇지 않았다면 도중에 그만두었을 지도 모른다.

우리가 찾아가고 있는 강원도 양구는 금강산으로 가는 길목으로 남한의 최북단에 위치하고 있다고 운전을 하면서 주영아빠가 알려준다. 양구는 조선 시대 백자만을 생산하는 관요官窯였단다. 양구 일대 도요지의 옛날 가마터가 40기가 확인되었으며, 질 좋은 양구백토가 많이 매장되어 있어 백자를 생산하기에 좋은 조건을 갖춘 곳이 바로 양구라 한다. 그러나 그보다 현재 양구가 유명해진 것은 따로 있다는 설명이다. 그것은 금강산에서 발견한 〈이성계 발원 사리장엄구 일괄품〉 다섯 점이 당시 방산현의 가마터에서 제작된 사실이 확인되면서 상징적인 의미가 커졌다는 것이다.

주영아빠의 설명이 계속되고 있는 중에도 녀석은 마치 보이는 사람처럼 창문을 내리고 밖을 내다보고 있다. 무슨 생각을 그리 골몰하느냐고 녀석에게 묻는다.

이 년 만에 처음으로 녀석이 길게 대답을 한다.

"크면 양구의 백토로 달항아리를 만들자고 아빠와 손가락 걸고 약속했었는데……. 혼자서라도 약속을 지키고 싶어 일부러 양구에 있는 부대로 자원입대했었는데……."

두 눈을 잃은 녀석은 의병제대했다. 그러나 공상군경판정은 받지 못했다. 사건의 주범으로 녀석이 지목되었기 때문이었다. 훈련과정의 미비점은 아예 조사 대상에서 빠졌다. 녀석의 직속상관이 내게 귀띔해준 내용은 이랬다. 이 사건이 여론화 되면 대대장 이하 장성들이 다친다. 그들은 자신들이 다치지 않기 위해선 무슨 일이든 꾸밀 것이다. 녀석의 호적에 빨간 줄이 쳐지지 않도록 하는 것이 지금으로서는 가장 현명하다. 그러니 군에서 해주는 치료와 얼마간의 보상금을 받는 것으로 만족하라.

사건은 그들의 뜻대로 마무리 되었다. 김 모 중사의 죽음은 개죽음이 되었고, 온몸에 수많은 파편을 맞은 박 모 중사는 병원에 장기간 입원했으나 지금 폐인처럼 살고 있다. 공무 중 부상판정을 받지 못한 세 사람은 국가유공자 판정을 위한 공상군경 대상에서 아예 제외되었다.

공방으로 내려온 지 이년 동안 녀석은 두문불출하며 세상과 높은 담을 쌓았다. 녀석은 자신의 불행보다 상사의 불행을 자책하느라 잠도 편하게 자지 못했다.

고속도로를 탔는데도 다섯 시간이 넘게 걸렸다. 아침 일찍 나섰는데 점심때가 넘어서야 양구백자박물관에 도착했다.

2006년에 건립되었다는 건물은 2층 구조다. 안으로 들어가니 1층에는 전시실, 문화상품 판매소, 수장고, 재료창고 등이 보인다. 2층으로 오르니 사회교육실과 사무실, 그리고 양구백자박물관 체험실이 있다. 궁금하여 창문을 통해 체험장을 들여다본다. 방문객으로 보이는 두어 가족이 자기를 만들고 있다. 녀석에게 체험해보겠는지 의향을 묻자, 녀석은 좋다고 고개를 끄덕인다. 우리가 안으로 들어가자, 체험학습을 지도하는 강사가 다가와 친절하게 대한다.

"어서 오세요. 환영합니다. 원하는 자리에 앉아 마음대로 만들면 된답니다. 전에 자기를 만든 경험은 있는가요?"

대답하기 곤란하여 나는 그냥 미소만 짓는다. 지도강사는 녀석을 바라보며 다시 묻는다.

"아드님도 같이 작업할 건가요?"

"네. 그럼요."

답하는 내 목소리가 단호하다.

우리처럼 외지에서 온 방문객이 도예체험을 원할 경우 프로그램이 정해져 있단다. 원하는 작품 1점을 핀칭, 코일링 방식을 이용하여 만들고, 만든 작품은 이곳 가마에서 구운 다음 집으로 우송해 준다는 설명이다. 물론 재료비와 소성료를 내야 된다고 강사는 강조한다.

듣고 있던 녀석이 강사를 향해 또렷하게 의사를 밝힌다.

"양구백토로 달항아리를 만들고 싶어서 다섯 시간이나 걸려 이곳까지 왔는데요."

강사는 놀란 눈으로 나를 바라본다. 누구도 쉽게 만들지 못하는 달항아리를 만들겠다고 나서니 무척 놀란 모양이다. 이내 불신이 가득 찬 표정을 짓는다. 그래도 다섯 시간 넘게 달려왔다는 녀석의 말에 안 된다고 잘라 말하기가 곤란한 모양이다. 책임자와 상의해 보겠노라며 사무실로 들어간다. 사무실에서 나온 강사가 우리를 관장실로 안내한다.

맞이하는 관장은 나이가 들어 보인다. 나이에 걸맞게 온화한 표정이 호감을 준다. 사정하면 녀석의 소원을 들어줄 것도 같다. 준비된 차를 권하며 관장이 녀석을 향해 묻는다.

"달항아리를 만들고 싶다고 했다던데 이유를 물어봐도 되겠나?"

"우리 고장의 백토로 만든 항아리와 양구의 백토로 만든 항아리를 비교하고 싶어서……."

무슨 이유에서인지 녀석이 말을 끝맺지 못한다.

이번에는 관장이 나를 향해 묻는다.

"어디서 오셨나요?"

"전라북도 순창이오."

"순창이라. 정말 멀리서 오셨군요. 전북에도 옛날 조상들이 사용했던 가마터가 많이 남아있지요?"

그 물음에 주영아빠가 모처럼 말할 기회를 잡은 것이 기쁜지 얼른 나서서 대답한다.

"그럼요. 순창에는 조선시대 분청사기와 백자를 생산하던 가마터가 있지요. 우리가 사는 순창군 동계리 어치마을은 고려시대부터 조선시대까지 토기와 자기를 굽던 가마터가 지금도 남아 있어요. 뿐만 아니라 진안 성수면에는 청자 가마터가 있고, 익산시 금마면에 있는 백제토기도요지는 전라북도 기념물 14호로 지정되어 있답니다."

주영아빠의 자부심이 가득 담긴 설명에 관장은 이미 잘 알고 있다는 듯 미소를 보낸다. 아마도 이 방면에 조예가 깊은 모양이다. 관장이 나를 향해 녀석이 만들었다는 달항아리를 볼 수 있겠느고 묻는다. 나는 고개를 끄덕인다. 녀석이 내 앞에서 처음 만들었던 달항아리에 감격하여 사진으로 남겨두었던 것이 생각났기 때문이다.

휴대폰에 찍힌 작품을 본 관장이 놀란 눈으로 녀석을 훑어본다. 도무지 믿기지 않는다는 표정이다. 언제부터 달항아리를 만들었느냐고 묻는다. 처음으로 만든 작품이라 말하자 입을 딱 벌린다. 뭔가를 곰곰이 생각하던 관장이 녀석을 향해 이런 제안을 한다.

"여기 박물관 체험 장에서는 달항아리를 만들 수 없다. 그렇지만 우리 양구마을에 조성된 백토마을에 공방촌이 있다. 그곳에 가서 실제로 달항아리를 만들어 보면 어떻겠느냐. 사진과 똑같은 작품이 나온다면 백토마을에 조성된 창작지원시설에 들어갈 수 있도록 힘을 써 주겠다. 해보겠느냐?"

녀석은 망설임 없이 하겠다고 대답한다.

녀석이 물레 앞에 앉아 양구백토를 손에 쥐더니 오랫동안 향을 맡는다.

이유를 알 수 없지만 마치 의식을 행하는 것만 같다. 녀석은 지금 제 주위를 둘러싼 호기심 많은 눈길을 감지하지 못한다. 관장을 위시하여 백토마을의 공방 촌에서 작업을 하고 있던 도예 수련생들이 다 모여 있음을 전혀 눈치 채지 못하고 있다.

이윽고 구부정 자세로 물레를 돌리기 시작한다. 녀석은 오로지 손끝에 닿는 촉감에 집중하며 작업을 해나간다. 주위에 모인 도공들의 얼굴이 점점 상기되어 간다. 믿을 수 없는, 믿기지 않은 광경이 눈앞에 펼쳐지자 귀신에 홀린 표정들이다.

주영아빠가 내게 속삭인다.

"형수씨! 저건 틀림없는 형님의 손놀림 이예요. 아들에게 멋진 달항아리를 만들어 줘야겠다고 다짐하던 약속을 지키려고 환생했음이 틀림없어요."

내 눈에 그렁그렁 눈물이 맺힌다. 녀석이 완성한 항아리의 곡선이 눈물에 가려 일그러져 보인다. 달처럼 둥실 떠오른 항아리의 모습은 여유가 차고 넘친다. 누군가가 말했다던 어수룩하면서도 순진한 아름다움이 지금 막 살아나고 있다.

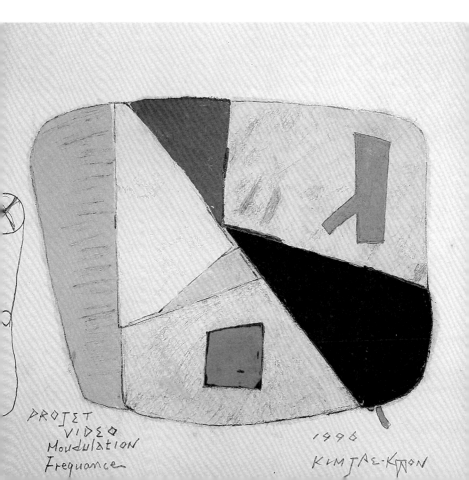

8.

710호 병실

그가 내쉬는 숨소리로 보아 잠이 든 모양이다. 나는 참았던 숨을 길게 내쉰다. 한두 번 당한 일이 아닌데도 이내 눈물이 흐른다. 언제나 마음으로는 백번 이해를 하지만 머리에선 수용하지 못한다. 그와의 질긴 인연의 끈을 어찌해야 좋단 말인가.

싸움은 병실의 아침식사자리에서 일어났다. 그는 언제나처럼 밥상머리에서 투정을 부렸다.

"나 밥 안 먹을 겨!"

밥상 앞에서 그는 여섯 살 어린애가 된다. 오늘은 반찬이 맘에 들지 않아서인지 조금 전의 담당 간호사의 태도 때문인지 그의 속마음을 알 수 없다. 어찌됐든 나는 그의 어리광을 받아줄 마음이 전혀 생기지 않는다. 다른 때처럼 꾹 참고 넘겨버렸으면 되었을 텐데 그러지 못했다. 밥상이 들어오기 전에 이미 내 마음이 상해버린 탓이긴 하다.

"먹기 싫으면 그냥 그대로 죽던지."

내 말투에 독기가 가득 찬다. 그가 나를 째려본다. 그의 눈빛에도 나에 대한 미움이 켜켜이 담겨있다. 그러던지 말든지 나는 말을 이어간다.

"어떤 사람은 아내가 죽자 곡기를 끊고 스무날 만에 따라죽었대. 그 사람은 아내를 끔찍이 사랑해서 따라가려고 그랬다는데 설마 당신도 그런 마음인 거야?"

내 얼굴에 번진 비웃음을 보았는가 보다. 그가 밥상에 놓인 수저를 들더니 나를 향해 던진다. 수저는 정확히 내 이마를 명중시키고 시멘트 바닥에 떨어진다. 병실에 다른 환자만 없었다면 수저가 아니라 밥상이 날아왔을 것이다. 다행히 피는 나오지 않았지만 수저에 타격을 받은 자리가 벌겋게 부어오른다.

한 자리가 비었던 6인실에 어제 새로운 환자가 들어와 병실은 꽉 찼다. 우리 부부의 말다툼에 즉각 반응을 보인 이는 어제 들어온 새로운 환자다. 그럴 수밖에 없는 것이 다른 병상의 환자들은 이미 수차례 겪어본 터라 끼어들지 않을 뿐이다.

아무 것도 모르는 새 환자가 중재를 시도한다,

"아침부터 왜들 그래요? 두 분 그만 참으시죠? 기분 좋게 밥이나 먹읍시다."

그러자 그는 어제 들어온 환자를 향해 먹이를 발견한 하이에나처럼 달려든다.

"뭐야 당신. 당신 같으면 죽는 날 받아놓고 기분 좋게 목구멍에 밥이 넘어가겠어? 넘어가겠느냐고?"

중재를 시도한 환자는 느닷없이 당한 그의 화풀이에 기분은 상했겠지만 죽는 날 받아놓았다는 말에 아무런 대꾸를 하질 못한다. 죽음이란 사람들의 마음을 숙연하게 만드는 낱말 중에 하나다. 별 수 없이 내가 나설 수밖에 없다. 모진 소리는 하지 말아야지 했다가도 이런 순간에는 내가 악역을 맡아야만 한다. 그래야만 조용해지니까.

"사람은 누구나 다 죽어. 죽음이 벼슬도 아닌데 그렇게 자랑하고 싶어? 밥이나 먹으라고. 먹어야 살지."

육십 중반의 나이에 시한부 환자가 된 그가 가엾긴 하다. 자기 깐엔 참으로 열심히 살아왔다고 자부할 것이다. 옆에서 사십 여년을 지켜본 나도 그 사실엔 반박할 마음은 없다. 너무나 열심히 살았다는 것이 문제라면 문제였다. 그는 지금까지도 몸을 가만두지 못했다. 쉬면 큰일이라도 날 것처럼 일을 찾아다녔다. 하도 설치고 다니는 모습이 마음에 걸려 제동을 걸어본 적이 많았다.

"당신, 나이에 맞게 일해. 언제까지 청춘인지 알아? 그러다 병이라도 나면 어쩌려고 그래. 없는 사람은 건강이 바로 재산이야. 우리같이 모아놓은 돈도 없는데 덜컥 큰 병에 걸리면 죽는 거야. 이제 몸을 아낄 때가 되었다는 사실을 모르진 않지?"

장황스럽게 말을 하면서도 그가 내 말을 듣지 않을 것임은 이미 알고 있었다. 그가 그렇게 된 이유 또한 잘 알기 때문이었다.

내 나이 스물에 중매로 그와 결혼했다. 중신아비의 찰진 권유에 아버지가 먼저 넘어갔다. 결혼을 생각지도 않고 있던 내게 아버지는 강권하다시피 했다. 그 자리를 놓치면 딸이 평생 결혼하지 못하고 혼자 늙을 것이라 걱정이 되었는지 이런 말로 나를 구슬렸다.

"애야. 중신아비의 말을 들으니 이번 자리가 참으로 좋다는 생각이 드는구나. 내가 살아봐서 아는데 남자란 말이다. 인물 그거 별거 아니다. 옛말에 인물 뜯어먹고 사느냐는 말도 있지 않던? 가장 중요한 것은 생활력인 게야. 그래야 마누라와 자식들 걷어 먹일 수 있으니까. 그런데 이번에 중신자리는 그거 하나는 장담한다더구나. 그렇게 부지런한 사람은 지금까지 본 적이 없다고 자신하더라니까."

중신아비가 한 말은 사실이었다. 그는 키도 작고 검은 얼굴로 인물은 내세울 것이 하나도 없었다. 그러나 부지런했다. 다만 중신아비는 문제가 될 만한 그의 집안내력은 입도 뻥긋하지 않았다.

밥상 앞에서 한참동안 말없는 신경전이 벌어졌다. 모로 돌아앉아 시위를 벌이던 그가 무슨 맘이 들었는지 밥상 앞으로 슬금슬금 다가앉는다. 나는 못 본 척 냉장고로 향한다. 무렴함을 모면케 해줄 생각이다. 아무리 병자라 해도 자신에게 쏠린 병실의 눈총을 의식하지 않을 수는 없을 터였다. 거기에 현저하게 떨어졌을 당수치가 공복감을 부추겼을 터, 더 이상 참기 어려웠던 모양이다. 사과 한 개와 배 한 개를 작은 소쿠리에 담아 들고 병실을 나온다. 이미 깨끗하게 씻어 넣어둔 과일이지만 그가 편하게 식사할 틈을 주기 위해서다.

병실과 병실 사이에 마련된 주방으로 들어선다. 711호 VIP환자를 돌보는 간병인이 미소를 띠며 살갑게 말을 건넨다.

"언니, 오늘은 아저씨가 밥투정을 부리지 않았나 보네요?"

환자가 식사를 마쳐 후식을 준비하는 것으로 지레짐작한 모양이다. 나는 대답하지 않고 물을 튼 채 과일을 벅벅 소리 나게 문지른다.

나의 봄짓으로 이미 알아챘는지 그녀가 얼른 화제를 돌린다.

"708호 노인이 새벽에 저 세상으로 갔다는 거 알아요?"

나는 고개를 가로로 젓는다.

708호 노인환자라면 이 병원에서 모르는 이가 없다. 96세로 병원에서 최고령 환자이지만 그 나이에 혼자서 씩씩하게 돌아다니는 환자다. 어제만 해도 복도에서 만나 눈인사를 나누지 않았던가. 밤새 안녕이라더니! 예상보다 일찍 떠났다는 놀라움이 크다. 나는 환자의 얼굴색, 눈빛, 걸음걸이, 말하는 모양새만 보고도 얼마나 살지 대강 짐작한다. 그것은 젊어서부터 시작한 삼십 년간의 간병사 경력에서 얻은 지혜라면 지혜다. 그런데 내 예상이 맞지 않았음이 뭔지 모르게 꺼림칙하다.

"그나저나 호상이지 뭐예요."

삐삐거리는 렌지에서 한약봉지를 꺼내며 간병사가 두런거리듯 말한다. 그이의 나이보다 30년을 더 살다 간 708호 노인은 과연 여한이 없으려나.

병실로 돌아와 보니 안 먹겠다고 하던 밥상이 깨끗이 비워져있다. 깎은 과일을 간이밥상에 놓아주자 남김없이 먹어치운다. 다행이라고 생각하려고 애써 머릿속에 최면을 건다. 간병인 시절 이보다 더한 일들을 얼마나 많이 겪었던가. 그때는 오직 돈을 벌기 위해서 참았다. 결혼생활 내내 곱사등처럼 등에 지워진 짐을 벗기 위해선 돈이 필요했으니까.

그와 혼인을 한 첫날 바로 시댁으로 들어갔다. 신혼여행은 꿈에
도 생각지 않았다. 그날 나를 맞이하는 식솔을 본 나는 벌어진 입
이 다물어지지 않았다. 시아버지, 시어머니 그리고 다섯 명의 시누
이와 막내인 시동생이 좁은 집을 꽉 채우고 그와 나를 기다리고 있
었다. 혼기를 맞은 큰 시누이부터 초등학생인 시동생까지 생계를
책임지고 있던 사람이 바로 그였던 것이다. 중신아비는 부지런하
다는 칭찬만 늘어놓았지 그가 왜 그렇게 살아야 했는지 이유는 말
해주지 않았다. 부지런하지 않으면 살 수 없었던 그의 처지를 시댁
으로 들어간 첫날에 알았다. 또한 내 앞날도 밝지 못하리라는 예감
이 동시에 찾아들었다.

병실을 담당한 간호사가 들어온다. 교대를 한 모양으로 아침에
온 간호사가 아니다. 이 병원의 간호사들은 꽤 상냥한 편이다. 물
론 백의의 천사라는 호칭으로 불리기도 하는 직업이니 환자에게
친절해야 하는 것은 당연하다. 간병사로 이곳저곳 많은 병원을 돌
아다녔기 때문에 병원의 시스템은 웬만큼 꿰뚫고 있다. 며칠만 지
내고 나면 의사나 간호사의 인성은 대부분 파악이 된다. 간병인끼
리 주고받는 정보는 매우 정확하고 빠르다. 환자들의 병세는 물론
환자 가족의 실상까지 저절로 알게 된다.

환자들은 입원하게 되면 마음부터 약해진다. 그렇기 때문에 조금
만 관심을 표하면 가슴 속 깊이 묻어두었던 속마음을 드러내곤 한
다. 곧바로 후회를 할망정 참지 못하기 일쑤다. 살면서 풀어내지
못한 가슴속 비밀을 가지지 않은 사람은 없는 것 같다. 부자라고

해서 또는 많이 배웠다고 해서 행복한 것이 아니라는 사실을 나는 간병사 일을 하면서 깨쳤다.

간호사가 침대로 다가온다. 얼굴에 미소를 띠고 그에게 묻는다.

"식사는 다 하셨지요?"

그의 얼굴에 부드러운 미소가 번진다.

"깨끗이 다 먹었지요. 간호사님이 더 먹으라면 얼마든지 더 먹을 수도 있는데⋯⋯."

혈압계를 장치하여 공기를 주입시키는 간호사의 얼굴을 바라보는 그의 눈빛이 살아 움직인다.

"100에 60. 식사를 다 했는데도 너무 낮네요. 선생님께 말씀드리지요."

간호사는 나를 향해 말한 후 다음 침대로 간다. 메아리 없이 허공을 둥둥 떠다니는 그의 농담에 괜히 내 얼굴이 빨개진다. 그의 어떤 마음이 저런 행동을 하게 만드는 것인가. 빨개진 얼굴을 감추려 황급히 병실을 빠져나온다. 하마터면 711호와 부딪쳐 넘어질 뻔한다.

"왜요? 또 왜 그래요?"

711호가 물었지만 나는 말없이 빠르게 그녀 곁을 지나친다. 도무지 말할 기분이 아니다. 왜 그런 눈빛으로 변하는 것일까? 40년 동안 그런 달달한 눈빛을 받아본 적이 있었던가. 눈빛만이 아니라 그런 상냥하며 말꼬리에 애교가 담긴 목소리로 대화를 나누어본 기억조차 없다. 워낙 정신없이 살아왔기 때문에 그런 문제를 심각하게 받아들인 적도 없다. 그런데 이제 와서 왜 무엇이 나를 이리 곤

욕스럽게 만드는 것인가.

　입원실 맨 끝 쪽에 마련되어 있는 휴게실로 발길을 옮긴다. 아침
이라 그런지 휴게실에는 아무도 없다. 다행이라 생각한다. 혼자 있
고 싶었다. 생각해보니 지금까지 한 번도 내 시간을 가진 적이 없
었다. 신혼시절에는 시집 식구들 속에 둘러싸여 일에 묻혀 살았다.
아홉 식구 삼시세끼 챙겨주고 빨래며 청소를 하다보면 하루하루가
늘 짧았다. 피곤에 절어 신혼의 달콤함은 꿈같은 얘기였다.

　잠시 쉬고 싶다. 길게 연결된 의자에 몸을 눕히려는데 누군가 읽
다가 펼쳐놓은 신문이 눈에 띤다. 본래 신문을 즐겨 읽는 편이 아
니라서 그냥 눈을 감으려 했다. 그런데 크게 확대된 사진 한 장이
시선을 잡아끈다. "소원아, 울지 마"라는 제목이 보인다. 갓 태어
난 신생아 모습인 아기는 눈을 감은 채 엄마 품에 안겨있다. 나는
끌리듯 펼쳐진 신문을 가져다 읽기 시작한다.

　기사는 후원을 기다리는 전면 광고다. 사진의 주인공인 아이의
엄마는 이제 겨우 열아홉이라 했다. 고려인 4세로 우여곡절 끝에
할머니를 따라 한국에 왔다는 아이엄마. 할머니와 같이 살게 된 후
부터 폭력에 시달렸다는 아이엄마. 폭력의 가해자는 할머니의 동
거남이란다. 할머니가 뇌출혈로 사망하자 혼자 남게 된 아이엄마.
오갈 데 없이 된 아이엄마는 도와주겠다고 접근한 고려인에게 또
다시 폭력을 당한다. 아이엄마는 전에 다니던 다문화 대안학교인
'해밀학교' 선생님의 집을 찾아온다. 배가 부른 채. 선생님의 도움
으로 소원이를 낳았다. 낳은 지 18일이 되었다는 아이. 엄마의 품

에 잠든 아이의 얼굴은 평화롭기만 하다. 나도 모르게 사진부분이 있는 면을 조심스레 찢는다. 그리고 곱게 접어 주머니에 넣는다.

혼인한지 일 년 만에 아기가 들어섰다. 임신사실이 알려졌지만 시가의 어느 누구도 축하해주는 사람이 없었다. 그이마저도 밭으로 논으로 일을 찾아다니느라 아기에 대해 무관심했다. 임신했다고 해서 내가 해야 할 일을 멈출 수는 없었다. 매일 아침 다섯 개의 도시락을 싸야 했고, 시간 날 때는 밭에 나가 풀을 메야했다. 배는 점점 불러와 몹시 힘이 드는데 누구 하나 내게 관심을 보이지 않았다. 다리가 퉁퉁 부어 걸어 다니기가 힘들어 방에서 잠시 쉴 때면 시어머니의 불같은 꾸지람이 문틈 사이를 뚫고 들어왔다.

"요즈음 젊은 것들은 도통 어른 무서워하지 않는다니까. 시어른이 있는 집안에서 무슨 벼슬이나 한 것처럼 자빠져 있는 버르장머리하고는. 나는 집안일 다 하면서 여섯이나 낳아 키웠다. 내 앞에서 괜히 엄살 떨 생각하지 마라. 네 시아버지 시장하시다고 하니 냉큼 나와 저녁 지어라."

그렇게 만삭이 된 어느 날, 생각지도 않았는데 친정어머니가 찾아왔다. 떨어져 있어도 알음알음 나의 고단한 소식을 들었던 모양이었다. 첫아이를 가진 내게 먹이고 싶었는지 이것저것 챙겨서 머리에 이고 오셨다. 이름을 부르는 낯익은 목소리에 나는 눈물부터 터졌다. 혼인한 후 처음 보는 딸의 몰라보게 변한 모습을 본 친정어머니도 눈물을 참지 못했다. 부둥켜안고 한참을 울었다.

얼마큼 진정이 되자 친정어머니가 내게 말했다.

"집으로 가고 싶으면 지금이라도 따라 나서거라. 여기 있다가는 네 몸이 배겨날 것 같지 않구나. 집에 가서 몸 풀고 산후 조리하자."

친정어머니가 어떤 마음에서 그렇게 말했는지 잘 알았다. 그러나 나는 뱃속에 있는 아기에게 제일 먼저 아빠 목소리를 들려주고 싶었다. 비록 지금은 힘이 들어도 아이에게 생명을 준 아빠를 기억하게 해주고 싶었다. 나는 고개를 가로 저었다. 친정어머니는 끝내 눈물을 감추지 못했다.

그때 친정어머니의 말을 들었다면 내 인생이 지금보다 나았을까? 장담할 순 없지만 내 아이만은 그렇게 허망하게 보내지 않았을지도 모른다. 그런 생각이 들자 참았던 눈물이 볼을 타고 흐른다. 바로 그때 711호가 휴게실로 들어온다.

"언니, 또 그 죽은 아이 생각하는 거지요? 하긴 언니가 눈 감기 전에 잊을 수가 없을 테지만요."

711호는 아들이 왔다고 전해준다. 아들은 내게 하나뿐인 희망이자 아픈 손가락이다. 내가 젊어서부터 간병인을 했다는 말을 전해 들은 711호는 나를 언니라 부르며 따랐다. 친하게 지내다보니 서로 가슴에 품은 사연을 꽤 많이 풀어놓았지만 아직 말하지 못한 과거 중 하나가 바로 아들이다.

711호는 별 생각 없이 묻는다.

"난 언니 아들을 볼 때마다 의문이 든다니까요. 어쩌면 그렇게 부모를 하나도 닮지 않을 수가 있지요? 오해하지 말고 들어 봐요. 내 말은……. 닮지 않아서 참 다행이라는 얘기예요. 아저씨나 언니를 닮았다면 솔직히 미남이란 소리를 듣지 못했을 거 아니에요?"

기분이 상했지만 반박할 여지가 없이 맞는 소리다.

아들이 그와 나를 닮았다면 모든 게 지금과 반대일 수밖에 없다. 언감생심 훤칠한 키로 자랄 수 없었을 것이며, 뽀얀 피부를 가질 수도 없었을 것이다. 거기다가 지방대학을 나와서 모두 부러워하는 공무원이 되었으니 뭘 바라겠는가. 초등학교도 나오지 못한 아빠, 겨우 초등학교를 나온 엄마였으니, 요즈음처럼 부모의 교육열이 자식의 미래가 결정하는 마당에 암울한 환경에서 말이다. 우리 부부가 살아온 세월을 상기해보면 이 경우 개천에서 용 났다는 말이 딱 들어맞는다는 생각이 든다.

"아들이 기다리고 있으니 어서 가 봐요."

711호의 재촉에 나는 자리에서 일어선다. 지금 기분으로는 그가 있는 병실에 가고 싶은 생각이 전혀 없다. 그렇지만 지금까지 그래왔던 것처럼 머릿속의 생각을 억지로 지우며 병실로 향한다.

병실로 들어서자, 서성이고 있던 아들이 묻는다.

"간밤엔 좀 주무셨어요?"

"그럼. 잘 잤지. 내가 있으니 여긴 걱정하지 마라. 네 일도 바쁠 것인데 여기까지 신경 쓰지 않아도 돼."

"어머니도 제 걱정은 하지 말아요. 제가 알아서 할게요. 어머니의 건강도 챙겨야 할 나이이니까 힘들면 말씀하세요. 제가 교대할 테니까요."

"너도 알지 않니? 내 몸은 쇠붙이 마냥 튼튼하여 쉽게 부러지지 않는다는 거. 시집와서 평생을 지겹도록 부려먹었는데 말이다."

내 말이 불만스러웠는지 그가 쿵쿵 헛기침을 한다. 아들이 침대 곁으로 다가가 조심스레 묻는다.

"아버지, 어디가 불편하세요?"

"오늘은 유난히 가슴이 많이 아프다. 왜 그런지 물어봐야겠으니 간호사를 좀 불러주겠느냐?"

나도 모르게 얼굴이 찡그려진다. 죽음을 받아놓은 사람이 어찌 저리 생각이 없단 말인가. 내 표정을 흘낏 건너다 본 아들이 아버지를 달랜다.

"간호사 선생님이라고 무슨 특별한 방법이 있겠어요? 주치의가 오시면 말씀해 보시는 게 나을 거예요."

그는 아들이 하는 말은 잘 듣는 편이다. 수긋하게 고개를 끄덕이며 눈을 감는다. 만약 내가 그리 말했다면 틀림없이 이런 반응이 나왔을 것이다.

"불러달라면 불러오지 네까짓 게 무얼 안다고 잘난 척이야. 잘난 척이."

나는 아들의 등을 떠민다. 아들은 내 재촉에 어쩔 수 없다는 듯 병실을 나간다.

바로 옆 침대의 보호자가 보기 딱했던지 나를 향해 권한다. 아들에게 맡기고 좀 쉬는 것이 좋지 않겠느냐고. 옆 침대 환자는 다복한 가정처럼 보인다. 딸과 사위가 번갈아 병상을 지키고, 휴일에는 아들 며느리도 가세하여 병상을 지키곤 한다. 환자의 부인은 밤엔 집에 가서 편안하게 지내고 낮에만 잠깐 얼굴을 비친다. 그런데도 환자는 매번 아내에게 감사의 인사를 빠트리지 않는다.

"당신이 없었다면 나 어쩔 뻔 했어. 여보, 고마워. 이렇게 곁에 있어 주어서."

옆 침대 보호자는 계속 내게 묻는다. 가족이나 친척이 모두 멀리 있느냐고. 아니면 찾아올 피붙이가 없는 것이냐고. 아마도 혼자서 병상을 지키는 내가 안타까워서 하는 말이겠지. 시가나 친정 어른 들은 이미 돌아가셨다. 우리 부부가 열심히 벌어 가르쳤고, 결혼까 지 시킨 그의 이복 형제자매들이 있긴 하다. 그러나 그들은 이미 남보다 못한 관계가 되었다. 만약 그가 오늘 죽는다 해도 그들은 절대 찾아오지 않을 것이다.

시가는 종가였고 그는 장손이었다. 아무 것도 모르고 시집온 스 무 살 새색시에게 시어머니는 자세한 설명도 없이 달력을 건네주 었다. 빨간 동그라미가 그려진 날이 조상들의 제삿날이니 잊지 말 고 준비하라고 했다. 넘겨보니 거의 한 달에 한 번씩 동그라미가 그려져 있었다.

내가 제일 먼저 배운 일이 유기그릇 닦는 일이었다. 그 많은 유기 그릇을 반질반질 윤기가 돌게 닦고 나면 두 팔이 뻐근했다. 친정에 서는 한 번도 해보지 않았던 제사상 차리는 일은 내겐 참으로 버거 웠다. 그러나 도와주는 사람은 아무도 없었다. 도와줄 만한 가족들 은 그날이 오면 어김없이 학교에 간다고, 직장에서 야근해야 한다 고, 친구를 만나야 한다며, 밤이 이슥할 때까지 들어오지 않았다.

떡을 안치고, 전을 부치고, 나물을 무치고, 닭을 삶고, 생선을 지 지고, 밥을 짓고, 밤을 깎고, 그렇게 동동대다 보면 점심도 저녁도 굶기 일쑤였다. 상이 얼추 차려지면 하나 둘 귀가하여 제사상머리에서 절을 했다. 그리곤 둘러앉아 먹기 시작했다. 며칠 전부터 재료를 준비하고 나름 열심히 준비한 내게 지나가는 말로라도 수고했다는 말은 누구도 하지 않았다. 대신 차린 음식에 대한 품평회는 신랄했다.

시어머니부터 나의 친정어머니까지 들먹이며 핀잔을 주었다.

"도대체 너의 어머니는 무얼 가르친 게냐? 뭐하나 제대로 하는 것이 없으니 원."

"새언니, 나물은 왜 이리 짜요? 짜게 먹으면 성인병에 걸린다는데."

"형수, 내가 제일 좋아하는 닭은 익지도 않았잖아요? 솔직히 말해 봐요. 내가 먹는 것이 보기 싫어 일부러 덜 삶았죠?"

그들의 구박은 차라리 참을 수 있었다. 어차피 그들은 내 편이 될 사람들이 아니었으니까. 그런데 내 편이 되어주어야 할 그는 그런 소란 속에서 술만 들이켰다. 나는 그런 그가 정말 야속했다. 점차 미움이 커지면서 이런 집으로 시집을 보낸 친정아버지가 원망스럽기만 했다.

회진시간이 된 모양이다. 수런거리는 소리가 들리더니 젊은 여의사가 수련의 2명을 데리고 병실로 들어선다. 710호 병실에는 6명이 환자가 있는데, 주치의가 다 다르다. 물론 병이 다르니 담당의사가 다를 수밖에 없다. 제일 안쪽 병상의 환자를 담당한 여의사는 항상 제일 먼저 회진을 온다. 여의사의 목소리는 매우 친근하고 다정하다. 병세도 자세히 설명해주는 편이라서 710호 병실 환자나 보호자들은 그 환자의 병에 대해 모두 알고 있다. 관상동맥이 좁아져 하마터면 위험에 빠질 뻔했다는 환자다. 빠른 처치로 좁아진 핏줄에 스텐트를 삽입하는 관상동맥 중재술을 시행하여 위험을 넘겼다고 한다.

하루가 다르게 의술은 발달하고 있다. 막힌 곳은 뚫고, 안 되면 새 길을 만들어 피가 통하게 하여 죽음을 막아낸다. 저 협심증 환자는 스텐트 덕분에 앞으로 20년 이상 걱정 없이 살 것이다.

오늘은 그이를 담당한 주치의의 회진이 빠르다. 인자한 미소를 띤 의사가 그에게 말한다.

"식사는 남기지 않고 다 먹었다면서요? 혈압이 낮아 좀 걱정이긴 하지만 병원에서 주는 대로 잘 먹으면 다음 주엔 퇴원할 수 있어요. 무슨 말인지 아시겠죠?"

그는 기어드는 목소리로 대답한다.

어제 들어온 환자의 보호자가 눈을 동그랗게 뜨고 나를 응시한다. 아침식사 때 그가 한 말이 농담이었느냐는 표정이다. 죽은 날짜 받아 놓았다고 심통을 부린 사람이 퇴원이라니. 사람을 놀린 것이 아니냐는 듯 불쾌한 표정을 짓는다. 나는 애써 변명하지 않는다. 오늘이 지나면 옆 침대 보호자도 누구엔가 듣고 사실을 알게 될 것이기 때문이다.

그는 5년 전에 췌장암 2기라는 진단을 이 병원에서 받았다. 그의 나이 60세 때였다. 일찍 발견하여 다행이라며 의사는 수술을 권했다. 수술을 끝낸 의사는 암 덩어리를 잘 떼어냈으며, 앞으로 관리만 잘하면 문제없을 거라고 장담했다. 대신 술과 담배는 끊어야 한다고 강조했다. 살고 싶은 의지가 강했던 그는 그날로 술과 담배를 끊었다.

집에 가자는 친정어머니의 권유를 뿌리친 나는 만삭이 될 때까지 집안일을 했다. 그래서인지 예정일보다 일찍 산통이 왔다. 그이는 병원비를 마련하기 위해 이웃마을로 일을 찾아 떠나고 없었다. 계모인 시어머니는 애 다섯을 다 집에서 낳았다는 말로 나의 병원 가는 길을 막았다. 아이는 뱃속에서 쉽게 나오지 않았다. 꼬박 이틀 동안 산통을 하다가 결국 병원으로 실려 갔다. 아이가 거꾸로 자리를 잡았다는 사실을 그제야 알았다. 의사는 뒤늦게 도착한 그에게 큰 소리로 나무랐다. 임신기간 동안 한 번만 진료를 받았어도 발견했을 일을 이 지경까지 만든 무지에 대해 화를 냈다. 그가 동의서에 사인을 한 다음에야 수술이 시작되었다. 그러나 이미 늦었다. 아이는 탯줄을 목에 감고 죽어서 나왔다. 아들이었다.

첫아이를 잃은 후 오년이 지나도록 애가 들어서지 않았다. 시아버지는 자신이 죽기 전에 손자를 꼭 봐야 한다며 그를 다그쳤다. 종손이 애를 낳지 않으면 대가 끊긴다는 것이었다. 아예 내가 듣는 앞에서도 시아버지는 말을 가리지 않았다.

"네 처가 애를 못 가진다면 밖에서라도 애를 만들어 와라. 대를 끊어지게 해서는 안 된다. 그게 종손의 의무 중 가장 큰 일임을 잊지 마라."

날마다 볶아대던 시아버지가 병으로 갑자기 세상을 떠났다. 시아버지가 세상을 떠나자마자 시어머니는 우리 부부를 눈에 띄게 구박하기 시작했다. 시아버지가 남긴 재산이라 해봐야 논 몇 마지기에 얼마 되지 않는 밭떼기가 전부였다. 종손인 그가 그 재산을 물려받을까봐 안달을 했다. 그리고는 어떤 수단을 썼는지 막내 시동생 앞으로 그 땅을 모두 돌려놓았다. 그리고는 우리에게 분가하라고 종용했디.

사실 그동안 그가 쉬지 않고 벌어온 돈은 살림에 다 썼기 때문에 우리 수중엔 목돈이 없었다. 분가하라는 소리를 들은 날 그는 만취하여 들어왔다. 그리고 꺼이꺼이 목 놓아 울면서 가슴을 쳤다. 그가 처음으로 내 앞에서 긴 넋두리를 늘어놓았다.

"내가 죽을 동 살 동 부지런히 움직이는 이유를 당신은 도무지 이해할 수 없다고 했지? 내가 일곱 살 때 들어온 계모는 계모일 수밖에 없었어. 일곱 살 밖에 안 된 내게 지게를 주면서 나무를 해오라 했지. 지게에 가득 나무를 해오지 않은 날은 밥을 주지 않았어. 그 어린 나이에 나는 밥을 먹기 위해서 열심히 지게질을 해야만 했어. 열심히 하지 않으면 우선 배가 고팠으니까. 자기가 낳은 자식들은 놀아도 배부르게 먹이고 입히면서 말이야."

나는 그날 그가 불쌍하여 처음으로 따뜻하게 안아주었다.

711호가 복도에서 급하게 내게 손짓을 한다. 다가가자 세탁실로 잡아끈다. 아마도 무슨 문제가 생긴 모양이다. 무슨 일이냐고 묻자 다급하게 설명한다.

"환자가 다음 주에 퇴원한다는데 보호자가 집에 와서 간병을 해달래는데요. 출퇴근하는 간병은 할 수 있겠는데 아예 입주해서 보살펴 주길 원해요. 집에 중삼, 고삼 아들도 있고, 남편이 걱정이 되고……. 언니, 어떡해요?"

나는 얼른 대답해 주지 못한다.

시집에서 쫓겨난 우리 부부는 살기 위해서 무엇이든 해야 했다. 시가를 떠나 무작정 도시로 나왔다. 그는 막일을 찾아다녔는데 쉬는 날이 더 많았다. 무슨 일이든 찾아 하려던 참에 아는 사람으로부터 여성인력개발센터에서 간병사 교육생을 모집한다는 정보를 들었다. 처음에는 정확하게 간병사가 무슨 일을 하는지조차 몰랐다. 다급했던 나는 무조건 등록했다. 소정의 교육을 마친 후 간병사 자격증을 땄다. 그렇게 스물여섯 꽃다운 젊은 나이에 나는 환자들의 똥오줌을 받아내는 직업을 갖게 된 것이다. 어떤 일이든 쉬운 직업은 없다. 또한 천한 직업도 없다고 자신에게 최면을 걸었다. 그나마 다행인 것은 힘은 들었지만 그만큼 수고비가 많다는 것이었다. 그 벌이로 사글세로 시작하여 월세로, 월세에서 전세로 거처도 점점 늘려갔다.

711호가 기다리지 못하고 대답을 재촉한다.

"언니는 삼십 여년이나 이 일을 했다면서요. 그러니 어떻게 하는 것이 좋을지 좀 알려주세요."

사실 나는 그 일을 말리고 싶었다. 힘이 드는 직업이기도 하지만 그보다 가장 큰 단점이 일상생활에 틈이 생긴다는 점이다. 아무리 작은 틈이라도 뚫고 들어오는 바람은 막을 재간이 없으니까. 밤에도 간병해야 할 경우 집에 들어가지 못하는 날이 많다. 밤낮으로 간병을 원하는 환자의 경우 한 달 또는 두 달씩 집을 비워야 한다. 그 빈자리를 그녀의 아들이나 남편이 어떻게 채워 나갈지 예측할 수 없기 때문이다.

"결정은 본인이 해야 되겠지만……, 욕심을 내려놓았으면 해. 나처럼 후회하지 않으려면,"

"그래도 언니, 보수가 워낙 큰 액수라 놓치기가 아까워요."

내가 그랬다. 서른 무렵이었다. 환자 하나가 내가 마음에 든다며 입주를 원했다. 그리고 몇 배의 돈을 제시했다. 그때 생각했다. 이제 얼마 살지 못할 중병환자니 눈 딱 감고 죽을 때까지만 버텨보자. 그러면 한 몫 챙길 수 있을 것이고, 꿈에 그리던 아파트에 사는 날이 오지 않겠는가. 그런 단순계산으로 그 집으로 들어갔다. 그런데 환자는 생각보다 오래 살았다. 이년 여 동안 나는 몇 달 만에 한 번 씩 집에 다녀왔다. 갈 때마다 집안은 깨끗했고, 내가 우려했던 것보다 그는 잘 지내는 것처럼 보였다. 나는 안심했다.

내가 간병하던 환자가 죽자 집으로 돌아오는 내 발걸음은 가벼웠다. 통장에는 내가 그처럼 원했던 큰돈이 들어있었다. 이제 나도 사람답게 한 번 살아보리라. 희망으로 부푼 가슴이 쿵쿵 뛰었다.

집에 도착하여 초인종을 누르자 낯선 사람이 문을 열어주었다. 오랜만에 와서 호수를 잘못 찾은 것인가? 생각하며 두리번거렸다.

내가 상황을 묻기도 전에 상대방이 말했다.

"여기서 살던 사람은 한 달 전에 이사 갔어요."

이사 갔다? 그 말이 무엇을 뜻하는지 그 순간에는 이해할 수 없었다. 왜? 도대체 왜? 의문부호만 머릿속을 가득 채웠다.

어느새 점심시간이 되었는지 밥 차 끄는 수레소리가 들린다.

병실로 돌아가는 발걸음이 무겁다. 또다시 밥상 앞에서 벌일 그와의 신경전이 정말 싫다. 그렇다고 나까지 그를 외면할 순 없다. 아내라서가 아니라 이제 와서 그를 내칠 수가 없다. 결단을 내려야 했다면 그때 했어야 한다. 지금까지 참아왔던 사십년 세월을 그가 가장 어려울 때 한다는 것은 인간이 할 짓이 아니라고 마음을 다잡는다.

그날 이후로 이혼을 생각지 않은 날은 하루도 없었다. 그에게 받은 배신감은 어떤 말로도 지워지지 않았다. 전세금을 빼어 도망치듯 떠났던 그가 반 년 만에 내 앞에 나타났다. 품에 갓난아이를 안고 찾아온 그는 아무런 변명도 하지 않았다. 생전에 입버릇처럼 했던 시아버지의 유지를 받들 속셈이었을까? 정말로 장손으로써 책임을 다할 생각이었단 말인가? 차라리 그 마음이었다면 용서가 되었을지도 모르겠다. 어찌되었든 그와 아이를 받아줄 마음은 내게 전혀 없었다. 그렇다고 머물 거처도 없는 그와 아이를 막무가내로 내쫓을 수도 없었다.

나는 간병사 일을 계속하며 돈을 벌었고, 그는 내가 마련한 아파트에서 아이를 키웠다. 아이를 데려온 후부터 그는 전과 다르게 살려고 노력하는 모습이 보였다. 화도 덜 내고 집안 살림도 스스로 맡아했다. 그렇다고 해서 내가 그를 용서하고 아이를 마음으로 받아들인 것은 아니었다. 아이가 초등학교에 입학할 때까지도 우리는 동거인처럼 살았다.

병원에서 나오는 식사는 환자의 건강상태를 고려하여 개개인마다 다르게 나온다. 더군다나 건강식이라 하여 간이 심심한 편이라

보통 사람 입에는 맛이 없다고 느낀다. 그런데 유난히 짠 입맛에 길든 그에게 병원에서 주는 밥은 죽는 것만큼 먹기 싫을 것이다. 어려서부터 그런 환경 속에 살아왔기 때문에 그의 식탐은 유별나다. 그에 비해 나는 먹는 것에 그리 연연하지 않는 편이다. 있는 대로 먹고, 없으면 한 끼 정도 굶어도 상관없었다.

상에 고기나 생선이 올라 있지 않으면 우선 표정부터 달라졌다. 그리고 앞으로 밥을 먹지 않을 거라고 단식투쟁을 선언했다. 내 쪽에서 보면 꽤나 염치없는 행동이었지만 살아온 그의 생활을 생각하면 안쓰러운 마음이 들기도 했다. 그래서 언제나 내가 양보해왔다. 그것이 습관으로 굳어져 중병에 걸린 지금도 그 버릇을 고치지 못하고 있다.

그의 이름으로 나온 식판을 들고 병실로 들어간다. 그는 이미 간이 식탁을 펼쳐놓고 기다리고 있다. 식탁에 식판을 놓고 닫힌 뚜껑을 차례로 연다. 오늘 메뉴는 잡곡밥에 미역국이다. 반찬으로 나물, 생선조림, 김치, 그리고 달걀찜이 전부다. 뚜껑을 여는 내 손길에 그의 눈길이 빠르게 움직인다. 표정이 점점 굳어진다.

"또 안 먹겠다고 하면 그냥 가져갈 테니 맘대로 해."

내가 먼저 선수를 친다. 자기가 할 말을 내가 먼저 하니 말은 못하고 눈동자만 굴린다. 내가 밥투정을 들어주지 않을 것임을 짐작하고 이내 수저를 들고 먹기 시작한다. 그는 지금까지 한 번도 내게 밥을 먹는지 굶는지 물어본 적이 없다. 언제나 자신의 배만 부르면 그만이다. 불만이 있다기보다 그런 그를 바라보노라면 마음이 짠하다. 사랑도 받아본 사람이 사랑할 줄 안다고 어려서부터 사랑을 받아본 적이 없으니 그럴 수밖에 없을 것이다.

그가 데려온 아들을 어릴 적에 따뜻하게 품어주지 못한 것을 지금은 많이 후회하고 있다.

나중에 알게 된 사실이지만 간난아이를 버리고 떠난 여자는 그때 겨우 열아홉 살이라 했다. 유난히 큰 키에 뽀얀 살결을 가진 여자는 나쁜 어른의 표적이 되었던 모양이었다. 솔깃한 꾐에 빠져 술집으로 전전하게 된 여자는 자기에게 잘해주고 착해 보이는 그에게 의지하는 마음이 생겼던 모양이다. 가봐야 반겨줄 사람 없이 썰렁한 집보다 반겨주는 여자가 있는 술집이 그도 좋았겠지. 하루도 빠지지 않고 술집을 들락거리던 그는 내가 비운 집으로 여자를 끌어들였다. 오랜만에 집에 가면 항상 깨끗하게 정리되어 있는 것을 한 번쯤 의심했어야 했다.

여자는 어린 나이치고 영민했나 싶다. 그에게 아내가 있다는 것과 남은 건 전셋돈뿐이라는 것을 알게 되자 그를 부추겼다. 전세금을 빼어 다른 곳에 살림을 차려야 아이를 낳겠다고. 그는 생각 없이 따랐고 여자는 계획대로 아이를 낳자마자 전세금을 들고 달아나 버렸다.

밥을 깨작거리며 먹는 그의 모습에 울컥 또 심기가 불편해진다. 그러나 잘못 말했다가 그나마 밥을 먹지 않을까봐 입을 다문다. 그리고 아침에 휴게실에서 가져온 신문조각을 주머니에서 꺼낸다. 접어두었던 신문을 펼치자 잠든 아이 얼굴이 보인다. 영락없이 처음 보았던 아들모습이다. 내가 부스럭거리며 펼치는 모습을 바라보던 그도 사진을 본 모양이다. 이내 표정이 밝아진다. 그도 나처럼 아들 생각이 난 모양이다.

처음으로 그에게 아들 얘기를 한다.

"내가 진영이를 내 아들로 받아들인 것이 언제인지 당신 알아? 초등학교 막 들어갔을 때였어. 얘가 참으로 영민했지. 아무도 가르쳐주지도 않았는데 학교에 들어가기도 전에 이미 숫자와 한글을 깨우쳤잖아? 어느 날 무심코 아이가 쓴 그림일기장을 보게 된 거야. 한 장 한 장 넘기다가 나는 소스라치게 놀라고 말았어."

그는 내 말에 아무런 반응을 보이지 않는다. 나는 입을 다문다. 일기장에는 삐뚤빼뚤한 글씨로 이렇게 적혀 있었다. '오늘도 우리 엄마는 아픈 사람을 도와주러 갔다. 나와 놀아줄 시간이 없지만 나는 우리 엄마가 너무 좋다. 나도 커서 엄마처럼 남을 도와주는 사람이 되고 싶다.' 그 일기장을 보면서 나는 펑펑 울었다. 따뜻한 말 한마디도 눈길 한 번 주지 않은 나를 엄마라고 불러주는 아이에게 너무나 미안했다. 그날 처음으로 나는 학교에서 돌아온 아이를 꼭 안아주었다. '그래, 넌 내 아들이야' 속으로 다짐하면서. 그렇게 바르게 자란 아들은 약속을 지켰다. 없는 사람을 도와주는 사회복지과 공무원이 된 것이다.

5년 전 암이라는 판정을 받은 날 그를 내가 간병할 수 있어 참 다행이라 생각했다. 그동안 다른 환자들만 돌보느라 그를 챙기지 못했던 점도 반성이 되었다. 그래서 간병사 일을 아예 끊고 그의 간병에만 신경을 썼다. 먹는 음식뿐만 아니라 운동도 같이 하고 먹는 약도 빠짐없이 챙겼다. 병원진료도 체크해 놓고 다녔다.

그렇게 5년이 치료했고, 지난번 정기검사에서는 별 이상이 나타나지 않았다. 그런데 6개월이 지난 이번 검진 자리에서 의사는 고개를 갸웃거렸다. 뱃속 장기 전체에 암이 퍼져 수술도 할 수 없다는 것이다. 얼마나 살 수 있느냐고 묻자, 3개월을 넘기기 어렵다는 대답이 돌아왔다.

몇 달 사이에 도대체 그에게 무슨 일이 일어난 것인가.

암 치료 5년 동안 그는 내 말을 잘 따랐다. 나의 헌신적인 병시중에 고마워하기도 했다. 표현하지 않던 사람이 언젠간 이런 말도 했다.

"내 병이 완치되면 우리 여행 한 번 가자. 신혼여행도 못 가본 당신의 한을 풀어주고 싶어. 정말이야. 오년만 넘기면 완치된 거라고 의사선생님이 말했잖아. 이제 얼마 남지 않았으니 당신 소원 다 들어 줄게. 말해 봐, 무엇이 하고 싶은지."

처음으로 들어본 그의 다정한 제안에 그만 눈물이 날 뻔했다. 당신의 병이 낫는 것 외에 다른 소원은 없다고 대답했다. 그때 했던 내 대답은 정말로 진심이었다.

그런데 어느 순간부터 그의 태도가 이상해지기 시작했다. 그동안 한 모금도 마시지 않던 술을 마시는 것 같았다. 어쩌면 나 모르게 담배도 피웠는지 알 수 없었다. 화가 난 나는 못 참겠으면 차라리 죽으라고 악담을 퍼부었다. 내가 불같이 화를 내면 다시는 그러지 않겠노라고 약속을 하고서는 소용이 없었다. 점점 더 자주 취해서 들어왔고, 술에 취하면 폭력성이 되살아났다. 힐난하는 내 말에 주변의 물건이 사정없이 날아왔다.

그렇게 좋아하던 아들이 말리는데도 별 소용이 없었다. 그러 어느 날 참으로 어처구니없는 일이 눈앞에 벌어졌다. 전혀 예상 못한 일이었다. 아들의 생모가 찾아온 것이다. 그녀는 아들을 찾 러 왔다고 내 앞에서 당당하게 주장했다. 되짚어 생각해보니 그 안 그를 방황케 했던 모든 불씨는 바로 그녀가 원인이었다. 그 그녀는 오랜 시간 신경전을 벌인 모양이었다. 그가 말을 들어주 않자 직접 찾아온 그녀는 나를 정면으로 응시하며 또박또박 말했 다.

"진영이 아빠는 곧 죽는다면서요? 죽으면 피 한 방울 섞이지 않 은 당신이 키울 명분이 없잖아요. 이제 내 아들을 돌려주세요."

마치 맡겨 두었던 물건을 찾아온 사람처럼 무례하게 굴었다. 말 하는 입에서 술 냄새가 진동했다. 아직도 옛날 버릇을 버리지 못하 고 술집에서 일하는 모양이었다. 어이가 없어 나는 말없이 그녀를 바라보았다. 오십이 채 안된 아들의 생모는 아직도 남자들이 반할 만한 미모였다. 어쩌면 그는 미모의 그녀에게 미련이 남아있는지 모르겠다. 그래서 죽는다는 사실을 받아들이기 어려운 마음일까. 아마도 젊고 생기발랄한 간호사들에게 매일 추파를 던지는 까닭이 그래서인가 보다.

아들의 생모는 때맞춰 돌아온 그에게 끌려 나갔다. 끌려가면서도 내뱉는 그녀의 앙칼진 목소리가 집안을 흔들었다.

"진영이는 누가 뭐래도 내 뱃속에서 나왔다는 사실을 잊지 말 아요."

그 일이 있은 후 나는 처음으로 아들에게 생모에 관해 이야기해

주었다. 아들은 사실을 이미 알고 있었던 모양이었다. 별로 놀라는 기색을 보이지 않았다. 어찌되었든 낳아주신 분이니 잊지 말라는 내 당부에 아들은 성난 표정으로 말했다.

"처음부터 어긋난 인연인데 이제 와서 이어갈 마음 추호도 없어요. 어머니!"

아마도 그는 아들의 생모가 나타난 다음 큰 스트레스를 받은 모양이다. 더군다나 아들을 데려가겠다는 그녀의 억지주장을 막아내느라 신경 쓴 것이 암의 재발에 결정적인 이유가 된 것일까. 그래도 그에게 일말의 양심은 남았다고 생각했다. 내가 그 아들을 어떻게 길렀는지 뻔히 알면서 생모의 편을 들었다면 그는 정말 사람도 아니라고 여겼을 것이다.

잠든 모습을 바라보고 있으려니 새삼 안쓰러워진다. 평생 고생만 하다가 떠나는 그의 인생도 불쌍하다. 퇴원하면 그가 자란 고향에 돌아갈까 보다. 그에게 좋은 추억이 있는 곳은 아니지만, 도시보다는 오염이 적고 공기도 맑지 않겠는가. 암을 이길 수 있는 무공해 식재료를 찾아 밥상을 차리리라. 그리고 얼마 남지 않은 그의 생명줄에 버팀목이 되어 주어야겠다. 나는 그의 가슴에 뭉쳐있는 이불을 잘 펴서 목까지 끌어당겨 덮어준다.

그의 얼굴이 모처럼 편안해 보인다.

9.

동거의 조건

그 집 앞이다.

나는 그 집 앞에 서 있다. 발길이 저절로 이곳으로 향한 이유는
도대체 무엇인가. 해피를 데려오지 않으면 집으로 들어올 생각을
말라고 경고하던 아내가 무서웠기 때문이었을까? 아니면 만 스물
네 시간도 지나지 않았는데 녀석의 말간 눈망울이 눈에 밟혀서인가.
함께 한 세월이 고작 이년쯤 되는 것 같은데 벌써 정이 그리 두터
워졌단 말인가. 나는 부르르 몸을 떤다.

막 초인종을 누르려는 순간 컹컹, 때마침 녀석이 짖는 소리가 담
을 타고 넘어온다. 두 음절의 소리가 많은 의미를 증폭시키며 달려
든다. 이곳은 싫어. 내가 있을 곳이 아니야. 엄마가 보고 싶어. 보
내줘! 픽 웃음이 터진다. 아내의 끈질긴 교육이 생각나서다.

녀석에게 말할 때마다 아내는 엄마라는 단어를 꼭 앞세웠다. 자, 엄마한테 와, 옳지, 엄마 말 잘 들었으니 엄마가 맛있는 것 줄게. 맛있지? 엄마 앞에서 애교 좀 부려 봐! 여보, 해피 예쁜 짓 하는 거 봐요. 사람보다 훨씬 낫다니까.

갑자기 자지러지게 캑캑대는 소리와 함께 집안에서 부산하게 움직이는 소리가 들린다. 뭐지? 조바심으로 나는 대문 앞을 서성인다. 아니나 다를까. 친구부부가 대문을 열고 나온다. 녀석을 품에 안은 친구부인의 얼굴은 사색이다. 온통 녀석에게 신경을 빼앗긴 그들은 집 앞을 서성이던 내 존재에는 관심조차 없다. 주차되어 있는 차에 성급하게 오른 그들은 다급한 내 부름도 무시한 채 빠르게 골목을 빠져나간다.

따라가야 할지 이 자리에서 기다려야할지 얼른 판단이 서질 않는다. 만약 이대로 해피가 죽는다면? 그건 최악이지 않은가.

사실 녀석을 유기할 계획이 처음부터 있었던 건 아니다. 가족처럼 이년을 함께 살아왔고, 동물이지만 아내에겐 피붙이처럼 정든 사이임을 잘 알고 있는데, 어찌 그럴 생각을 했겠는가. 다만 남자의 자존심을 깔아뭉개는 아내의 말에 화가 나서 녀석을 잠깐 이용할 목적뿐이었다.

대문을 오르기 위해 만들어진 세 개의 계단 중 중간층에 주저앉아 친구에게 전화를 건다. 전화를 받을 상황이 안 되는지 오랫동안 벨소리만 이어진다. 기다리다 지친 내가 먼저 전화를 끊는다. 대리석 계단에서 올라오는 냉기가 제법 차갑다. 엉덩이가 얼얼해질 때까지 끈질기게 기다렸지만 전화기엔 아무런 답이 없고 친구부부도 나타나지 않는다. 자꾸 불안해진다. 병세가 위급한 모양인가. 아니면 벌써 녀석의 숨이 끊어졌단 말인가.

친구에게 문자를 친다. 녀석의 안부를 묻는 글자를 누르는 손이 잘게 떨린다. 빠른 답을 재촉하는 문구를 남기는데 무슨 까닭인지 가슴속이 서늘해진다. 모르는 척 외면하고 살았던 내 이기심이 불쑥 떠올랐기 때문인가.

어제 아내는 내게 괜한 싸움을 걸어왔다. 너무하는 것이 아니냐고, 장인이 요양원에 들어간 지 일 년이 다 되어 가는데 한 번도 찾지 않는 사위가 세상에 어디 있느냐고, 요즈음 인기 있는 '자기야'라는 TV프로그램 꼭지 '백년손님'을 한 번 보라고, 그곳에 출연하는 사위들은 아들보다 훨씬 싹싹하던데 당신은 참으로 인정머리 없는 인사라고, 아내는 나를 향해 오랫동안 구시렁댔다. 요양원에 있는 아버지를 보고 꽤나 속이 상했던 모양이었다.

사실 그동안 처가 집에 잘한 것을 꼽으라면 꼽을 것이 별로 생각나지 않으니 묵묵히 듣고 있을 수밖에 없었는데 아내의 마지막 말이 내 심사를 긁었다.

"이런 공치사까지는 안 하려고 했는데, 당신 어머니 병 수발 삼 년은 내겐 지옥이었다고. 알아?"

순간 세상이 뒤집히듯 뱅글 돌았다. 그동안 얼마나 아내에게 미안해하면서 살았던가. 내겐 나를 낳아준 어머니였지만 따지고 보면 아내에게는 천생 피 한 방울 섞이지 않은 남이지 않은가. 그런데도 며느리라는 인연으로 치매노인을 삼 년 동안 보살피게 했으니 평생 업고 다녀도 모자란다는 마음으로 내심 무척 고마워했다. 그런데 지옥이었다는 한 마디가 피를 거꾸로 돌게 만들었다.

화가 나서 순간적으로 내뱉은 말이었겠지만 자신이 한 말이 남편을 열 받게 만들었음을 그제야 깨달았는지 아내는 방으로 쏙 들어가 버렸다. 그때 거실구석에서 우리의 다툼을 보며 겁에 질린 표정을 짓고 있는 녀석이 내 눈에 띈 것이 불행이라면 불행이었다. 사람도 아닌 녀석을 자식처럼 애지중지하는 아내가 참으로 꼴같잖다는 생각이 그 순간에 퍼뜩 머리를 스치고 지나갔다.

말없이 녀석을 품에 안고 집을 나왔다. 차에 태우고 거리로 나왔는데, 막상 갈 곳이 없었다. 한참을 달려 낯선 놀이터에 차를 대고 녀석을 안고 내렸다. 벤치에 앉아 주변을 살펴보았다. 저녁식사 시간이라 그런지 다행히 아무도 없었다. 이곳에 녀석을 두고 가면 누군가가 데려가리라. 그러면 그곳에서 새 정을 붙이며 살아가겠지. 그런 생각을 하며 안고 있던 녀석을 땅에 내려놓았다.

낯선 곳이 두려웠는지 녀석은 오줌을 질금거렸다. 오도 가도 못하며 자리에서 부르르 떨고 있는 녀석을 보자 가엾다는 생각이 들었다. 이제 곧 추위가 닥칠 터인데 누가 데려가지 않으면 이곳에서 얼어 죽을지도 모른다는 불안감이 커졌다. 도저히 발걸음이 떨어지지 않았다. 그렇다고 이대로 녀석을 데리고 집으로 들어가는 것 또한 자존심이 내키지 않았다. 어떡하나.

그때 문득 언젠가 우리 집에 놀러왔을 때 유난히 녀석을 탐냈던 친구부인이 생각났다. 그래 그 친구부부에게 당분간만 맡기자. 아내가 잘못했다고 싹싹 빌면 찾아다주면 되겠지. 좋은 생각 같았다.

친구에게 전화를 걸어 내용을 대강 말하자 친구부부는 뛸 듯이 기뻐했다. 대환영이라며 당장 데려오라고 재촉까지 했다.

기다리고 있던 친구부부는 녀석을 특별하게 환대했다. 녀석을 데리고 간 나는 뒷전이었다. 서운하기보다는 다행이라고 생각했다. 이 집에 있는 동안 귀염 받으며 살 것이니 일단 안심이 되었다. 그래도 나오면서 친구에게 당부의 말을 잊지 않았다.

"데리러 올 때까지 잘 부탁해!"

친구는 손을 흔들며 안심하라는 미소를 내게 보냈다.

집으로 돌아와 초인종을 눌렀으나 화가 난 아내는 문을 열어주지 않았다. 아예 잠금 장치까지 걸어 놓아 들어갈 방법이 없었다. 한동안 문을 두드렸으나 해피를 데리고 오지 않으면 집에 들어올 생각을 아예 말라는 말만 안에서 흘러나왔다.

어쩔 수 없이 어젯밤 나는 차에서 잤다.

기온이 뚝 떨어진 탓에 차 안은 몹시 추웠다. 아무런 준비 없이 나오는 바람에 옷도 얇게 입었을 뿐만 아니라 차 안에는 추위를 막아줄 간이모포도 없었다. 밤새 벌벌 떨며 한숨도 자지 못했다. 그러면서도 나는 아내에게 사과할 마음이 조금도 들지 않았다. 되레 지금까지 아내에게 고마워했던 마음을 깡그리 되돌려 받아야겠다고 속으로 다짐했다. 그랬던 내가 아침 한 나절도 지나지 않아 점점 마음이 약해지기 시작했다. 오늘도 차 안에서 지낼 수는 없지 않겠는가.

그리고 보니 내가 친구 집 대문 앞에 선 이유가 이제야 분명해진다. 맡겨둔 녀석을 데리고 집으로 돌아갈 심사였으리라. 헌데 녀석을 데리고 떠난 친구는 감감무소식이다. 도대체 녀석은 어떻게 된 것인가. 그보다 오늘 밤 나는 어찌해야 할 것인가. 무작정 이렇게 친구를 기다릴 수만은 없지 않은가.

나는 다시 전화기를 돌린다. 친구 핸드폰은 아직도 먹통이다. 도대체 녀석에게 무슨 일이 벌어졌단 말인가. 그러고도 한식경이나 더 대문 앞을 서성인다. 갈 곳이 마땅치 않고(물론 카드가 있으니 근처에 널려있는 모텔을 찾을 들 수도 있었지만 지근거리에 집을 두고 그곳에 간다는 것은 왠지 자존심이 용납지 않아) 녀석도 걱정이 되어(내 눈에 미운털이 박힌 놈이라 해도 생명이 있는 존재인데 어찌 걱정이 되지 않으랴.) 쉽게 자리를 뜰 수가 없었다. 날은 점점 어두워지고 사실 배도 고팠다. 녀석을 데리고 들어가 슬그머니 화해를 유도한 후에 아내가 차려준 저녁밥상(맛있다기보다 수십 년 길들여져 입맛에 맞는)을 받을 속셈이었는데, 이게 무슨 얄궂은 방해란 말인가.

요양원 앞이다.

나는 요양원 출입구에 서 있다. 겨우 생각해낸 곳이 이곳이라니! 스스로 생각해도 어처구니없는 행동이었지만 문득 정신을 차리고 보니 장인이 입원해있는 요양원 출입구에 서 있었다. 아내의 지청구가 생각났기 때문이었을까? 아니면 그동안 자식으로써 도리를 다하지 못한 나를 자책하는 순수한 마음의 발로인가. 구분이 가지 않아 잠시 문 앞에서 멈칫댄다.

출입구 자동문이 스르르 열린다. 실내로 몇 발 내딛던 나는 그 자리에 딱 멈춰 선다. 이제 막 어머니를 입소시키고 돌아가려고 하는 아들, 며느리인 모양이다. 노인과 아들은 병실로 들어가는 문 앞에서 한동안 실랑이를 벌인다.

"어머니, 이제 이곳에서 편히 계세요."

"싫다. 집에 갈란다."

며느리가 합세한다.

"어머니, 이제 여기가 어머니 집이예요."

"아니다. 우리 아들집은 아파트여. 여기가 아녀."

다시 아들이 나선다.

"어머니, 여기는 이야기를 나눌 친구들도 많아요. 그러니 심심하지 않다니까요."

"난 친구 필요 없다. 내 강아지들만 있으면 돼. 따라갈란다."

한쪽다리를 질질 끌며 손의 거동이 불편해 보이고 말소리가 어둔한 것으로 보아 뇌졸중의 후유증을 앓는 모양이다. 대화 내용으로 보면 치매까지 겹친 것은 아닌 듯한데, 왜 입원을 고집하는 것일까?

더 이상 설득이 쉽지 않겠다고 생각했는지 아들, 며느리는 잽싸게 문을 빠져나온다. 그런 일이 비일비재한 모양으로 아들, 며느리가 문을 빠져나오자마자 실내출입문이 스르르 닫힌다. 문의 개폐를 안내데스크에서 하는 모양이다. 미처 따라 나오지 못한 노인은 유리창을 통해 요양원을 빠져나가는 아들내외의 뒷모습을 망연히 바라본다. 이내 단념하는 듯 돌아서는 노인의 뒷모습에서 진한 쓸

쓸함이 묻어나온다.

그 모습은 일 년 전 그날의 분노를 기억케 했다.

장인의 거취문제로 가족들이 모인 날이었다. 바쁘다고 또 멀리 있다는 핑계로 매번 다 모이기 힘들었던 처가식구들이 그날은 용케 다 모였다. 하긴 이번에 빠지면 그 사람이 아버지를 모셔야한다는 협박성 멘트가 무서워서였는지도 모른다.

준장으로 예편한 장인은 사남 삼녀를 둔 다복한 가장이었다. 직업군인으로 한 곳에서 오래 머물지 못하고 이곳저곳으로 옮겨 다니기는 했지만, 가장으로서의 책임을 잘 완수한 편이다. 모두 바르게 키워 일가를 이루게 했고, 장모가 돌아가시기 전까지는 가장으로 모두에게 존경을 받으며 반듯하게 살았다.

그랬던 장인은 장모가 죽은 후 하는 짓이 이상해지기 시작했다. 도우미 아줌마에게 추파를 던지거나 지나가는 젊은 여자에게서 눈을 떼지 못한다는 소문이 아파트에 퍼지기 시작했다. 그 소문에 처가식구들 뿐만 아니라 나도 허허 하고 웃어 넘겼다. 팔순을 한참 넘긴 나이인데 무슨 그런 감정이 남아있겠느냐며 듣고도 믿지 않았다. 장인 양반, 참 걸출일세. 하며 다소 부러운 마음도 내심 있었다. 헌데 문제는 장인과 아내와의 사이에서 불거졌다.

딸로는 첫째인 아내는 처가식구 중에 가장 시간이 많았다. 다들 맞벌이한다고 동동대느라 장인의 병세에 무심했다. 전업주부이기도 했지만 내 어머니의 치매간병을 해본 경험이 있는 아내는 장인이 있는 오빠 집에 자주 들락거렸다. 장인이 좋아하는 꼬리곰탕도 끓여가고, 간식거리를 이것저것 챙겨 나르곤 했다.

그날도 아내는 밑반찬이며 쑥설기 떡이며 몇 가지를 챙겨 친정에 갔다고 했다. 집에 들어서자 집안 살림을 도와주던 도우미가 보이지 않았다. 가까운 상점에 갔으려니 짐작하고 쑥설기 떡을 접시에 담고 있었다. 언제 나타났는지 소리도 없이 다가온 장인이 뒤에서 아내를 와락 껴안았다고 했다. 비명을 지르며 돌아보니 장인은 태연하게 내 아내에게 이렇게 말했단다.

"을순아! 우리 결혼하자."

기겁한 아내가 가족회의를 붙였다. 모인 자리에 나도 사위자격으로 참석했다.

열네 명이 둘러앉은 거실은 무척 좁아보였다. 더군다나 치매라고 판정을 받은 장인의 거취를 의논하는 자리라서 분위기도 무겁게 내려앉았다. 누구도 선뜻 말을 꺼내지 못했다. 이미 의사로부터 치매진단을 받은 후라 다들 속으로는 결론을 내렸으면서도 차마 말을 꺼내지 못하고 있는 것 같았다.

서열로 보면 둘째니까 앞장서서 발언할 수도 있었지만, 본래 사위는 백년손님이라고 하지 않던가. 더군다나 처가 제사상에 감 놔라 대추 놔라 하면 미운 털 박히기 십상이라는 것을 잘 알고 있었기에 나는 관망만 하고 있었다.

큰처남이 말문을 열었다.

"우리 허심탄회하게 말해보자."

"그래요. 형님 생각부터 말씀해 보세요."

둘째처남이 답했다.

"내 생각은……."

맏인 큰처남은 먼저 제안하기가 거북한지 말끝을 흐렸다. 다시 침묵이 흘렀다. 아무래도 나설 사람은 나뿐인 듯싶었다.

"장인양반 연세도 연로하시니 칠남매가 돌아가며 모시는 것이……."

거기까지 이야기했을 때 큰 처남댁이 툭 말을 채갔다.

"고모는 출가외인이니 우리가 하는 대로 따라가는 것이 좋지 않겠어요?"

이 무슨 헛소리인가. 바쁜 사람 불러다놓고 들러리역할만 하라는 거였어? 열이 올라 벌게진 낯으로 한 마디 하려는데 아내가 눈짓으로 만류했다. 성질대로 했다가 그럼 잘난 자네가 모시게. 라고 하면? 그런 생각이 들자 아내의 고생이 눈앞에 빤히 보여 치솟는 성질을 꾹 눌러 참았다.

큰 처남댁이 말문을 열자 용기를 얻었는지 처가식구들은 서로 의견들을 쏟아냈다. 이런저런 논란 끝에 장인을 요양원에 맡기는 것으로 하고, 요양비용은 똑같이 추렴하는 것으로 결론이 났다. 말한마디 않고 결론까지 들은 내가 일어서며 큰 처남을 향하여 말했다.

"좋습니다. 그렇게들 하시지요. 허지만 저는 요양원에 계시는 장인을 절대 찾아뵙지 않겠습니다. 낯 뜨거워서 장인어른을 대면할 자신이 없습니다."

돌아서 나오는 등 뒤로 막내처제의 목소리가 따라 나왔다.

"저렇게 구닥다리 생각으로 사시니 몇 년 동안 언니를 그렇게 생고생시켰지."

그 자리에서 공언한 대로 나는 지금까지 요양원에 입원한 장인을 한 번도 찾아가지 않았다. 빠지지 않고 일주일에 한 번씩 다녀오는 아내도 그런 나에게 별 내색을 하지 않았다. 그런데 이번엔 무슨 일이 있었기에 인정머리까지 들먹이며 그리 화를 낸 것인가? 짐작이 가지 않는다.

겨우 일 년이 지났을 뿐인데 장인은 몰라볼 정도로 노쇠해 보인다. 병실 앞에 장인이름이 적혀있지 않았다면 그냥 지나칠 뻔했을 정도다.

장인은 침대 가에 앉아 들어서는 나를 물끄러미 바라본다. 바라보는 눈에 많은 말이 담긴 것도 같고, 아무 것도 담기지 않은 깊은 터널 속 같다. 나를 알아보는 것 같기도 하고 전혀 몰라보는 것 같기도 하다. 나는 장인 앞에 앉아서 말없이 귤껍질을 깐다. 귤에서 퍼지는 향이 상큼하다. 그때까지도 내게서 눈을 떼지 않고 있는 장인에게 껍질 깐 귤을 건넨다. 받으려고 내민 장인의 손등이 핏줄만 도드라져 마른 나뭇가지처럼 앙상하다.

귤 조각을 입에 넣고 있는 장인의 얼굴에 살짝 미소가 뜬다. 내가 묻는다.

"제가 누군지 아시겠어요?"

"응, 김 서방."

깜짝 놀란 얼굴로 나는 장인을 바라본다. 치매환자도 가끔씩 정신이 든다고 하더니 정말 그런 것인가? 다시 귤껍질을 벗겨 장인에게 내밀며 묻는다.

"이 과일 이름이 무엇인지는 아세요?"

"을순이."

장인은 아무렇지도 않은 얼굴로 장모 이름을 다시 되뇐다.

"나을순이야, 나을순."

장인과 장모는 평소 그리 살가운 사이는 아니었다. 평생 군인으로 산 장인어른은 집안에서도 군대처럼 엄한 규율로 가족을 지배하려 했다. 아내의 어린 시절의 기억엔 온통 엄격하기만 했던 아버지에 대한 두려움뿐이라고 내게 말한 적이 있다. 그런 장인이 귤을 보며 장모를 기억하다니!

괜히 가슴이 뭉클해진다. 텅 비어버린 기억의 저장소에 기억하고 싶은 것만 하나하나 채우고 있는 것은 아닌지 그런 생각이 문득 들었다.

시간이 되었는지 담당간호사가 들어와 환자분과 어떤 관계인지 내게 묻는다. 멈칫대며 대답을 하지 않았는데도 장인이 먹을 약봉지를 내게 건네며 곧바로 돌아선다. 아마도 그동안 장인에게 많이 시달린 모양이다. 언젠가 혼잣말처럼 아내가 중얼거리는 말을 들은 적이 있다.

"아버지는 도대체 왜 그러는 걸까요? 그 연세에 아직도 성적충동을 느끼는 것도 아마 병 때문이겠지요? 아버지보다 훨씬 젊은 나도 이제는 시들하기만 한데……."

뒤돌아 나가는 간호사를 향해 장인은 자그마한 소리로 부른다.

"을순아, 나와 결혼하지 않을래?"

장인이 자리에 눕는 것을 보고 나는 병실을 나온다. 안내데스크가 있는 홀 한 쪽에 쉴만한 휴게실이 보인다. 여러 개 의자 중 하나

를 차지하고 앉아 나는 친구와 통화를 시도한다. 친구전화는 아직
도 불통이다. 도대체가 지금 뭐하는 짓거리들이야? 아내와 친구를
향하여 새삼스럽게 분통을 터트린다. 기껏 개 한 마리 때문에 겪고
있는 이 불편함이 생각할수록 불쾌하다. 나이 육십에 이 무슨 가당
찮은 수모란 말인가.

자원봉사조끼를 입은 사람들이 휴게실로 우르르 몰려와 내 뒤쪽
의자에 자리를 잡는다. 늦은 저녁식사를 마치고 잠시 티타임을 갖
는 모양이다. 언뜻 보아 사오십 대로 보이는데 그중 두엇은 내 나
이와 비슷해 보인다. 자판기에서 각기 선호하는 차를 한잔 씩 빼어
들고 자리를 잡는다. 봉사자 한 명이 누군가를 향해 묻는다.

"언니, 들었어요? 201호 환자 사건?"

201호라면 장인이 있는 병실이 아닌가. 나도 모르게 귀를 쫑긋
연다. 사건이라니! 장인이 무슨 일을 저질렀나?

그들이 벌이는 수다 속에서 나는 사건내용을 대강 짐작한다. 장
인의 시도 때도 없는 욕망의 표현은 이미 요양원 안에 소문이 쫙
퍼져, 201호 병실은 간호사나 봉사자를 막론하고 기피대상이 된
상태다. 눈에 띄는 대로 아무나 붙잡고 결혼하자고 보채는데 젊은
여자에게 유난히 더 치근덕거린다는 것이다. 그런데 어제는 부모
를 따라 병문안 온 어린아이에게 치근거리다 그 부모에게 크게 망
신을 당했다는 얘기다. 비록 노망난 노인이 한 짓이라 해도 어린소
녀에게는 큰 상처로 남을 만한 사건이었다. 노발대발하는 소녀의
부모를 달래느라 진이 다 빠진 요양원 직원은, 때맞춰 나타난 아내
에게 화풀이를 한 모양이다. 결국 며칠 안으로 데려가라고 아내에

게 통보하는 것으로 일단락되었다며 그중 하나가 결론을 내리듯
말한다.

"하긴, 사내는 지푸라기 들 힘만 있으면 그 짓도 가능하다며?"

모두 깔깔 웃으며 자리를 뜬다.

아! 그래서 어제 아내가 그랬던 거구나. 아내가 괜히 내게 싸움을
걸어왔던 이유가 분명해진다.

다시 그의 집 앞이다.

나는 다시 친구 집 앞에 서 있다. 오늘은 어떡하든지 그를 만나야
한다. 해피를 안고 집에 돌아가서 아내의 마음을 풀어줘야지. 마음
을 다잡는다.

단독주택단지에 있는 그의 이층집은 불빛 하나 없이 깜깜하다.
아직도 들어오지 않았단 말인가. 이유모를 불안이 스쳐지나간다.
불안감을 몰아내듯 나는 빠르게 초인종을 누른다. 한 번, 또 한 번
길게 누른다. 아무런 기척이 없다. 아직 들어오지 않은 것이 확실
하다. 확인하는 순간 난감해진다. 이일을 어찌한다?

나는 할 일 없이 차로 돌아온다. 기다릴 수밖에 다른 도리가 없지
않은가. 범인을 잡기 위해 잠복하듯 차 안에서 친구의 귀가를 기다
린다. 날씨는 춥고 뱃속은 출출하여 차 안에 앉아 있어도 자꾸 몸
이 떨린다. 시동을 걸고 히터를 켠다. 실내가 훈훈해지자 졸음이
밀려온다. 깜빡 졸았던가. 브레이크를 거는 소리에 깜짝 놀라 눈을
뜬다.

눈앞에 친구의 차가 정차해 있다. 차에서 그가 내린다. 나도 빠르게 차에서 내린다. 그의 앞으로 쏜살같이 달려가 멱살이라도 잡을 것처럼 다그친다.

"인마, 왜 전화도 받지 않은 거냐?"

느닷없이 나타나 윽박지르는 내가 이해할 수 없다는 표정을 지으며 그가 대답한다.

"이 시간에 네가 웬일이냐?"

"됐고, 야, 야, 우리 해피나 얼른 데리고 나와."

"뭐? 해피?"

"그래 인마, 해피 때문에 집에서 쫓겨났다고!"

"그건 또 무슨 황당한 소리냐?"

"좌우간 해피나 얼른 데리고 나오라고?"

"해피 지금 집에 없는데!"

"뭐라고?"

나는 하마터면 그 자리에 주저앉을 뻔했다. 잽싸게 팔을 잡아준 친구 덕분에 몸의 중심을 겨우 잡는다. 그에게 이끌려 거실의 안락의자에 앉을 때까지도 나는 정신을 차릴 수가 없다. 해피가 집에 없다니! 그럼 이미 죽었단 말인가? 참지 못하고 해피가 죽은 것이냐고 되묻자, 친구는 어이없다는 표정으로 대답한다.

"야! 죽기는 왜 죽어. 지금 내 마누라하고 멋진 여행을 하고 있는 중인데……."

그의 설명에 의하면 해피는 지금 홍콩여행중이란다. 어젯밤 사색이 되어 동물병원에 데려간 해피는 다행히 큰 병이 아니었다고 한다.

어찌하다가 사료가 목에 걸려 캑캑거린 것에 놀라서 허둥댔다는 거다. 말짱해진 해피를 보더니 마누라가 소리치더란다.

"여보! 이 얘 내가 데려갈래."

마침 홍콩에 가있는 아들네에 가기 위해 오늘 아침 비행기 표 예매가 되어 있던 참이었단다. 마누라는 해피를 데려가겠다고 선언하더니, 그 길로 바쁘게 서두르더란다. 수의사에게 간청하여 건강 진단서를 발급받고, 애견용품점에 들러 개를 이동하기 위한 크레이터를 사고, 집에 잠시 들러 이미 준비해 두었던 여행용 가방만 챙긴 다음 곧바로 공항으로 출발했다는 것이다. 물론 친구는 한밤중에 친절한 기사노릇을 했고, 마누라를 무사히 비행기에 태워 보냈다는 설명이다.

"지금쯤 이미 아들네 집에 도착했을 걸?"

놀란 내가 고함치듯 묻는다.

"그래서 네 부인은 언제 오는데?"

"응, 한 달 예정 잡고 떠났으나 더 걸릴 지도 모르지. 며느리 산후조리 때문에 갔는데 어떻게 금방 오겠냐?"

그러더니 그가 갑자기 내게 묻는다.

"야, 너도 마누라를 여왕처럼 모시고 사냐?"

무척 피곤한 표정으로 그는 말끝에 고개를 절레절레 흔든다.

"야, 인마 그렇다면 내게 전화라도 해줬어야지."

"아! 그게 충전할 겨를이 없어서…… 배터리가 다 된 모양이다. 근데 전화는 왜 한 거냐?"

나는 대답하지 않는다. 그에게 말해 보았자 떠난 해피를 어찌 하겠는가. 일이 참 묘하게 꼬인다는 생각밖에 들지 않는다. 어두운 내 표정을 건너다보던 그가 뜻밖에 제안을 한다.

"야, 마침 잔소리 할 마누라도 없는데 우리 간만에 맘껏 회포나 푸는 게 어때? 자유를 만끽할 이 귀한 시간을 위해 축배를 들자고. 생전에 이런 기회가 쉽게 오겠냐?"

내 대답도 듣지도 않고 그는 주방으로 들어가더니 바쁘게 움직인다. 한참을 달그락거리는 소리가 나더니 뚝딱 한상을 차려낸다. 물론 오래 비워둘 계획이었기에 부인이 푸짐하게 냉장고를 채워두었으리라는 짐작은 가지만, 먹음직스럽게 차려낸 상을 보니 한두 번 차린 솜씨가 아니다.

상 중앙에 홍합 찜이 커다란 찜 그릇에 그득하니 채워져 김을 모락모락 올리고 있는데, 그것 하나만으로도 내 침샘을 충분히 자극하고도 남는다. 거기에 입맛을 돋울 밑반찬들이 찜기 둘레를 한껏 모양을 내고 에워싸고 있는 것이 아닌가. 김치, 깍두기, 물김치, 어묵우엉조림, 고등어조림, 단감장아찌, 거기에 내가 가장 좋아하는 무청된장시래기조림까지. 나도 모르게 침이 꿀꺽 넘어간다. 내 빈 뱃속을 짐작했는지 그는 밥 한 공기를 내 앞에 놓으며 말한다.

"짜식! 뭐하다 저녁도 굶고 다닌 거야? 우선 배부터 채워라. 우리 나이엔 밥이 보약이지."

그의 말이 끝나기도 전에 나는 밥을 먹기 시작한다. 어제 집을 나온 후부터 지금까지 제대로 된 식사를 하지 못했기에 체면을 차릴 여유가 없다. 더군다나 내가 가장 좋아하는 무청된장시래기조림은 압권이다. 물론 친구부인의 손맛이야 익히 알고 있는 터이지만 시세말로 입에서 살살 녹는다. 순식간에 밥그릇을 비우자, 그가 놀린다.

"짜식! 맛은 알아가지고……."

그러더니 내 앞의 술잔에 술을 따른다.

우리는 한동안 말없이 술잔을 기울인다. 정년퇴직한 그와 나의 교분은 이미 삼십년이 넘었다. 대학교 동기인데다 같은 동아리활동을 했고, 우연히 같은 회사에 입사하였다. 더군다나 학연과 지연이 유별난 회사 내에서 그와 나는 서로 의지했다. 비슷한 시기에 퇴직을 했고, 퇴직 후 자주 만나 속내를 펼쳐온 삼십년 지기다. 좋아하는 음식은 무엇이며, 요즘 건강은 어떠하며, 무슨 고민을 하고 있는지 서로 잘 안다. 아무런 대화가 없이도 우리는 소통되는 사이다.

서너 차례 술잔이 돈 후 그는 지나가는 말처럼 심상한 표정으로 쫓겨난 이유를 내게 묻는다. 나는 경위를 간략하게 설명한다. 다 듣고 나더니 무조건 내 잘못이라고 한다. 그게 무슨 소리냐고 내가 눈을 부라리자, 그는 이렇게 눙친다.

"솔직히 요즘 세상에 치매 앓는 시어머니를 그렇게 간병한 며느리가 어디 있냐? 그동안 너 보면서 무척 부러웠다. 우리 어머니 가신 걸 생각하면……."

술 때문인지 그의 목소리가 또 축축해진다. 사실 그의 어머니 부고를 듣고 달려갔을 때 들은 이야기는 지금도 내 가슴을 먹먹하게 만든다. 그는 오형제다. 위로 형이 둘 아래로 동생이 둘이다. 아들 다섯을 키울 때 어려움도 컸을 테지만, 든든함도 무척 컸을 게다.

며느리 다섯을 얻고 손자손녀도 보고 스스로 다복하다고 생각했을 그의 어머니는 시골집 주방 싱크대 앞에서 곁에 아무도 없이 혼자 죽었다. 딱히 큰 병환이 있었던 게 아니라서 모두 무관심하게 지낸 결과다.

"아들이 여럿이면 이리가라 저리가라 왔다 갔다 하다가 버스 안에서 죽는다는 떠도는 우스갯소리도 있지. 우리 어머니가 그렇게라도 하다 돌아가셨으면 원이 없겠다. 하나같이 모시기를 꺼려하는 며느리의 심사를 미리 눈치 채고 그렇게 강력하게 고집을 부렸을 줄 누가 알았겠냐? 나는 도시에서 절대 못사니 너희 처에겐 절대 눈치도 주지 마라. 나는 땅이 있어야 산다. 푸성귀도 가꾸고, 흙도 밟아야 사는 사람이다."

그렇게 애당초 함께 살자는 말을 꺼내지도 못하게 잘랐다며 그가 눈시울을 붉힌다.

그의 푸념을 들으며 술잔을 드는데 진동으로 바꿔 놓은 핸드폰이 주머니 안에서 부르르 떤다. 아내로부터 온 메시지다. 우리 잠시 휴전해요. 내일 저녁 큰오빠 집에서 가족회의가 있으니 시간 맞춰 그리로 오세요. 전후 사정 아무런 설명도 없다. 어떻게 지내고 있는지 걱정 한 마디 없이 자기 할 말만 통보하고 끝이다. 성질이 나서 괜히 핸드폰 홀더를 부서져라 닫는다. 이미 술이 도에 넘쳤는지 불콰한 얼굴로 무슨 일이냐고 그가 눈으로 묻는다. 못 본 척 나는 애꿎은 술잔만 비운다.

어떻게 잠이 들었는지 모른다. 눈을 떠보니 친구가 보이지 않는다. 주섬주섬 자리를 정리하고 현관문을 나서니 마당에서 허리를 돌리고 있던 그가 말한다.

"이제 일어났냐? 우리 속이나 풀러 가자."

다시 요양원 앞이다.

요양원 앞에 서 있다. 어제는 나도 모르게 요양원 앞에 서 있었으나 오늘은 다르다. 명확한 목적을 가지고 방문하는 참이다. 안내데스크에 장인이름을 대며 면회를 신청하자 담당간호사가 반색하며 묻는다.

"지금 퇴원시키려고요?"

확답을 기다렸지만 내가 대답을 하지 않자 실망한 표정을 숨기지 않는다. 출입문 개폐버튼을 누르는 간호사의 손길이 사뭇 신경질적이다.

나는 개의치 않고 장인병실이 있는 이층으로 향한다. 올라가는 계단에 노인이 앉아있다. 자세히 보니 어제 아들 며느리를 따라가겠노라고 떼를 쓰던 노인이 틀림없다. 환자복으로 바꿔 입은 노인은 하루사이에 아주 다른 사람처럼 보인다. 안녕하세요? 하고 내가 큰소리로 인사를 하자, 나를 바라보는 노인의 입가가 씰룩씰룩 움직인다. 웃으려고 하는 것 같은데 한 쪽 안면이 굳어 표정이 마음대로 지어지지 않는 모양이다.

201호는 장인 혼자 입원해있는 일인 실이다. 일인 실에 입원시켰다는 사실 하나로 처가식구들은 할일 다 했다는 듯이 당당하다. 매월 기십만 원씩 내는 것으로 효자인 냥 한다. 자기들이 낸 돈으로 아버지가 요양원에서 호강하고 사는 것으로 착각한다. 물론 정기적으로 목욕도 시켜주고, 위급한 상황이 되었을 때 빠르게 대처할 수 있다는 장점이 있는 것은 사실이다.

그러나 어머니가 치매에 걸렸음을 알고 이곳저곳 시설을 둘러보면서 나는 알았다. 시설에서는 환자가 마음대로 돌아다닐 수가 없도록 통제하고 있었다. 푸른 하늘도 볼 수 없고, 흙을 밟아 볼 수도 없는 교도소 같은 통제만 있을 뿐이었다. 그런 통제는 사실상 환자를 위한 것이 아니라 시설의 편의를 위한 것이다. 하루 종일 침대에 누워 천정만 바라보며 사는 것을 행복한 노년이라 할 수 있을까? 늙고 병들었으니 별 수 있느냐고 그렇게라도 생명을 이어가라고 어머니를 그곳에 남겨둔다는 것은 나 자신에게 도저히 용납되지 않았다. 그래서 집으로 모셔왔었는데 그 삼년이 아내는 지옥이었다고 실토하지 않던가.

병실에 들어서자 장인은 잠이 들어 있다. 잠든 장인 얼굴을 내려다본다. 어느 곳에서도 군인의 기개를 찾아보기 힘들다. 굳건한 기상과 용기는 다 어디로 간 것인가. 이십 년 후의 내 모습도 저와 비슷할 거라는 생각이 들자, 왈칵 서글픔이 밀려온다.

노크 소리와 함께 건장한 사내가 들어온다. 오늘이 장인의 목욕 케어를 하는 날이란다. 주무시고 계시니 깨시면 하라는 내말에 사내는 안 된다고 한마디로 자른다. 순번대로 해야 시간 안에 마칠 수 있다는 설명이다. 내 대답도 듣기 전에 침대로 다가간 사내는 큰 소리로 장인을 깨운다. 눈을 뜬 장인의 동공이 한껏 커진다. 두려움이 가득 찬 눈이 도와달라는 듯 나를 바라본다. 장인이 두려워하는 것은 무엇인가.

그러든지 말든지 사내는 관심도 주지 않고 장인을 힘으로 일으킨다. 장인을 끌고 가는 사내의 손길은 투박하기만 하다. 나도 엉거주춤한 자세로 따라간다. 샤워실 문 앞에서 사내가 말한다.

"보호자는 여기서 기다리세요."

살짝 들여다보니 3평 정도의 좁은 공간이다. 문도 닫지 않은 채 사내가 장인의 옷을 벗긴다. 장인은 자꾸 옷자락을 겨며 잡는다. 참지 못하겠는지 사내가 소리친다.

"좀 가만히 있지 못해?"

짐작했던 대로 이곳 역시 인권은 찾을 수 없다.

삼십분 쯤 지났을까. 사내의 팔에 의지한 채 장인이 나온다. 마른 수건 한 장으로 겨우 치부만 가린 벌거벗은 몸이다. 사내는 미처 따라오지 못하는 장인을 질질 끌고 병실로 간다.

침대에 놓인 새 환자복을 입으려다 말고 장인은 자신의 아랫도리를 물끄러미 내려다본다. 엉겁결에 내 시선도 거기에 머문다. 장인의 몸처럼 그곳엔 번데기 하나가 바짝 말라붙어있다. 옷을 입을 생각도 잊은 채 한참 내려다보던 장인이 입을 연다.

"창피해! 옷 줘!"

처가식구들이 모여 가족회의를 열고 있을 시간이다. 그들의 결론은 뻔하다. 요양원에 계속 모셔야한다는 결론이 날 것이고, 시설 좋은 다른 요양원으로 옮기는 것이 최선의 방법이라고 의견이 모아질 것이다. 그렇게 서로의 마음을 확인하며 안도할 것이 분명하다.

그렇다면 이제 내가 결심할 수밖에 없다.

안내데스크로 간다. 201호 환자 퇴원수속 하겠다고 하자, 담당간호사가 반색을 하며 말한다.

"잘 생각하셨어요. 더 좋은 요양원으로 가실 거지요?"

웃음까지 띠며 친절하게 앞장서서 수속절차를 밟아준다.

다행히 매달 내어야 할 원비는 이미 납부가 된 상태라 수속은 쉽게 끝난다. 나는 장인을 태우고 요양원 주차장을 빠져나온다. 환한 불빛에 눈이 부신지 장인이 두 손으로 눈을 가린다. 그 모습이 어린애처럼 보인다.

내가 이 시간을 택한 이유는 아내가 처가에 있는 지금이 계획을 실행하기 알맞은 시간이기 때문이다. 걸쇠가 걸리지 않은 빈 집은 비밀번호만 알면 들어갈 수 있으니 이 기회를 놓칠 수가 없다. 해피를 데려가지 않는 이상 아내가 문을 열어주는 일은 없을 것이다. 그런데 한 달이 될지 두 달이 될지 모르는 해피의 귀국을 마냥 손 놓고 기다릴 수만은 없다는 다급한 마음이 컸다. 그래서 나는 해피 대신 장인을 택했다.

예상대로 아내는 오빠 집에서 아직 돌아오지 않았다. 건넌방에 장인자리를 마련해 주고 주방으로 간다. 장인은 요양원에서 저녁식사를 하고 나왔지만 나는 아직 식사 전이다. 내 손으로 밥상을 차린다. 결혼 후 처음이다. 앞으로는 자주 주방에 설 기회가 많을 것이라는 예감이 든다. 밥통에 있는 밥을 손수 차려 먹고, 설거지까지 끝낸다.

건넌방의 장인은 잠이 들고, 나는 TV드라마에 빠져있는데 현관

번호 누르는 소리가 들린다. 드디어 아내가 들어온다. 거실에 앉아 있는 나를 본 아내의 표정이 험악하게 변한다. 가족회의에 참석하지 않은 것에 화가 많이 난 모양이다. 그래도 일말의 기대는 갖고 아내는 해피의 행방을 묻는다. 나는 고개로 작은 방 쪽을 가리킨다.

아내가 건넌방의 문을 열며 해피야, 엄마 왔어. 소리친다. 전기스위치를 올린 손을 미처 내리지도 못하고 아내가 나를 돌아본다. 돌아보는 아내의 얼굴은 딱 그때의 그 표정이었다. 막둥이인 내가 치매에 걸린 어머니를 집으로 모시고 왔을 때에 지었던 그 표정. 어처구니없다는, 기가 막힌다는, 절대로 용납할 수 없다는, 어림없다는 마음이 두루 섞인 복잡한 표정.

잠든 장인에게 돌리는 아내의 시선엔 측은과 연민의 기색이 살짝 엿보인다. 아내가 말을 꺼내기 전에 내가 잘라 말한다.

"이번에는 내가 한다. 당신! 아무 걱정 마!"

제11회 천강문학상대상수상작품

의령·의령

초판인쇄 | 2021년 7월 20일
초판발행 | 2021년 8월 30일

지 은 이 | 노 령
펴 낸 이 | 김한창
펴 낸 곳 | 도서출판 바밀리온
주 소 | 전주시 덕진구 기린대로359, 2층
전 화 | (063)253-2405
팩 스 | (063)255-2405
이 메 일 | kumdam2001@hanmail.net

인쇄제본 | 새한문화사
주 소 | 경기도파주시 광인사 길 211-2

출판등록 | 제 2017-000023
I S B N | 979-11-90750-11-0
정 가 | 15,000원

이 도서의 국립중앙도서관 출판예정도서목록(CIP)은 서지정보유통지원시스템 홈페이지 (http://seoji.nl.go.kr)와 국가자료종합목록 구축시스템(http://kolis-net.nl.go.kr)에서 이용하실 수 있습니다. (CIP제어번호 : CIP2020047666)

* 이 책은 (재)전북문화관광재단 2021년 지역문화육성지원사업에 선정되어 보조금을 지원받은 사업입니다.

Printed in KOREA